Sherlock
Holmes

공포의 계곡

셜록 홈즈 전집4
공포의 계곡

아서 코난 도일 지음
정태원 옮김

발 행 일   초판 1쇄 2013년 9월 28일
          초판 2쇄 2014년 1월 13일
발 행 처   시간과공간사
발 행 인   최석두

등록번호   제1-765호 / 등록일 1988년 7월 6일
주   소   서울시 마포구 서교동 480-9 에이스빌딩 3층
전화번호   (02)325-8144(代) FAX (02)325-8143
이 메 일   pyongdan@hanmail.net
I S B N   978-89-7142-250-2   14840
I S B N   978-89-7142-246-5   (세트)

※ 잘못된 책은 바꾸어 드립니다

  저희는 매출액의 2%를 불우이웃 돕기에 사용하고 있습니다.

SHERLOCK HOLMES

최신 완역본

4

아서 코난 도일 지음 | 정태원 옮김

공포의 계곡

The Valley of Fear

시간과공간사

Contents

공포의 계곡

Sherlock Holmes

공포의 계곡

THE VALLEY OF FEAR

제1부

벌스톤의 비극

1
경고

"내 생각에는?"

내가 말을 시작하자마자 셜록 홈즈가 끼어들었다.

"생각은 내가 해야겠어."

나는 누구보다도 참을성이 많지만 이렇게 말허리를 자르면서 무시하고 들어올 때는 언성을 높일 수밖에 없다.

"이봐, 홈즈! 자네는 가끔 사람을 화나게 하는군."

그러나 홈즈는 너무 깊은 생각에 빠진 나머지 내 항의에는 대꾸도 하지 않았다. 앞에 차려 놓은 아침 식사도 거들떠보지 않고 손으로 턱을 괸 채 봉투에서 꺼낸 편지를 유심히 바라볼 뿐이었다. 그리곤 편지봉투를 들어 불빛에 비추며 봉투의 겉과 봉하는 부분을 자세히 살피기 시작했다.

"폴록의 필체야." 그는 신중히 말했다. "그의 필체를 두 번밖에 못 봤지만 이건 폴록의 필체가 틀림없어. 'e'를 그리스체로 흘려 쓰는 게 바로 특징이지. 그리고 이것이 정말로 폴록의 편지라면 대단한 내용을 담고 있을 걸세."

그는 내게 말한다기보다는 스스로에게 말하고 있는 듯했는데, 이에 흥미가 동한 나는 방금 전의 불쾌했던 기분을 이내 털어 버렸다.

"폴록이 누군데?" 내가 물었다.

"왓슨, 폴록은 일종의 필명이라고 보면 된다네. 물론 하찮은 표시에 불과하지만 그 이름 뒤에 숨어 있는 남자는 대단히 교활한 녀석이지. 그가 지난번에 내게 편지를 보냈는데, 폴록이라는 이름이 본명이 아니라고 시인했네. 그리곤 몇백만 명이나 우글대는 이 런던에서 자기를 찾을 수 있으면 한번 찾아보라고 조롱하더군. 그렇다고 폴록이 중요한 인물이라는 건 아냐. 그와 관계된 인물이 어마어마한 거물이지. 상상해 보게. 시시한 녀석이지만 무서운 존재와 함께 어울려 다니는 모습을 말이야. 마치 상어 앞에서 안내역을 맡고 있는 물고기나, 사자에게 먹이가 있는 곳을 가르쳐 주는 자칼의 모습을 연상시키지. 무서울 뿐만 아니라 불길하기까지 해. 그래, 대단히 불길한 예감이 들어. 자네는 전에 내가 모리아티 교수에 대해 이야기한 것을 기억하고 있나?"

"과학적인 두뇌를 가졌다는 그 범죄자 말인가? 범죄자들 사이에서는―"

"그렇게까지 과찬할 필요는 없어, 왓슨!" 홈즈가 중얼거렸다.

"나는 그가 알려지지 않은 인물이라고 말하려고 했어."

"한 번 당했군, 왓슨! 정말로 당했어!" 홈즈가 외쳤다. "자네는 생각지도 못한 교활한 유머 감각을 갖고 있군. 그 점에 대해서는 앞으로 내가 조심해야겠어, 왓슨. 하지만 모리아티를 범죄자라고 한다면 자네는 명예 훼손으로 고소당할 걸세. 그자는 정말로 위대하고 불가사의한 존재야. 희대의 위대한 음모가, 온갖 권모술수의 배후자, 암흑계의 지배자, 한 나라의 운명을 마음대로 할 수 있는 두뇌를 가진 사람, 그가 바로 모리아티라네! 세상 사람들로부터 의혹의 눈길과 비판을 받지 않으면서 일을 처리하고, 자신을 숨기는 데도 천재적인 능력을 발휘하지. 아마 지금 자네가 한 말을 갖고 소송을 걸면 명예 훼손에 대한 위자료로 자네의 한 해 연금을 빼앗아 갈 수도 있을 거야.

그는 《소행성의 역학》이라는 책을 쓴 유명 인사이기도 하지. 그 책은 전문적인 과학 잡지에서도 비평하지 못할 정도로 순수 과학의 최고봉에 올라 있다네. 그러니 어디 이런 사람을 중상모략 할 수 있겠나? 아마 자네는 독설가 의사로, 모리아티는 명예를 훼손당한 교수로 비칠 걸세! 그것은 천재만이 할 수 있는 일이지. 하지만 내가 시시한 자들과의 일을 완전히 끝낸다면 모리아티와 상대할 날이 꼭 올 거야."

"그날을 꼭 보고 싶군!" 나는 열의를 다해서 외쳤다. "하지만 자네는 폴록에 대해 말하고 있었어."

"참, 그렇지. 폴록은 쇠사슬 고리의 하나로, 중요한 지점에서 약간 떨어져 있는 녀석이라네. 우리 둘이니 하는 말이지만 폴록은 단단한 고리가 되지는 못해. 내가 지금까지 알아본 바에 의하면, 그는 그 견고한 쇠사슬 중에서 단 하나의 치명적인 약점이야."

"하지만 쇠사슬의 힘이란 가장 약한 고리가 끊어지면 그만 아닌가?"

"바로 그거야, 왓슨! 그래서 폴록이 대단히 중요하다는 거라네. 아직 그의 마음에 남아 있는 일말의 양심과 내가 가끔 교묘한 방법으로 보내 준 10파운드 지폐가 효력을 발휘해서 그는 한두 번 내게 가치 있는 정보를 미리 알려 줬다네. 그 정보는 범죄 행위에 대한 보복이 아니라 범죄를 예측하고 예방하는 데 더 큰 가치가 있었지. 만일 이 암호문의 열쇠만 있다면 이 편지 역시 그러한 가치 있는 정보가 되기에 충분할 텐데."

홈즈는 빈 접시 위에 그 편지를 놓고 접힌 주름을 폈다. 나는 일어서서 고개를 빼고 그의 어깨 너머로 다음과 같이 이상하게 쓰여 있는 글을 보았다.

534 C2 13 127 36 31 4 17 21 41
더글러스 109 293 5 37 벌스톤
26 벌스톤 9 47 171

"홈즈, 이것을 어떻게 생각하나?"

"비밀 정보를 전하려는 게 분명해."

"하지만 암호를 푸는 열쇠도 없이 암호문만 보내면 소용없잖나?"

"이 경우에는 소용이 없지."

"어째서 '이 경우'라고 하는 건가?"

"신문 광고란의 이상한 문장을 해독하는 것처럼 내가 쉽게 해독할 수 있는 암호문은 많아. 그런 유치한 암호라면 머리를 즐겁게 할지언정 아프게 하지는 않지. 하지만 이것은 달라. 이 암호문의 숫자는 어느 책의 몇 페이지에 있는 몇 번째 단어를 가리키는 것이 분명할 걸세. 그러나 그게 어느 책의 몇 페이지라는 것을 모르는 이상 나는 꼼짝할 수가 없어."

"그럼, '더글러스'와 '벌스톤'은 왜 글로 썼지?"

"그야 문제의 책에 그 단어들이 없기 때문이지."

"그럼 그 책이 어떤 책이라는 말은 왜 쓰지 않았나?"

"자네라면 암호와 암호의 열쇠를 같은 봉투에 넣어서 보내겠나? 아마 그런 짓은 하지 않겠지. 만일 편지에 무슨 문제가 생기면 끝장일 테니 말이야. 암호와 암호의 열쇠를 따로 보내면 봉투 두 개가 한꺼번에 잘못되지 않는 이상 피해는 없겠지. 그나저나 지금쯤두 번째 편지가 올 때가 됐는데 그 편지에는 이 편지보다 더 상세한 설명이 적혀 있을 걸세. 아니 어쩌면 이 숫자와 관계된 책의 이름이 적혀 있을지도 몰라."

홈즈의 예상은 그대로 적중했다. 그로부터 불과 2, 3분도 지나지 않아서 급사 빌리가 편지를 갖고 왔다.

"같은 필적이군." 홈즈는 봉투를 뜯으며 말했다. "게다가 서명까지 있어." 편지를 펴면서 그는 신나는 목소리로 덧붙였다. "일이 잘 풀릴 것 같네, 왓슨."

그러나 편지 내용을 훑어보던 홈즈의 얼굴은 흐려졌다.

"이거 정말 실망인데! 우리의 기대가 전부 물거품이 된 듯싶네, 왓슨. 폴록에게 위험이 닥치지 않았으면 좋겠는데. 그럼 편지를 읽겠네."

홈즈는 편지를 천천히 읽었다.

홈즈 씨.

더 이상 이 일은 계속하지 못하겠습니다. 그가 나를 의심하고 있어서 너무 위험합니다. 의심하는 것이 눈에 보입니다. 암호의 열쇠를 당신에게 보내려고 봉투를 쓰고 있는데 그가 갑자기 내게 다가왔습니다. 다행히 봉투를 감출 수는 있었습니다. 만일 들켰더라면 호된 꼴을 당할 뻔했습니다. 나는 그의 눈에서 의심하는 빛을 읽을 수 있었습니다. 암호 편지는 당신에게는 이제 무용지물일 테니 제발 불태워 없애십시오.

– 프레드 폴록

홈즈는 잠시 동안 그 편지를 손가락 사이에 끼고 난롯불을 물끄러미 바라보았다. 그리곤 얼굴을 찡그리면서 구겨 버렸다.

"이 편지는 아무런 의미가 없는 것일지도 몰라." 이윽고 그가 입을 열었다. "죄의식 때문일 수도 있지. 스스로 배반자라는 사실을 너무 의식한 나머지 상대방이 의심한다고 생각했을지도 몰라."

"상대방은 모리아티 교수를 말하는 건가?"

"당연하지! 그 일당 사이에서는 '그'라고 하면 누구를 말하는지 단번에 알 수 있지. 그들 중에서 권력을 휘두르는 '그'라는 존재는 한 사람밖에 없으니까."

"하지만 대체 그는 무엇을 할 수 있지?"

"음, 중요한 질문이군. 유럽 최고의 두뇌를 가진 자의 배후에 모든 범죄 세력이 도사리고 있다면, 그는 무슨 일이든 할 수 있겠지. 어쨌든 폴록은 겁에 잔뜩 질려 있는 게 틀림없어. 편지지의 글씨와 봉투의 글씨를 비교해 보게. 그의 말에 의하면 봉투를 쓴 후에 그가 나타났어. 봉투의 글씨는 똑바른데 비해 편지 안의 글씨는 거의 알아볼 수 없을 정도지 않나."

"그는 왜 또 편지를 보냈을까? 왜 그만두지 않았지?"

"그렇게 되면 내가 그에 대해서 조사를 할 테고, 그러면 자신에게 문제가 생길까 봐 그랬겠지."

"그렇군."

나는 먼저 배달된 암호가 적혀 있는 편지를 집어 들고 유심히 들여다보았다.

"이 편지에 중요한 비밀이 숨겨져 있지만, 지금 우리의 능력으로는 그것을 알아낼 수 없다고 생각하니 미칠 지경이군."

홈즈는 손도 대지 않은 아침 식사를 옆으로 밀쳐놓고 깊은 생각을 할 때나 피우는 맛없는 파이프 담배에 불을 붙였다.

"글쎄, 그럴까?"

홈즈는 의자에 등을 기대고 천장을 보았다.

"술수가 능한 자네의 머리로도 미처 발견하지 못한 점이 있을지도 몰라. 이 문제를 순수한 추리력만으로 생각해 보세. 이 친구가 가리키는 것은 책이야. 그게 출발점이지."

"좀 애매한 출발이군."

"문제를 좀 더 좁힐 수 있는지 생각해 볼까? 정신을 집중하면 그다지 어려울 것도 없을 거라네. 그 책이 어떤 책인지를 암시하는 것은 무엇이 있지?"

"아무것도 없어."

"아냐, 그렇게 단정하지는 말게. 암호문은 534라는 큰 숫자로 시작하고 있지 않은가? 534는 암호가 담긴 페이지의 숫자라고 가정해도 좋아. 그렇다면 우리가 찾는 책은 두꺼운 책이라는 말이 되고, 그것만으로도 우리는 진전을 본 거야. 그렇다면 이 두꺼운 책을 가리키는 다른 무엇은 없을까? 그다음 표시는 C2란 말이야. 이것은 무엇을 의미한다고 생각하나, 왓슨?"

"틀림없이 제2장(Chapter the Second)일 거야."

"그렇지 않아, 왓슨. 자네도 내 말에 동의하겠지만 페이지를 명시했으니 장은 필요하지 않아. 그리고 534페이지가 겨우 제2장에 있다면 제1장은 엄청나게 길다는 얘기야."

"단이다!" 내가 소리쳤다.

"훌륭해, 왓슨. 오늘 아침엔 머리가 잘 돌아가는군. 단이라고 생각할 수밖에 없어. 그러니까 각 페이지가 2단으로 인쇄된 두툼한 책이 머릿속에 그려지기 시작하는군. 그리고 암호에 293번째 글자라고 되어 있는 점으로 미루어 보아 각 단은 상당히 길다는 점을 알 수 있어. 추리로 알 수 있는 것은 이것이 전부일까?"

"그런 것 같군."

"자네는 자신을 너무 과소평가하고 있어. 자, 머리를 다시 한 번 써 보게, 왓슨. 다시 한 번 영감을 떠올리는 거야. 만일 그 책이 희귀한 것이라면 폴록은 내게 그 책을 보냈을 걸세. 그런데 폴록은 그러지 않고 암호문을 보냈고, 암호의 열쇠를 다시 편지로 보내려고 했단 말이야. 그러니 그는 내가 그 책을 쉽게 손에 넣을 수 있을 거라고 생각한 게 분명해. 왓슨, 간단히 말하면 그 책은 아주 흔한 책이라는 결론이 나오지."

"자네 말이 맞는 것 같군."

"따라서 우리가 찾는 책은 2단 조판의 흔히 볼 수 있는 두툼한 책으로 범위를 좁힐 수 있지."

"성경이다!" 나는 의기양양하게 소리쳤다.

"훌륭해, 왓슨, 아주 훌륭해! 하지만 아직 충분치는 않아. 이런 말을 하면 나 자신을 칭찬하는 꼴이 되겠지만, 모리아티 일당에게 성경만큼 어울리지 않는 책도 없을 거야. 게다가 성경에는 여러 가지 판이 있으니 그도 자신이 갖고 있는 성경과 내가 갖고 있는 성경의 페이지가 일치할 거라고는 생각하지 않을 테지. 그 책은 표준화된 책이 분명해. 폴록은 자기 책의 534페이지가 내가 갖고 있는 책의 534페이지와 일치한다는 것을 분명히 알고 있네."

"하지만 그런 책은 별로 없지 않을까?"

"바로 그거야. 거기에 우리의 돌파구가 있지. 우리가 찾는 책은 표준화된 책으로 누구나 갖고 있는 책이 분명하다네."

"브래드쇼 철도 시각표!"

"그건 좀 문제가 있네, 왓슨. 브래드쇼의 어휘는 간단명료하지만 한정되어 있지. 거기서 말을 추려서 일반적인 편지를 쓰기란 힘들다네. 브래드쇼는 제외하자고. 사전도 같은 이유로 제외해야 해. 그럼 남는 것은 뭐지?"

"연감!"

"훌륭해, 왓슨! 자네가 그것을 알아내리라고 생각했네. 그래, 연감이야! 〈휘태커 연감〉을 한번 검토해 볼까. 그것은 누구나 사용하고, 페이지도 충분해. 그리고 2단으로 인쇄되어 있지. 첫 부분은 어휘가 제한되어 있지만 내 기억이 틀리지 않다면 뒤로 갈수록 어휘가 많아지지."

그는 책상에서 연감을 꺼냈다.

"여기 534페이지의 2단이 있는데, 영국령인 인도의 자원과 무역에 대해 다루고 있군. 단어들을 이어서 써 보게, 왓슨. 13번째 단어는 '마라타'군. 시작이 좋지 않은 것 같은데. 127번째 단어는 '정부'야. 이것은 무언가 뜻이 통하는 것 같지만, 우리나 모리아티 교수와는 관계가 없는 듯하군. 한 번 더 해 보자고. 마라타 정부가 어떻게 한다는 거지? 맙소사, 다음 단어는 '돼지 털'이야. 이거 안 되겠는데, 왓슨! 다 틀렸어!"

그는 농담 비슷하게 지껄이고 있었지만, 굵은 눈썹을 꿈틀거리는 것으로 보아 실망감으로 불쾌해졌다는 사실을 알 수 있었다. 나는 그에게 도움이 되지 못한다는 암담한 심정으로 난롯불만 바라보고 있었다. 오랜 침묵이 흘렀다. 그런데 갑자기 홈즈가 비명을 지르더니 벽장으로 뛰어가서 노란 표지의 책을 들고 나타났다.

"우리가 너무 새로운 것만 찾고 있었네, 왓슨. 우리가 시대에 너무 앞서 가고 있기 때문에 그 대가를 치른 거야. 오늘이 1월 7일이니 새 연감을 사용해도 이상할 것이 없지만 폴록은 지난 연감으로 암호문을 썼을 거야. 그가 암호문의 열쇠를 설명하는 편지를 썼다면 분명 지난 연감을 이용하라고 썼을 거야. 자, 그럼, 이 책 534페이지에는 무엇이 있나 볼까. 13번째 단어는 'There'이로군. 그래 아까보다는 희망이 보이는군. 127번째는 'is'야. 둘을 합하면 'There is'라는 말이 돼."

홈즈의 두 눈은 흥분으로 빛났고, 글자를 찾는 가느다란 손가락은 떨리고 있었다.

"다음은 'danger(위험)'야. 하! 하! 아주 멋져! 받아써 주게, 왓슨. 'There is danger - may - come - very - soon - one.(위험이 있다. 위험이 곧 닥칠 것이다.)' 그다음에는 'Douglas(더글러스)'라는 이름이야. 'Douglas - rich - country - now - at - Birlstone - House - Birlstone - confidence - is - pressing.(벌스톤의 벌스톤 저택에 사는 시골의 돈 많은 더글러스 – 확신– 임박했음.)'

어떤가, 왓슨! 순수한 추리력과 그 결실을 어떻게 생각하나? 식품점에서 월계관을 판다면 빌리를 시켜 사 오게 하고 싶군. 내 머리에 쓰게 말이야."

나는 홈즈가 암호를 해독해서 부르는 대로 쓴 이상한 메시지가 적힌 종이를 물끄러미 바라보며 말했다.

"자기의 뜻을 전하는 방법치고는 이상하고 복잡하군!"

"아니, 폴록은 대단히 잘했네." 홈즈가 말했다. "오직 한 개의 단에서 자기의 의사를 모두 전할 말들을 찾았다면 그건 불가능했을 거야. 상대의 능력에 맡기는 수밖에 없었을 테지. 하지만 이 메시지에는 요점이 분명히 드러나 있어. 더글러스라는 사람에게 뭔가 나쁜 일이 일어나고 있다는 내용이야. 더글러스가 누군지는 모르지만 편지에 쓰여 있는 장소에 살고 있는 돈 많은 시골 신사일 테지. 폴록은 그에게 틀림없이 위험이 닥칠 거라고 믿고 있는 거야. 암호에 'confidence(확신)'라고 쓴 것은 책에는 'confident(확신하는)'라는 단어가 없어서 그 단어와 가장 가까운 'confidence(확신)'를 쓴 거라고 보면 될 걸세. 이상이 우리가 알아낸 결과라네. 대단히 멋진 분석 아닌가!"

홈즈는 자신이 원하는 결과를 얻지 못하면 우울해했지만, 반대로 일을 성공적으로 끝냈을 때는 참다운 예술가처럼 순수한 기쁨을 느꼈다. 그가 여전히 성공의 기쁨에 젖어 싱글거리고 있을 때 빌리가 문을 열고 스코틀랜드 야드의 맥도널드 경감을 방으로 안내했다.

당시는 1880년대의 마지막 무렵으로, 알렉 맥도널드는 지금과

같이 전국적인 명성을 얻지는 못했던 때였다. 그는 젊은 나이였으나 동료 형사들의 깊은 신뢰를 받고 있었으며, 자신이 맡은 몇몇 사건에서 두각을 나타냈다. 큰 키의 다부진 체격은 힘이 있어 보였고, 커다란 두개골과 숱이 많은 눈썹 밑으로 깊숙이 자리 잡은 번쩍이는 눈은 총명함을 말해 주고 있었다. 그는 말수가 적고 빈틈없는 남자로 보였으며, 스코틀랜드의 애버딘 사투리가 강한 말씨를 사용했다. 벌써 두 번이나 홈즈의 도움을 받아 사건을 해결한 일이 있는데, 그로 인해 홈즈가 받은 유일한 보상은 해결 과정이 준 지적인 기쁨뿐이었다. 이런 까닭에 맥도널드는 아마추어 동료인 홈즈에게 깊은 애정과 존경심을 갖게 되었고, 어려운 문제가 있을 때마다 홈즈를 찾아와서 도움을 청했다. 평범한 사람은 자기보다 나은 사람을 알아보지 못하지만, 재능 있는 사람은 금방 천재를 알아본다. 홈즈는 우정에 좌우되지 않는 성격이었으나 이 몸집이 큰 스코틀랜드 사람에게는 관대했다. 경감의 모습을 보고 홈즈는 미소 지었다.

"일찍 일어나셨군요. 맥 경감. 아침 일찍 일어나는 새가 벌레를 잡는다는 말이 있는데, 벌레를 잡으셨기 바랍니다. 이렇게 일찍 나타난 것을 보니 무슨 문제라도 생긴 것 같아서 겁나는데요."

"'생긴 것 같아서 겁난다'는 말이 '생겼기 바란다'는 말로 들립니다, 홈즈 씨."

경감은 알 수 없는 미소를 지으며 대답했다.

"자, 이런 추운 아침에는 따뜻한 걸 한 잔쯤 마시면 추위를 견디기가 수월하지요. 아니, 고맙지만 담배는 피우지 않겠습니다. 빨리 가야 하니까요. 사건은 초동 수사가 중요하다는 것을 누구보다도 잘 아시잖습니까. 아니, 그런데 이것이 도대체—"

경감은 갑자기 말을 멈추고 몹시 놀란 표정으로 테이블 위의 종이쪽지를 보았다. 그것은 수수께끼 같은 메시지를 휘갈겨 쓴 종이였다.

"아니, 더글러스라니!" 그는 말을 더듬었다. "그리고 벌스톤! 어떻게 된 겁니까, 홈즈 씨? 마치 마술 같군요! 도대체 이 이름을 어디서 들으셨습니까?"

"이것은 왓슨 의사와 내가 푼 암호입니다. 그런데 왜 그러십니까? 이 이름이 어떻게 됐습니까?"

경감은 놀라서 멍한 눈으로 우리를 번갈아 보았다.

"그렇습니다. 벌스톤 저택의 더글러스 씨가 어젯밤에 끔찍하게 살해됐습니다."

2
셜록 홈즈, 이야기하다

극적인 순간이었다. 내 친구는 마치 그런 순간을 위해 존재하는 것 같았다. 홈즈가 이 놀라운 소식에 충격을 받거나 흥분이라도 했다는 말은 지나친 비약이 될 것이다. 그가 잔혹하기 때문이 아니라 너무나 오랜 시간 동안 지나친 자극들을 받아 왔기 때문에 그런 면에는 무감각해진 것이 틀림없었다. 하지만 감정이 무디어졌다고 해도 그의 머릿속은 대단히 활발히 움직였다. 내가 경감의 말에서 느낀 공포심 같은 것은 홈즈에게서 일체 볼 수 없었고, 오히려 그의 얼굴에는 과포화용액에서 형성되는 결정체를 지켜보는 화학자의 냉정함과 침착함이 서려 있었다.

"재미있군!" 그가 말했다. "정말로 재미있어!"

"놀라시지 않는 것 같군요."

"흥미는 느끼지만 놀라지는 않아요, 맥 경감. 내가 왜 놀라야 하지요? 나는 중요하게 생각하는 사람으로부터 어떤 사람이 위험하다는 은밀한 연락을 받았습니다. 그런데 그로부터 한 시간도 되지 않아서 그의 말이 현실로 나타나 그가 말한 사람이 죽었습니다. 나는 그 사실에 흥미는 느끼지만 당신이 보다시피 놀라지는 않습니다."

그는 경감에게 편지와 암호에 대해 간략하게 설명했다. 두 손으로 턱을 받치고 듣고 있던 맥도널드 경감의 굵은 눈썹이 한 덩어리가 되어 엉켜 있었다.

"나는 오늘 아침에 벌스톤으로 갈 생각입니다. 홈즈 씨와 친구분께서 저와 동행할 생각이 있으신지 알아보려고 이곳에 들렀습니다. 그러나 당신의 말을 듣고 보니 런던에 계신 것이 사건 해결에 더 큰 도움을 줄 수 있을 것 같군요."

"전 그렇게 생각하지 않습니다." 홈즈가 말했다.

"내 말을 들어 보십시오, 홈즈 씨!" 경감은 소리쳤다. "하루나 이틀 안에 신문들은 벌스톤의 신비한 사건에 대해 법석을 떨 텐데, 범죄가 일어나기도 전에 그것을 예언한 사람이 런던에 있다고 하면 이번 사건은 신비하다고 할 것도 없지 않습니까? 그 사람만 잡으면 모든 것은 풀릴 테니 말입니다."

"그야 그렇지요, 맥 경감. 그런데 이 폴록을 어떻게 잡겠다는 겁니까?"

맥도널드는 홈즈가 건네준 편지를 뒤집어 보았다.

"캠버웰에서 부친 편지로군요. 하지만 그 점은 별로 도움이 되지 않습니다. 이름은 가명이라고 했고……. 쓸 만한 단서가 없군요. 전에 그에게 돈을 보냈다고 하시지 않았습니까?"

"두 번 보냈지요."

"어떻게 보내셨습니까?"

"지폐를 편지 봉투에 넣어서 캠버웰 우체국으로 보냈소."

"그것을 누가 찾았는지 확인하셨습니까?"

"아니오."

경감은 놀란 동시에 약간 충격을 받은 듯했다.

"왜 확인하지 않으신 겁니까?"

"나는 언제나 신의를 지키니까요. 그가 맨 처음 편지를 보냈을 때 나는 그를 추적하지 않겠다고 약속했습니다."

"그의 배후에 누군가 있다고 생각하십니까?"

"누군지 압니다."

"당신이 전에 말한 그 교수입니까?"

"바로 그 사람입니다."

경감은 미소를 지었으나, 나를 바라보는 그의 눈꺼풀은 떨리고 있었다.

"숨김없이 말씀 드리자면 홈즈 씨, 우리 스코틀랜드 야드 수사과에서는 당신이 그 교수에 대해 지나친 우려를 하고 있다고 여기고 있습니다. 나도 직접 알아보았지만, 그 교수는 대단히 존경받는 분으로 박식하고 재능이 뛰어난 것으로 보였습니다."

"그의 재능을 인정하다니 다행입니다."

"인정하지 않을 수 없지요! 나는 그에 대한 당신의 생각을 듣고 그를 찾아갔습니다. 우리는 일식에 대해 이야기를 나누었습니다. 이야기가 어떻게 해서 그 방향으로 흘렀는지 알 수 없지만 교수는 반사경이 딸린 등과 지구의를 꺼내서 일식에 대해 확실히 설명해 주더군요. 내게 책도 빌려 주었는데, 솔직히 말해서 그 책을 이해 하기는 어려웠습니다. 애버딘에서 제대로 교육을 받았다고 자부 하는 나인데도 말입니다. 그는 마른 얼굴에 머리가 희끗희끗했는 데, 말하는 자태가 근엄해서 기품 있는 성직자 같아 보였습니다. 그리고 헤어질 때는 그가 내 어깨에 손을 얹었는데, 그 모습은 험 난한 세상으로 나가는 아들에게 하느님의 축복을 비는 아버지의 모습과도 같았습니다."

홈즈는 낮게 웃으며 두 손을 비볐다.

"멋져!" 홈즈가 말했다 "아주 멋져! 말해 봐요, 맥도널드, 이 즐 겁고 감동적인 인터뷰는 교수의 서재에서 했었나요?"

"그렇습니다."

"훌륭한 방이었겠지요?"

"훌륭했습니다. 정말로 좋은 방이었습니다, 홈즈 씨."

"당신은 그의 책상 앞에 앉아 있었겠군요."

"그렇습니다."

"당신 얼굴은 햇빛을 받고 있었지만 교수의 얼굴에는 그늘이 져 있었겠군요."

"밤이었는데 램프가 내 얼굴을 비추던 게 기억납니다."

"그랬을 겁니다. 교수의 머리 위에 그림이 하나 걸려 있는 것을 혹시 보셨습니까?"

"나는 작은 것도 놓치지 않는 사람입니다, 홈즈 씨. 아마 그런 습관은 당신에게서 배웠을 겁니다. 네, 그림을 보았습니다. 두 손으로 머리를 받치고서 옆을 바라보는 젊은 여자의 그림이었습니다."

"그 그림은 장 바티스트 그뢰즈(Jean Baptiste Greuze)의 작품입니다."

경감은 흥미를 보이려고 애쓰고 있었다.

"장 바티스트 그뢰즈는……." 홈즈는 양손의 손가락 끝을 마주 대고 의자에 등을 기대며 말했다. "1750년부터 1800년까지 활약한 프랑스의 화가입니다. 물론 화가로서의 활약을 말하는 겁니다. 지금의 비평가들은 당시에 그가 평가되었던 것보다 그를 더욱 높이 평가하고 있습니다."

경감의 눈이 흐려지기 시작했다.

"그것보다는 사건 해결이나……." 경감이 말을 꺼냈다.

"우리는 사건을 해결하는 중입니다." 홈즈가 그의 말을 가로막았다. "내가 말하는 것은 모두 당신이 말하는 벌스톤 사건과 직접적이고도 중대한 관계가 있습니다. 어떤 의미에서는 바로 그 사건의 핵심이라고 할 수 있습니다."

맥도널드는 힘없는 미소를 지으며 나를 쳐다보았다.

"당신 머리는 회전이 너무 빨라서 내가 따라가기 힘듭니다, 홈즈 씨. 말하다가 고리를 한두 개씩 빠뜨리고 말해서 도무지 무슨 말씀인지 알 수가 없습니다. 도대체 이 죽은 화가와 벌스톤 사건이 무슨 관계가 있다는 겁니까?"

"탐정에게는 어떤 지식이라도 도움이 됩니다." 홈즈가 말했다. "1865년에 〈어린 양을 안고 있는 아가씨〉라는 그뢰즈의 그림이 포탈리스 경매에서 120만 프랑—4만 파운드 이상—에 팔렸다는 사소한 사실은 당신에게 생각의 실마리를 제공할지도 모르겠군요."

분명히 경감은 뭔가를 생각하기 시작했다. 그의 얼굴에 흥미롭다는 표정이 떠올랐다.

"당신에게 말하지만." 홈즈는 계속해서 말했다. "믿을 만한 서너 개의 자료를 동원해 교수의 급여를 확인해 보니, 연봉이 700파운드였습니다."

"그렇다면 어떻게 그런 그림을 살 수 있었을까요?"

"그렇습니다. 어떻게 샀을까요?"

"정말 이상하군요." 경감은 깊이 생각하며 말했다. "계속하세요, 홈즈 씨. 재미있군요. 정말 흥미롭습니다!"

홈즈는 미소를 지었다. 그는 상대가 진심으로 존경스러워 하는 언동을 보이면 항상 흐뭇해했다. 이는 진정한 예술가의 특성이리라.

"벌스톤으로 가는 것이 어떻습니까?" 홈즈가 물었다.

"아직 시간이 있습니다." 경감은 시계를 보고 말했다. "문 앞에 마차를 대기시켜 놨고, 빅토리아 역으로 가는 데는 20분도 걸리지 않습니다. 하지만 그 그림말입니다. 당신은 모리아티 교수를 만난 적이 없다고 내게 말한 것으로 기억하는데요, 홈즈 씨."

"그렇습니다. 한 번도 만나지 않았습니다."

"그렇다면 그 방에 대해서 어떻게 알고 계십니까?"

"아, 그것은 다른 문제입니다. 나는 그의 방에 세 번 갔었습니다. 그중 두 번은 각각 다른 구실로 갔었는데, 그가 오기 전에 그곳을 나왔습니다. 한 번은…… 그 한 번에 대해서는 형사에게는 말할 수 없군요. 그때 나는 그의 서류들을 빨리 훑어보았는데, 아주 뜻밖의 결과를 얻었습니다."

"뭔가 쓸 만한 것이라도 발견했습니까?"

"전혀 발견하지 못했습니다. 깜짝 놀랐습니다. 그건 그렇고, 이제 그림에 대한 요점은 이해가 가겠지요? 그것으로 그가 대단한 부자라는 사실을 짐작할 수 있습니다. 그는 어떻게 부를 축적했을까요? 그는 미혼이고 그의 동생은 서부 잉글랜드의 한 역장에 지나지 않습니다. 그의 연봉은 고작 700파운드인데, 그는 그뢰즈의 그림을 갖고 있습니다."

"그래서요?"

"결론은 뻔하지 않습니까?"

"그렇다면 그가 불법으로 많은 돈을 번다는 말입니까?"

"그렇습니다. 물론 내가 그렇게 생각하는 데는 다른 이유도 있습니다. 수십 가닥의 가느다란 거미줄이 중앙을 향해 뻗어 있고, 그 중앙에는 독을 품은 거미가 숨어 있습니다. 내가 그뢰즈의 그림을 언급한 것은 당신이 사태를 쉽게 파악할 수 있도록 하기 위해서입니다."

"당신 이야기가 흥미롭다는 것은 인정합니다, 홈즈 씨. 흥미로운 것 이상이지요. 대단히 훌륭합니다. 하지만 가능하면 좀 더 명백하게 말해 주실 수는 없습니까? 그의 돈은 어디서 난 것입니까? 그림 위조, 아니면 주화 위조? 그것도 아니라면 강도 짓을 해서 번 돈입니까?"

"당신은 조나단 와일드(암흑가의 왕)에 대해 읽은 적이 있습니까?"

"들어본 듯한 이름이군요. 소설 속의 인물 아닙니까? 나는 소설에 나오는 탐정에는 관심이 없습니다. 그들은 사건을 해결하고도 어떻게 해결했는지 가르쳐 주지 않습니다. 그들은 영감으로 문제를 해결할 뿐 전혀 현실적이지 않습니다."

"조나단 와일드는 탐정도 아니고, 소설 속의 인물도 아닙니다. 범죄계의 대부로 지난 세기, 1750년 무렵에 살았던 인물입니다."

"그런 사람은 내게 필요하지 않습니다. 나는 현실주의자니까요."

"맥 경감, 이 세상에서 가장 현실적인 일을 하려거든 석 달쯤 집에 틀어박혀 하루 12시간씩 범죄 기록을 읽으세요. 모든 것은 돌고 돈다는 사실을 알 수 있을 겁니다. 모리아티 교수도 포함해서요. 조나단 와일드는 런던 범죄계의 제일가는 배후세력으로, 15퍼센트의 수수료를 받고 범죄에 그의 두뇌와 조직력을 판 인물입니다. 세상일은 돌고 돌아 같은 일이 다시 일어나기 마련입니다. 그와 같은 작자는 전에도 존재했고, 앞으로도 존재할 겁니다. 내가 모리아티 교수에 대해 한두 가지 흥미로운 사실을 알려 드리지요."

"틀림없이 흥미로울 겁니다."

"나는 우연히 그의 첫 번째 쇠사슬 고리가 누군지 알게 되었습니다. 그 사슬의 한쪽 끝에는 어둠의 길로 들어선 나폴레옹 같은 남자가 있고, 다른 끝에는 100여 명에 이르는 폭력배, 소매치기, 공갈범, 사기 도박단 등이 도사리고 있는데, 그 틈에서 온갖 범죄란 범죄는 다 일어나고 있습니다. 그리고 모리아티 교수의 참모인 세바스찬 모런 대령은 모리아티만큼이나 능수능란하게 법망을 빠져나갈 수 있는 인물입니다. 모리아티가 그에게 연봉을 얼마나 주는지 아십니까?"

"얼만지 듣고 싶군요."

"1년에 6,000파운드입니다. 그것은 두뇌의 대가로, 미국식 상업주의입니다. 나는 우연히 그런 내막을 알게 되었습니다. 그것은 영국 수상의 수입보다도 많은 돈입니다. 그것만으로도 모리아티의 수입이 어디에서 나오는지, 그가 벌이고 있는 일의 규모가 얼마나 큰지 짐작할 수 있지 않습니까? 다른 것도 있습니다. 얼마 전에 나는 모리아티가 발행한 수표를 추적해 보았습니다. 일상 경비로 지출한 수표였는데, 수상한 데라곤 전혀 없었습니다. 그런데 그는 그 수표들을 여섯 곳의 각기 다른 은행에서 발행했더군요. 그 점에 대해서는 어떻게 생각하십니까?"

"정말로 이상하군요. 홈즈 씨는 어떻게 생각하시나요?"

"그는 자기 재산이 얼마인지 남들 입에 오르내리기를 원치 않습니다. 얼마의 재산을 갖고 있는지 아무에게도 알리고 싶지 않은 겁니다. 틀림없이 거래 은행이 스무 곳쯤은 될 겁니다. 재산의 상당 부분을 외국의 독일 은행이나 리옹 은행에 맡겨 두고 있을 겁니다. 아무튼 여유가 생기거든 모리아티 교수에 대해 연구해 보라고 당신에게 권하고 싶습니다."

맥도널드 경감은 이야기가 진행됨에 따라 점점 더 깊은 감명을 받은 듯 홈즈의 이야기에 푹 빠져 넋을 잃고 있었다. 그러나 그는 스코틀랜드인다운 냉철한 이성을 되살려 당면한 문제로 즉시 돌아왔다.

"모리아티에 대한 이야기는 잠시 접어 둡시다. 당신의 흥미 있는 일화 때문에 이야기가 옆길로 샜습니다, 홈즈 씨. 정말로 중요한 점은 모리아티 교수가 이 사건과 관계됐다는 점입니다. 그것은 당신이 폴록이라는 사람으로부터 받은 경고장으로 알 수 있습니다. 우리가 현재 당면한 문제를 해결할 수 있는 좀 더 실질적인 이야기는 없습니까?"

"범죄의 동기에 대해 생각해 볼 수 있습니다. 당신이 맨 처음 말한 것을 근거로 생각하면 이 사건은 풀 수 없는, 아니면 적어도 설명할 수 없는 사건입니다. 그런데 우리의 생각대로 모리아티가 범행을 저질렀다고 한다면 범행 동기는 두 개의 각각 다른 동기로 나눌 수 있습니다. 첫째, 모리아티는 엄격한 규율로 부하들을 다스리는데, 명령을 어기는 자는 큰 벌을 받습니다. 그가 내리는 형벌은 하나밖에 없습니다. 그것은 죽음입니다. 그리고 우리는 이 살해된 남자가 두목을 배반했다고 가정할 수 있습니다. 그래서 처벌이 가해졌고, 다른 부하들에게 본보기를 보여 주기 위해 일부러 외부로 알린 것입니다."

"그것도 가능하겠군요, 홈즈 씨."

"또 다른 가정은 모리아티가 일련의 사업을 하다가 저지른 범죄라는 것입니다. 도둑맞은 것은 있습니까?"

"그에 대한 것은 아직 듣지 못했습니다."

"도둑맞은 것이 있다면 첫 번째 가정은 타당하지 않고 두 번째 가정이 적합합니다. 모리아티는 약탈품을 나누어 갖기로 약속하고 일을 저질렀거나, 다른 대가를 받기로 하고 일을 저질렀을지도 모릅니다. 두 가지 다 가능하지요. 그러나 어느 쪽이든, 또는 제3의 이유든 간에 그에 대한 해답은 벌스톤에서 찾아야 합니다. 나는 그에 대해서 너무도 잘 알고 있습니다. 그가 자신을 범죄와 연결시킬 만한 단서를 이곳 런던에 남겨 두었을 리가 없습니다."

"그럼 벌스톤으로 가야 합니다!" 맥도널드가 의자에서 벌떡 일어나며 소리쳤다. "큰일 났군! 생각보다 시간이 늦어졌는데? 5분 안으로 준비를 마치십시오. 가능합니까?"

"우리는 그 정도면 충분합니다." 홈즈는 의자에서 일어나서 외출복으로 급히 갈아입으며 말했다. "맥 경감; 가는 도중에 사건에 대한 모든 것을 말해 주십시오."

'모든 것'은 실망스럽게도 대부분 이미 알고 있는 내용이었지만, 이제부터 착수하는 사건이 전문가의 철저한 주의를 요한다는 것을 이해하기에는 충분했다. 홈즈는 두 눈에 광채를 띠고 경감의 이야기를 들으며, 가끔씩 두 손을 비볐다. 비록 맥 경감의 이야기는 빈약한 것이었지만 홈즈는 개의치 않았다. 몇 주 동안이나 아무 사건 없이 지내던 홈즈에게 마침내 그의 비범함을 발휘할 알맞은 목표가 생겼기 때문이다. 비범함이란, 다른 특별한 재능도 마찬가지지만 사용하지 않으면 당사자를 갑갑하게 만든다. 면도날 같은 두뇌가 아무 일도 하지 않고 가만히 있으면 무디어져서 녹슬게 되는 것과 마찬가지다.

　자신의 능력을 발휘할 기회를 만난 홈즈는 열정적으로 보였다. 두 눈은 빛나고, 창백한 두 뺨은 발갛게 달아올랐다. 마차를 타고 가는 동안 홈즈는 서식스 주에서 우리를 기다리고 있을 문제에 대한 맥도널드의 간략한 설명을 듣기 위해 몸을 앞으로 내밀면서까지 열심히 귀를 기울였다.

　경감이 우리에게 설명한 바에 의하면, 그가 알고 있는 것은 아침 일찍 우유 열차로 배달된 휘갈겨 쓴 보고서의 내용뿐이었다. 그 지방의 경관 화이트 메이슨이 맥도널드와 절친한 사이였기 때문에 지방 경찰에서 스코틀랜드 야드로 도움을 청하는 보통의 경우보다 훨씬 신속하게 맥도널드에게 사건이 전달된 것이다. 런던의 민완 수사관에게 수사 요청을 하는 경우는 일반적으로 그 단서가 매우 적기 마련이다.

맥도널드가 읽어 준 편지 내용은 다음과 같다.

맥도널드 경감님.

당신에게 도움을 요청하는 공문서는 별도로 보냈습니다. 이것은 당신에게 개인적으로 드리는 글입니다. 벌스톤에 도착하는 기차를 오전 몇 시에 타실지 연락을 주시면 제가 역으로 마중 나가거나, 아니면 대신 다른 사람이라도 보내도록 하겠습니다. 이것은 대단히 난해한 사건입니다. 조금도 지체하지 마시고 즉시 오십시오. 가능하면 홈즈 씨도 함께 오십시오. 그분 마음에 쏙 들 만한 일을 발견하시게 될 겁니다. 살해된 사람만 없다면 이 모든 것이 어떤 연극을 위해 꾸며 놓은 상황이 아닌가 생각될 정도입니다. 거듭 말씀 드리지만, 정말 난해한 사건입니다!

"당신 친구는 바보는 아닌 것 같군요." 홈즈가 말했다.

"물론입니다. 내 판단이 틀림없다면 화이트 메이슨은 정말 똑똑한 사람입니다."

"알아야 할 또 다른 것이 있습니까?"

"그곳에 도착하면 메이슨이 자세히 설명해 줄 것입니다."

"그렇다면 더글러스 씨가 끔찍하게 살해됐다는 사실은 어떻게 알았습니까?"

"그 사실은 동봉한 공문서를 통해 알았습니다. 하지만 거기에 '끔찍하게' 살해됐다는 말은 없었습니다. 그 말은 공식 용어로는 인정되지 않습니다. 존 더글러스라는 이름도 거기에 있었습니다. 더글러스라는 남자가 엽총으로 머리를 맞았다고 쓰여 있더군요. 사건이 발생한 시간도 적혀 있었는데, 어젯밤 자정 가까운 시간이라고 합니다. 추가로 이 사건은 틀림없는 살인 사건으로 아직 용의자는 체포하지 못했으며, 대단히 복잡한 사건이고, 이상한 점들이 많다고 했습니다. 현재 알고 있는 것은 이것이 전부입니다, 홈즈 씨."

"그렇다면 당신만 허락한다면 그건 덮어 두기로 합시다, 맥 경감. 불충분한 자료를 갖고 속단을 내리는 것은 우리의 직업상 금물입니다. 현재 내가 확실히 알 수 있는 것은 두 가지밖에 없습니다. 런던에는 뛰어난 두뇌의 소유자가 있고, 서식스 주에서는 한 남자가 피살되었다는 사실입니다. 우리는 지금부터 이 두 가지를 연결하는 연결 고리를 찾아야 합니다."

3
벌스톤의 비극

　그럼 여기서 독자들의 양해를 얻어 나 같이 하찮은 사람은 잠시 물러나기로 하고, 우리가 나중에 얻은 정보를 토대로 현장에 도착할 때까지 일어난 일들을 정리해 보도록 하겠다. 이런 식으로 해야만 사건에 관계된 사람들과 그들의 운명이 연출된 이상한 무대를 독자들이 쉽게 이해할 수 있을 것이다.

　벌스톤은 서식스 주 북쪽에 위치한 곳으로, 별장 모양의 반목조 집들이 모여 있는 아주 오래된 조그만 마을이다. 몇 세기 동안 이 마을은 옛 모습 그대로였는데, 최근 2~3년 사이에 이곳의 그림같은 경치와 좋은 위치에 매력을 느낀 많은 부자들이 근처 숲에 별장들을 짓기 시작했다. 별장이 들어선 숲은 거대한 윌드 삼림의 끝자락에 위치하고 있는데, 삼림의 북부는 나무가 드문 석회암 구릉 지대였다. 인구가 점점 늘어남에 따라 작은 상점들이 여러 개 생기면서 마을의 모습이 변해 가고 있었는데, 벌스톤은 머지않아 옛 마을의 모습을 잃고 현대적인 도시로 바뀌게 될 것이라는 전망도 나돌았다. 벌스톤에서 가장 가까운 도시인 턴브리지 웰스도 켄트 주의 경계를 넘어 동쪽으로 10~12마일이나 떨어져 있었으므로 벌스톤은 상당히 넓은 지역의 중심지였다.

마을에서 반 마일쯤 떨어진 곳에는 커다란 너도밤나무로 유명한 오래된 사냥터가 있는데, 그 안에 유서 깊은 벌스톤 영주의 저택이 자리 잡고 있었다. 이 역사가 오래된 건물의 유래는 제1차 십자군 시절까지 거슬러 올라가는데, 휴고 드 카프스가 레드 킹으로부터 하사받은 대지의 한복판에 지은 것이다. 이 건물은 1543년에 화재로 불탔고, 제임스 1세(1603~1625 재위)에 이르러 다시 건물을 증축했는데 당시에 화재로 인해 까맣게 탄 초석을 그대로 사용했다.

많은 박공과 다이아몬드 모양의 작은 창문들로 이루어진 이 저택은 17세기 초에 건축가가 지은 그대로의 모습을 간직하고 있었다. 조상들을 보호하기 위해 만들어진 이중의 해자(垓字) 가운데 바깥의 것은 물이 말라서 지금은 소박한 채소밭으로 사용되고 있었다. 그나마 안쪽 해자는 그대로 남아 있는데, 깊이는 불과 2~3피트밖에 되지 않지만, 너비는 40피트나 되어 저택을 길게 둘러싸고 있었다. 또 작은 냇물로부터 공급된 물이 해자 밖으로 흘러 나가기 때문에 물이 좀 흐리기는 했으나 결코 도랑물 같거나 비위생적으로 보이지는 않았다. 건물의 1층 창문은 해자의 수면에서 1피트도 되지 않는 높이에 있었다.

저택으로 들어가려면 해자에 걸쳐 놓은 들어 올리는 다리, 즉 도개교를 건너는 수밖에 없었으나 쇠사슬과 다리를 감아올리는 윈치가 녹이 슬고 부서진 채로 있었다. 그러나 최근 이 저택의 주인이 된 남자는 그 타고난 정력으로 모든 것을 완벽하게 수리했다. 그 결과 다리는 예전과 같이 다시 들어 올릴 수 있었고, 실제로 매일 밤 그것을 들어서 올렸다가 아침에는 다시 내려놓았다. 이렇게 옛날 봉건 시대의 습관을 새롭게 재현해 놓았기 때문에 저택은 밤 동안에는 하나의 섬으로 존재했다. 그리고 이러한 사실은 곧 모든 영국인의 관심을 끌게 된 신비한 사건과 직접적인 관계를 갖게 된다.

더글러스 집안이 이 저택을 구입했을 때는 여러 해 동안 아무도 거주하지 않았기 때문에 마치 그림에서나 볼 수 있는 폐허의 모습 그 자체였다. 더글러스 집안이라고 해야 존 더글러스와 그의 아내 두 사람뿐이었다.

더글러스는 성격이며 인품이 비범한 사람으로, 턱은 강인해 보였고 엄격해 보이는 얼굴에는 회색 콧수염이 뒤덮여 있어 회색 눈이 유난히 날카롭게 보였다. 늠름하고 활기찬 모습은 젊었을 때의 힘과 활동력을 조금도 잃지 않은 듯했다. 쾌활한 성격으로 누구에게나 친밀감을 주었으나 다소 거친 면이 있어서 서식스 주의 사교계 사람들과는 수준이 맞지 않는 이방인 같은 인상을 주기도 했다.

비록 교양 있는 이웃들로부터는 호기심 반 비웃음 반의 눈길을 받고 서먹서먹한 관계였지만, 마을 사람들에게는 쉽게 큰 인기를 얻었다. 지역에서 벌어지는 모든 일들에 많은 기부금을 냈고, 담배를 마음대로 피울 수 있는 음악회나 다른 모든 집회에도 적극적으로 참여했다. 그는 또 아주 풍부한 성량의 테너 음성을 갖고 있었기 때문에 집회 참석의 요청이 들어오면 멋있는 노래를 들려주기도 했다. 그는 돈이 무척 많아 보였으며, 그 돈은 미국 캘리포니아 금광에서 벌었다는 소문이 돌았다. 그가 한동안 미국에서 살았다는 것은 그와 그의 아내의 말을 통해서 알 수 있었다.

위험에 대해 전혀 개의치 않는 그의 용맹한 기질은 지금까지 얻어 온 그의 좋은 평판을 더욱 견고히 다지는 역할을 했다. 그는 승마는 서툴렀지만 시합이 있을 때마다 나타나서 최고의 기수에게 지지 않으려고 경쟁하다가 보기 좋게 낙마를 하곤 했다. 목사관에 불이 났을 때는 지방 소방서도 틀렸다고 포기한 상태에서 그가 용감하게 건물로 뛰어들어 재산을 건져 내 명성을 떨치기도 했다. 이런 이유로 벌스톤 저택의 존 더글러스는 5년도 채 되지 않아 그 지방에서 커다란 명성을 얻게 되었다.

그의 아내도 가깝게 지내는 사람들 사이에서는 평판이 좋았다. 영국인의 관습에 따르면 아무런 연고도 없이 그 지역에 정착한 외지인을 방문하는 일은 별로 없었다. 그러나 원래 소극적인 성격의 그녀는 오로지 남편과 집안일에 몰두해 있었기 때문에 아무런 아쉬움을 느끼지 않고 지낼 수 있었다. 그녀는 잉글랜드 태생으로 더글러스가 런던에서 독신 생활을 하고 있을 무렵 그를 알게 되었다.

그녀는 검은 머리에 키가 컸으며, 날씬하고 아름다운 모습으로 남편보다 스무 살쯤 젊었다. 상당히 나이 차이가 났지만, 그 때문에 가정생활이 불만족스럽지는 않았다.

그러나 그 둘을 잘 알고 있는 주변 사람들은 이따금 두 사람이 서로를 완전히 신뢰하는 것 같지는 않다고 말했다. 왜냐하면 아내가 남편의 과거에 대해 입을 열지 않았기 때문인데, 사람들은 남편이 자신의 과거에 대해 아내에게 제대로 알려 주지 않아서 아내도 모를 가능성이 크다고 떠들어 댔다. 또 몇몇 남의 일에 참견하기 좋아하는 사람들에 따르면, 더글러스 부인은 가끔 신경과민 증세를 보였으며, 특히 남편이 밖에 나갔다가 늦을 경우에는 대단히 불안해한다는 것이었다. 조용한 시골에서는 온갖 뜬소문이 환영받는 법이어서, 이 집 부인의 이러한 약점은 사람들의 입방아를 벗어날 수 없었고, 그로 인해 조그마한 사건이라도 터지면 사람들은 그 사실을 더욱 크게 부풀리고 완전한 사실로 단정했다.

그 집에는 또 다른 한 인물이 있었다. 벌스톤 저택에는 가끔 와서 머무를 뿐이었지만, 지금부터 말하려는 이상한 사건이 일어났을 때 그가 그곳에 있었기 때문에 그의 이름이 크게 알려졌다. 그는 햄스테드의 헤일즈 저택에 사는 세실 제임스 바커라는 남자였다.

키가 크고 느릿느릿한 세실 바커는 벌스톤 저택을 자주 방문했기 때문에 벌스톤 주변에서는 쉽게 볼 수 있었다. 그는 영국이라는 새로운 땅에 정착한, 과거가 잘 알려지지 않은 더글러스의 단 한 명의 친구라서 더욱 주목을 받았다. 바커는 영국 사람이 틀림없었지만, 그의 말에 따르면 그가 처음 더글러스를 알게 된 곳은 미국이며, 그곳에서부터 아주 친하게 지냈다고 한다. 그는 재산이 상당히 많은 것 같았고, 아직 독신이라는 소문이 있었다.

나이는 더글러스보다 젊어 마흔다섯 살쯤으로 보였으며, 훤칠한 키에 떡 벌어진 가슴, 말끔히 깎은 수염이 마치 프로 권투 선수 같은 인상을 주었다. 굵고 억센 검은 눈썹 아래의 위압적인 검은 두 눈은 굳이 힘센 두 손을 쓰지 않고서도 적을 물리칠 수 있을 정도로 위압적이었다. 그는 승마나 사격은 하지 않았다. 입에 파이프를 물고 옛 마을을 이리저리 걸었으며, 더글러스와 함께 또는 그가 집에 없을 때는 부인과 함께 아름다운 시골길을 마차를 타고 달리면서 시간을 보냈다.

집사 에임스는 더글러스의 성격을 '태평스럽고 쾌활하다'고 했지만, 명령을 어기거나 거역했다간 불호령이 떨어진다고 말했다. 바커는 더글러스와 대단히 친했고, 그의 부인과도 아주 친했다. 부인과는 남편이 불쾌해할 정도로 친밀해서 더글러스의 불쾌감을 하인들까지도 눈치챌 지경이었다. 비극적인 사건이 일어났을 때 가족의 한 사람으로 저택에 있었던 세 번째 사람은 바로 이런 사람이었다.

그 밖에 이 오래된 저택에 사는 다른 사람이라면, 많은 고용인들 중에서 두 사람만 더 소개하면 충분할 것이다. 매사에 꼼꼼하고 여러 사람으로부터 존경받는 유능한 집사 에임스와 더글러스 부인의 집안일을 돕는 뚱뚱하고 쾌활한 앨런 부인이다. 다른 여섯 명의 하인들은 1월 6일, 그날 밤에 일어난 사건과는 아무런 관계도 없다.

서식스 주 경찰인 윌슨 경사의 관할 파출소에 급보가 처음으로 전해진 것은 11시 45분이었다. 몹시 흥분한 세실 바커가 파출소 문으로 달려와서 요란스럽게 벨을 눌렀다. 그러고는 벌스톤 저택에 끔찍한 비극이 일어났는데 존 더글러스가 살해됐다고 숨이 넘어갈 듯이 말했다. 그 뒤 바커는 급히 저택으로 돌아갔고, 경사는 곧 주 경찰에 중대 사건이 발생했음을 보고한 후, 2~3분 뒤에 바커의 뒤를 쫓아갔다. 그가 범행 현장에 도착한 것은 12시가 조금 지난 무렵이었다.

저택에 도착해 보니 도개교는 내려져 있었고, 창문마다 불이 켜져 있었으며, 집 안은 온통 혼란의 도가니였다. 새파랗게 질린 하인들이 현관홀에 모여 앉아 있었고, 겁에 질린 집사는 현관문을 두 손으로 붙잡고 있었다. 자신을 억제하고 감정을 자제하고 있는 사람은 세실 바커뿐인 듯했다. 그는 현관에서 가장 가까운 문을 열고 경사에게 따라오라는 손짓을 했다. 그때 마을의 일반 개업의인 민첩하고 유능한 우드 의사가 도착했다. 그는 비극이 일어난 서재로 들어갔고, 공포에 질린 집사가 뒤따르며 뒤에서 문을 닫아 끔찍한 광경을 하녀들이 보지 못하도록 했다.

죽은 사람은 방 한복판에 팔다리를 뻗고 똑바로 누워 있었다. 옷은 잠옷 위에 분홍빛 실내복을 걸치고 있었고, 맨발에는 가정용 모직 슬리퍼를 신고 있었다. 의사는 죽은 사람 옆에 무릎을 꿇고 앉

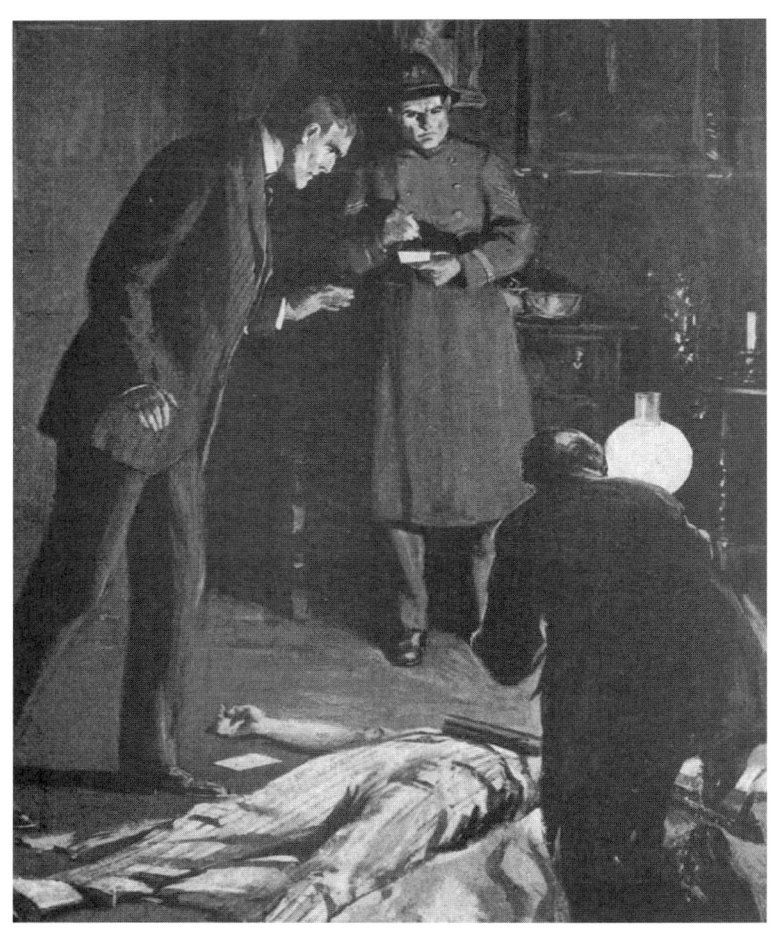

아서 테이블 위의 램프를 집어 들었다.

의사는 피해자를 흘긋 보는 것만으로도 자신이 온 일이 헛일이라는 사실을 알았다. 죽은 사람은 차마 볼 수 없을 정도로 깊은 상처를 입었다. 피해자의 가슴에는 방아쇠 1피트 앞에서 총신을 자른 엽총으로 보이는 이상한 무기가 얹혀 있었다. 총은 분명히 가까운 곳에서 쏘았고, 그로 인해 총알이 모두 얼굴에 맞아 머리가 박살이 난 게 틀림없었다. 총은 총알 두 방을 한꺼번에 발사할 수 있도록 두 개의 방아쇠를 철사로 한데 고정시켜 놓았다.

윌슨 경사는 갑자기 두 어깨를 내리누르는 무거운 책임감에 용기를 잃고 겁을 먹었다.

"높은 분이 올 때까지 아무것도 손대지 말도록 합시다." 처참한 얼굴을 바라보며 경사가 조용히 말했다.

"지금까지는 아무것도 손대지 않았습니다." 세실 바커가 말했다. "제가 보증하겠습니다. 제가 발견했을 때의 그대로를 지금 보고 계십니다."

"언제 발견했지요?"

경사는 수첩을 꺼내 들었다.

"정확히 11시 30분이었습니다. 옷을 벗지 않고 침실 난로 옆에 앉아 있는데 총소리가 들렸습니다. 큰 소리는 아니었습니다. 일부러 소리를 죽인 듯했습니다. 나는 급히 아래로 뛰어 내려갔습니다. 방에 들어가기까지 30초도 걸리지 않았을 겁니다."

"방문은 열려 있었습니까?"

"네, 열려 있었습니다. 불쌍한 더글러스는 당신이 보시는 그 상태로 쓰러져 있었습니다. 침실용 촛불이 테이블 위에서 타고 있었고, 램프는 몇 분 뒤에 제가 켰습니다."

"아무도 보지 못했습니까?"

"못 봤습니다. 더글러스 부인이 계단을 내려오는 소리가 들렸기 때문에 저는 부인이 이 끔찍한 광경을 보지 못하도록 막으려고 밖으로 뛰어 나갔습니다. 그때 가정부 앨런 부인이 나타나서 부인을 데리고 갔습니다. 이윽고 에임스가 나타나서 우리는 방으로 다시 들어왔습니다."

"그런데 밤에는 저 다리를 올려놓는다고 들었습니다만."

"그렇습니다. 제가 내릴 때까지는 올려져 있었습니다."

"만약 이것이 살인이라면 범인은 어떻게 도망갔을까요? 이 사건은 생각할 필요도 없습니다. 더글러스 씨는 자살한 것이 틀림없습니다!"

"처음에는 우리도 그렇게 생각했습니다. 하지만 이걸 보세요!"

바커는 커튼을 젖히고 다이아몬드 모양의 유리가 달린 긴 창문이 완전히 열려 있는 것을 보여 주었다.

"이것을 보십시오!"

그는 램프를 아래로 내려 나무 창틀에 묻어 있는 구두 발자국 모양의 핏자국을 비추었다.

"누군가가 이리로 달아나려고 창틀 위에 서 있었던 게 분명합니다."

"범인이 해자를 건너서 달아났다는 말입니까?"

"그렇습니다!"

"그럼, 범행이 발생한 지 30초도 지나지 않아서 당신이 이 서재로 달려왔다고 한다면, 범인은 틀림없이 그때 해자 안에 있었겠군요."

"틀림없이 있었을 겁니다. 그때 창문으로 달려갔더라면 좋았을 텐데! 그러나 보시다시피 커튼이 쳐져 있었기 때문에 미처 그런 생각을 하지 못했습니다. 게다가 마침 더글러스 부인의 발소리가 들렸기 때문에 부인을 방으로 들어오지 못하게 해야 한다는 생각밖에 없었습니다. 들어오게 했다간 너무 끔찍했을 테니까요."

"그렇고말고!" 의사는 박살 난 머리와 그 언저리의 참혹한 상처를 보면서 말했다. "벌스톤 철도 충돌 사고 이후 이렇게 끔찍한 모습은 본 적이 없습니다."

"그런데 말입니다." 경사가 말했다.

그는 여전히 열려 있는 창문에 대한 생각을 떨쳐 버리지 못하고 있었다.

"범인이 해자를 건너서 도망갔다는 것은 그렇다 치고, 내가 묻고 싶은 것은 다리가 올려져 있었다면 범인은 어떻게 집 안에 들어왔지요?"

"아, 그게 문제로군." 바커가 말했다.

"다리는 몇 시에 올렸습니까?"

"6시쯤이었습니다." 집사 에임스가 대답했다.

"내가 듣기로는 다리는 보통 해가 지면 올린다고 하던데, 요즈음은 해가 6시가 아니라 4시 30분쯤 지지 않습니까?" 경사가 말했다.

"부인께서 차 대접 하시는 손님들이 계셔서 그분들께서 돌아가실 때까지 다리를 올릴 수 없었습니다. 돌아가시고 나서 제가 직접 올렸습니다." 에임스가 말했다.

"그럼 이렇다는 말이군." 경사가 말했다. "만일 누군가 외부에서 들어왔다고 하면, 물론 이건 어디까지나 가정입니다. 그렇다면 그는 틀림없이 6시 이전에 도개교를 건너 들어와서 더글러스 씨가 방으로 들어온 11시가 지난 시간까지 줄곧 숨어 있었다는 말이 되는군요."

"그렇습니다! 더글러스 씨는 매일 밤 주무시기 전에 등불이 켜진 곳은 없는지 마지막으로 집 안을 둘러보셨습니다. 그리고 이 방으로 들어오신 겁니다. 그런데 기다리고 있던 범인이 총으로 쏘고, 흉기를 남긴 채 창문을 통해 도망간 겁니다. 저는 그렇게 생각합니다. 다른 설명으로는 도대체 이 상황을 설명할 수 없으니까요."

경사는 시체 옆의 바닥에 떨어져 있는 카드 한 장을 집어 들었다. 'V. V.'라는 머리글자와 그 밑에 '341'이라는 숫자가 잉크로 쓰여 있었다.

"이게 뭐지?" 경사는 카드를 들고 중얼거렸다.

바커도 호기심을 갖고 그것을 보았다.

"그런 것이 있는 줄은 몰랐는데요. 범인이 떨어뜨린 게 틀림없습니다."

"V. V. 341이라……. 뭐가 뭔지 모르겠군."

경사는 카드를 굵은 손가락으로 계속해서 만지작거렸다.

"V. V.가 뭐지? 누군가의 머리글자일지도 모르겠군. 그건 뭡니까? 우드 선생?"

그것은 벽난로 매트 위에 놓여 있던 제법 크고 튼튼하게 생긴 망치로 노동자들이 쓰는 것이었다. 세실 바커는 벽난로 선반 위에 있는 놋쇠 못이 들어 있는 상자를 가리키며 말했다.

"더글러스는 어제 벽의 그림을 바꿔 달았습니다. 이 의자에 올라서서 큰 그림을 거는 것을 보았습니다. 그래서 망치가 여기 있는 겁니다."

"망치를 매트 위에 다시 놓아두는 것이 좋겠습니다." 경사는 혼란스러운 듯 머리를 흔들며 말했다. "이 사건의 해결을 위해서는 가장 우수한 두뇌를 가진 경찰이 동원되어야 합니다. 아무래도 스코틀랜드 야드가 관여해야 할 것 같습니다."

그는 램프를 들고 방 안을 천천히 돌아다녔다.

"아니!" 그는 창문 커튼을 한쪽으로 밀치면서 흥분하여 소리쳤다. "이 커튼은 언제 닫았습니까?"

"램프를 켰을 때입니다." 집사가 말했다. "4시가 조금 지난 무렵이었을 겁니다."

"틀림없이 누군가 여기 숨어 있었어."

경사가 램프를 아래로 비추자 한쪽 구석에 진흙투성이의 구두 자국이 뚜렷하게 보였다.

"이것으로 당신의 말이 입증되었다고 할 수 있겠군요, 바커 씨. 범인이 집에 들어온 것은 커튼을 친 4시부터 다리를 들어올린 6시 사이가 분명한 것 같습니다. 범인이 이 방으로 들어온 것은 이 방이 제일 먼저 눈에 띄었기 때문입니다. 그리고 달리 숨을 만한 곳이 없어서 커튼 뒤로 뛰어든 겁니다. 그 점은 분명히 맞는 것 같습니다. 범인의 주된 목적은 물건을 훔치는 데 있었던 것 같은데, 우연히 더글러스 씨에게 들켰기 때문에 살해하고 도망간 것입니다."

"나도 그렇게 생각합니다." 바커가 말했다. "그런데 우리는 귀중한 시간을 헛되이 보내고 있는 게 아닐까요? 범인이 도망가기 전에 근처를 수색하는 것이 좋지 않겠습니까?"

경사는 잠시 생각했다.

"아침 6시까지는 이곳에서 출발하는 열차가 없으니 기차로 도망갈 수 없습니다. 또 두 다리가 물에 흠뻑 젖은 채 길을 걷는다면 누군가의 눈에 띄기 쉬울 겁니다. 아무튼 교대가 올 때까지 나는 이곳을 떠날 수 없습니다. 그리고 여러분도 자신의 알리바이가 분명히 밝혀질 때까지는 누구도 이 집을 떠날 수 없다고 생각합니다."

의사는 램프를 들고 시체를 자세히 살펴보고 있었다.

"이건 무슨 표시지요?" 의사가 물었다. "범죄와 관련이 있을까요?"

시체의 오른팔이 실내복으로부터 팔꿈치까지 훤히 드러나 있었다. 팔뚝 중간쯤에는 동그라미 속에 삼각형이 그려진 기묘한 그림이 있었는데, 창백한 피부와 대조되는 갈색이라 그것이 더욱 뚜렷하게 보였다.

"문신은 아니군." 의사는 안경을 통해 살피면서 말했다. "이런 것은 처음 보는군. 마치 소에 낙인을 찍듯이 찍었습니다. 이게 무슨 뜻일까요?"

"그게 무슨 뜻인지는 모르지만, 이 표시는 지난 10년 동안 더글러스 씨의 몸에서 계속 볼 수 있었습니다." 세실 바커가 말했다.

"저도 봤습니다." 집사가 말했다. "주인님이 팔뚝을 걷고 계실 때 항상 그 표시가 보였습니다. 저도 가끔 그게 무슨 표시인지 궁금했습니다."

"그렇다면 범죄와는 아무 관계도 없겠군요." 경사가 말했다. "하지만 이상합니다. 이 사건은 모두 이상합니다. 아니, 왜 그럽니까?"

갑자기 집사가 죽은 사람의 손을 가리키면서 큰 소리로 비명을 질렀다.

"그들이 결혼반지를 갖고 갔습니다!" 집사는 숨을 헐떡거리며 말했다.

"뭐라고!"

"정말입니다. 주인님은 왼손 새끼손가락에 장식이 없는 결혼반지를 항상 끼고 계셨습니다. 금반지였는데, 그 반지 위에는 자연 그대로의 금덩어리가 붙은 반지를 또 하나 끼고 계셨고, 가운데 손가락에는 뒤틀린 뱀 모양의 반지를 끼고 계셨습니다. 금덩어리와 뱀 모양의 반지는 있는데 결혼반지는 없어졌습니다."

"에임스의 말은 사실입니다." 바커가 말했다.

"아니 그럼 다른 반지 안쪽에다 결혼반지를 끼고 있었단 말입니까?" 경사가 물었다.

"언제나 그랬습니다."

"그렇다면 범인은, 아니 누구든 간에 결혼반지를 훔쳐 간 자는 당신이 말하는 금반지를 먼저 빼고 나서 결혼반지를 뺀 다음 금반지를 다시 끼웠단 말이군요."

"그렇습니다!"

지방 경관은 머리를 흔들었다.

"빨리 런던에서 소식이 왔으면 좋겠군요. 이곳 주 경찰의 화이트 메이슨은 똑똑한 사람이고, 이 지방에서 일어난 사건은 무엇이든 척척 해결했으니 그가 곧 와서 우리를 도울 겁니다. 그러나 내 생각에는 사건을 해결하려면 스코틀랜드 야드의 도움이 절실히 필요한 것 같습니다. 어쨌든 이 사건은 나 같은 사람에게는 너무 벅차다는 것을 솔직히 시인합니다."

4
암흑

　서식스 주 경찰의 형사반장 화이트 메이슨은 벌스톤 파출소 월슨 경사의 긴급 연락을 받고서 급하게 서둘렀다. 경찰 본부의 이륜마차를 타고서 현장에 도착한 것은 새벽 3시였다. 그는 오전 5시 40분 열차 편으로 스코틀랜드 야드에 보고서를 보냈고, 12시에는 우리를 마중하기 위해 벌스톤 역에 나와 있었다.

　화이트 메이슨은 조용하고 편안한 느낌을 주는 사람으로, 불그레한 얼굴은 말끔히 면도했고, 헐렁한 트위드 차림을 하고 있었다. 약간 뚱뚱한 편이었으며, 힘이 있어 보이는 다부진 체격에 각반을 찬 모습은 조그마한 농장의 주인이거나 은퇴한 사냥터지기처럼 보이지 지방의 범죄 수사관으로는 보이지 않았다.

　"정말 어려운 사건입니다, 맥도널드 경감!" 그는 몇 번이고 이 말을 되풀이했다. "신문기자들이 알게 되면 파리가 들끓는 듯한 소동이 일어날 겁니다. 그들이 이 일에 끼어들어 현장을 쑥대밭으로 만들기 전에 사건을 처리하고 싶습니다. 이번처럼 끔찍하고 난해한 사건은 접해 본 기억이 없습니다. 내 생각이 틀림없다면 뭔가 당신 가슴에 와 닿는 것이 있을 겁니다, 홈즈 씨. 그리고 왓슨 선생, 이 사건을 해결하는 데는 의사의 의견도 필요할 것 같으니 협조해 주시기 바랍니다. 다른 곳은 방이 없어서 숙소는 웨스트빌 암즈로 잡아 놓았습니다. 깨끗하고 좋은 여관이랍니다. 짐은 저 사람에게 주십시오. 자, 그럼, 이쪽으로……."

이 서식스의 형사는 부산스러웠지만 무척 친절했다. 우리는 10분 후에 여관에 도착했고, 다시 10분 후에는 여관 휴게실에 앉아서 사건의 경위를 대강 들었다. 맥도널드는 가끔 메모를 했으나 홈즈는 식물학자가 귀한 꽃을 관찰하듯 놀라움과 존경심이 담긴 표정으로 듣기만 했다.

"놀라운 일이야!" 이야기가 끝나자 홈즈가 말했다. "대단히 놀라운 일이야! 이처럼 기이한 사건은 처음입니다."

"그렇게 말씀하실 줄 알았습니다, 홈즈 씨." 화이트 메이슨은 대단히 기분 좋은 듯이 말했다. "서식스 경찰은 민첩하게 움직입니다. 오늘 새벽 3시에서 4시 사이에 윌슨 경사로부터 인계받은 사건 상황은 지금 말씀드린 바와 같습니다. 정말이지 늙은 말을 채찍질해서 정신없이 달려갔는데, 가서 상황을 보니 그렇게 급히 서두를 필요도 없었지 뭡니까? 내가 급히 처리할 일은 아무것도 없었으니까요. 윌슨 경사가 이미 모든 상황을 파악한 뒤였고, 나는 그것을 확인하고 단지 두세 가지만 더 파악해서 덧붙였을 뿐입니다."

"당신이 직접 파악했다는 것은 무엇입니까?" 홈즈가 날카롭게 물었다.

"나는 우선 망치를 조사했는데, 우드 선생이 옆에서 저를 도왔습니다. 하지만 망치를 폭력에 사용한 흔적은 없었습니다. 더글러스 씨가 망치로 자신을 방어했다면, 망치를 매트 위로 떨어뜨리기 전에 범인에게 상처를 입혔을 겁니다. 하지만 유감스럽게도 망치에는 핏자국이 없었습니다."

"그건 아무런 증명이 되지 못해." 맥도널드 경감이 말했다. "망치로 사람을 죽여도 그 망치에 핏자국이 남지 않는 경우는 많이 있었으니까."

"그것은 사실입니다. 그렇다고 그 점이 망치를 사용하지 않았다는 증거도 되지 않습니다. 어쨌거나 피가 묻어 있었으면 우리에게 도움이 되었을 텐데 실제로 핏자국은 전혀 없었습니다. 그다음에 나는 총을 조사했습니다. 총알은 사슴탄(알이 굵은 산탄)을 사용했는데 윌슨 경사가 지적한 것처럼 방아쇠를 철사로 한데 묶어 놓았기 때문에 한쪽 방아쇠를 당기면 두 방이 한꺼번에 발사되도록 되어 있었습니다. 누가 그랬는지는 모르지만 상대를 맞히지 못하는 일이 없도록 조치를 해 놓았더군요. 이 짧게 자른 총은 길이가 2피트도 되지 않아서 쉽게 웃옷 밑에 감추고 다닐 수 있을 정도입니다. 총에는 제작한 회사 이름이 일부밖에 남아 있지 않았습니다. 두 총신 사이의 홈에는 'PEN'이라는 글씨가 새겨져 있었고, 나머지 회사 이름은 톱으로 잘려 나가고 없었습니다."

"P는 대문자로 글자 위에 장식 곡선이 있었고, E와 N은 소문자였지요?" 홈즈가 물었다.

"그렇습니다."

"펜실베이니아 소총회사 제품입니다. 미국의 유명한 회사지요."

화이트 메이슨은 마치 작은 마을의 개업의가 난해한 병을 말 한마디로 해결하는 할리 가(런던의 일류 의사들이 개업하고 있는 거리)의 의사를 보는 듯한 표정으로 멍하니 홈즈를 바라보고 있었다.

"이건 정말 큰 도움이 되겠습니다, 홈즈 씨. 말씀하신 게 틀림없을 겁니다. 훌륭하십니다! 정말 훌륭해요! 전 세계의 총기 회사 이름을 전부 머리에 담고 다니십니까?"

홈즈는 그런 것은 아무것도 아니라는 듯이 손을 흔들었다.

"총이 미국제인 것은 틀림없습니다." 화이트 메이슨은 계속했다. "나도 미국의 어느 지역에서는 총신을 짧게 자른 총을 사용한다는 이야기를 읽은 적이 있습니다. 총열에 있는 이름과는 상관없이 나도 그런 생각은 했습니다. 그럼, 더글러스 씨를 살해한 범인은 미국인이란 증거가 나온 셈이군요."

맥도널드는 고개를 저었다.

"이봐, 속단하면 안 돼. 나는 외부에서 누가 침입했다는 증거가 있다는 소리는 아직 듣지 못했네."

"창문은 열려 있고, 창틀에 피가 묻어 있고, 이상한 카드, 구석에 있는 구두 발자국 그리고 총이 있지 않습니까?"

"그런 것이야 전부 일부러 꾸며 놓을 수도 있다네. 더글러스 씨는 미국 사람이고, 그렇지 않다고 하더라도 미국에 오랫동안 살았어. 바커 씨도 그렇고. 미국인이 범행을 저질렀다고 설명하려고 미국 사람을 일부러 끌어들일 필요는 없지."

"집사 에임스가……."

"그가 어떻다는 건가? 그는 믿을 수 있나?"

"찰스 챈도스 경의 집에서 10년이나 일했으니 안심하고 믿어도 좋습니다. 또 더글러스 씨가 5년 전에 저택을 샀을 때부터 줄곧 일해 왔습니다. 에임스 말로는 집 안에서 이런 총을 본 적이 없다고 했습니다."

"이 총은 숨길 수 있도록 만들어졌네. 그래서 총신을 자른 거야. 웬만한 상자라면 어디에나 들어갈 수 있지. 그런데 집에 그런 총이 없었다고 어떻게 잘라 말할 수 있겠나?"

"어쨌든 본 일이 없답니다."

맥도널드는 스코틀랜드 사람답게 완고하게 고개를 저었다.

"나는 저택에 누가 침입했다는 말은 아직 믿지 못하겠네."

맥도널드는 잠시 생각에 잠겼다가 말했다. 그가 열심히 자기주장을 펼수록 그의 애버딘 사투리는 점점 심해졌다.

"생각해 보게. 외부 사람이 총을 갖고 들어왔고, 그 사람이 이 모든 이상한 짓을 저질렀다고 생각해 보게. 그런 일은 상상할 수 없어! 도무지 상식 밖의 일이야! 지금까지 들은 이야기로 볼 때 나는 그렇게 생각합니다, 홈즈 씨." 맥도널드가 말했다.

"어디 그럼, 당신 주장을 들어봅시다, 맥도널드 경감." 홈즈는 비판적인 말투로 말했다.

"혹시 숨어 들어온 사람이 있다 하더라도 그는 강도가 아닙니다. 이 사건은 반지와 카드로 미루어 볼 때 뭔가 개인적인 원한에 의한 계획적인 살인 사건입니다. 좋습니다. 살인을 하기 위해 한 남자가 집에 숨어들었다고 합시다. 분별 있는 사람이라면 집이 해자로 둘러싸여 있어서 도망가기가 쉽지 않다는 것은 알고 있을 겁니다. 그렇다면 그는 어떤 흉기를 택하겠습니까? 세상에서 가장 소리 나지 않는 것을 택할 것입니다. 그래야 목적을 이루고 난 다음 재빨리 창문을 통해 집에서 빠져나가 해자를 건너서 도망갈 수 있을 겁니다. 상황이 이렇다면 어느 정도 이해할 수 있을 겁니다. 그러나 총소리가 나면 온 집 안의 사람들이 즉시 현장으로 달려올 테고, 해자를 건너기 전에 들킬 것이 뻔한데 일부러 가장 소리가 요란한 흉기를 사용했겠습니까? 그런 일을 믿을 수 있다고 생각하십니까, 홈즈 씨?"

"확고한 견해군요." 홈즈는 깊이 생각하며 말했다. "많은 점들이 해명을 요하는 것은 사실입니다. 실례지만 화이트 메이슨 씨, 해자에서 올라온 사람의 흔적이 있는지 맞은편 언덕을 조사해 보셨습니까?"

"아무 흔적도 없었습니다, 홈즈 씨. 그러나 맞은편은 돌을 깔아 놓았기 때문에 흔적이 남아 있길 기대할 수는 없습니다."

"발자국이나 어떤 흔적도요?"

"아무것도 없었습니다."

"그렇군요! 우리가 지금 곧 저택으로 출발해도 좋겠습니까, 화이트 메이슨 씨? 무엇을 암시하는 사소한 단서가 아직 남아 있을지도 모를 일입니다."

"저도 가시자고 할 생각이었습니다, 홈즈 씨. 하지만 가기 전에 모든 사실을 알리고 싶었습니다. 내가 얘기한 것 중에 혹시 특이한 것이라도?"

화이트 메이슨은 홈즈를 미심쩍다는 듯이 바라보았다.

"나는 전에도 홈즈 씨와 일한 적이 있지만, 이분은 혼자서 일을 하신다네." 맥도널드 경감이 말했다.

"적어도 나는 내 방식대로 일합니다."

홈즈는 빙긋이 웃었다.

"나는 법과 경찰을 돕기 위해서 사건에 손을 댑니다. 만일 내가 경찰과 인연을 끊는다면 그것은 경찰이 먼저 나를 떠났기 때문일 겁니다. 나는 경찰을 이용해서 공을 세울 생각은 전혀 없습니다. 동시에 화이트 메이슨 씨, 나는 내 방식대로 일하고 내가 원할 때 그 결과—단계적으로 그때그때 조금씩 알려 주는 것이 아니라 한 번에 완전한 결과—를 알려 줄 겁니다."

"우리는 당신이 오신 것을 환영합니다. 알고 있는 것을 숨김없이 말씀해 드리겠습니다." 화이트 메이슨은 정중하게 말했다. "같이 가시지요, 왓슨 씨. 때가 되면 우리도 당신의 책에 이름이 오르길 바라니까요."

우리는 가지를 짧게 친 느릅나무가 양쪽으로 줄지어 있는 고풍스러운 마을의 큰길을 걸어갔다. 큰길 바로 맞은편에는 비바람으로 색이 변한, 이끼 낀 오래된 돌기둥이 두 개 서 있었다. 기둥 위에는 뭔가 얹혀 있었는데, 뒷발로 일어서 있는 캐푸스가의 사자상이 초라한 모습으로 볼품없이 있었다. 잉글랜드의 전원에서나 볼 수 있는 잔디와 그를 둘러싸고 있는 떡갈나무 사이의 구불구불한 길을 조금 걸어가자 길이 갑자기 꺾이며 벽돌로 지은 제임스 1세 풍의 거무죽죽한, 길고 나지막한 저택이 나타났다. 저택 양쪽에는 잘 손질된 주목나무들이 늘어선 정원이 있었다. 가까이 다가가자 차가운 겨울 햇빛을 받은 수면이 수은처럼 빛나는, 폭이 넓고 아름다운 해자가 있었고 거기에 다리가 걸쳐져 있었다.

지난 3세기 동안 이 저택에서는 많은 사람이 태어났고, 이곳으로 귀향했다. 때로는 시골 무도회나 여우 사냥을 하는 장소로 사용되었다. 그랬던 유서 깊은 저택이 지금은 흉악한 사건의 그림자에 휩싸였다니 정말 알 수 없는 일이다. 그러나 뾰족하게 생긴 기이한 지붕이며, 돌출한 이상한 박공들은 음침한 음모를 꾸미는 데 안성맞춤으로 보이기도 했다. 깊숙이 들어가 있는 창문들이며 흐릿한 물이 찰랑거리는 길게 뻗은 저택의 정면을 보고 있으니 비극에 이렇게 잘 들어맞는 무대 장치도 없겠다는 생각이 들었다.

"저게 제가 말한 창문입니다." 화이트 메이슨이 말했다. "다리바로 오른쪽에 있는 창문 말입니다. 어젯밤 발견되었을 때 그대로 열려 있습니다."

"사람이 빠져나가기에는 너무 좁은 것 같은데요."

"분명 뚱뚱한 놈은 아니었을 겁니다. 그 문제는 당신의 추리도 필요 없습니다, 홈즈 씨. 당신이나 나 정도의 몸이라면 빠져나갈 수 있습니다."

홈즈는 해자의 가장자리로 걸어 가서 해자를 살폈다. 그리고 는 해자 건너편에 깔려 있는 돌과 그 너머의 풀을 살폈다.

"제가 그곳은 자세히 살펴보았습니다, 홈즈 씨." 화이트 메이슨이 말했다. "사람이 그곳을 올라간 흔적은 물론 다른 아무것도 없었습니다. 범인이 흔적을 남길 이유가 없지 않습니까?"

"그래요, 남길 이유가 없지요. 해자의 물은 언제나 이렇게 흐립니까?"

"대개 이런 빛을 띠고 있습니다. 작은 냇물을 통해서 흙탕물이 흘러 들어옵니다."

"얼마나 깊습니까?"

"양쪽 가장자리는 2피트, 가운데는 3피트 정도 됩니다."

"그렇다면 범인이 건너려다가 빠져 죽었다는 생각은 하지 않아도 되겠군요."

"네, 어린아이라도 빠져 죽는 일은 없을 겁니다."

다리를 건너가자 굵은 뼈마디가 드러날 정도로 비쩍 마른 남자가 우리를 맞았는데 집사 에임스였다. 가엾은 노인은 충격으로 새파랗게 질려서 벌벌 떨고 있었다. 살인이 일어난 운명의 방은 딱딱한 인상을 풍기는 키 큰 경사가 우울한 표정으로 여전히 지키고 있었다. 의사는 이미 가고 없었다.

"뭔가 새로운 일이라도 있었나, 윌슨 경사?" 화이트 메이슨이 물었다.

"없었습니다."

"그럼 자네는 집에 가도록 하게. 수고했어. 필요하면 사람을 보내서 부르겠네. 집사는 밖에서 기다리게 하고 그에게 시켜서 세실 바커 씨와 더글러스 부인과 가정부에게 우리가 조금 있다가 만나 보고 싶다고 전하라고 하게. 자, 여러분! 우선 사건에 대한 생각을 내가 어떻게 정리했는지 말씀 드릴 테니 그다음에는 여러분도 생각을 정리해서 말씀해 주세요."

나는 이 지방의 전문가로부터 깊은 감명을 받았다. 그는 사태를 완전히 파악하고 있었으며, 냉철하고 명석한 두뇌를 갖고 있었다. 앞으로 형사로서의 명성을 떨치고 능력을 인정받기에 충분할 것으로 보였다.

홈즈는 형사들이 설명할 때 자주 보이곤 했던 조급한 기색을 전혀 보이지 않고 열심히 그의 말을 들었다.

"이것이 자살이냐 타살이냐? 그것이 우리의 첫 번째 질문입니다, 그렇지 않습니까? 이것이 자살이라면……, 죽은 사람은 제일 먼저 자기 결혼반지를 빼서 감추었습니다. 그런 다음 실내복을 입고 이 방으로 내려와서는, 누군가 자기를 기다리고 있었던 것처럼 꾸미기 위해 커튼 뒤에 진흙을 묻혀 놓고, 창문을 연 다음 피를—"

"그런 생각은 하지 않아도 되네." 맥도널드가 말했다.

"물론 나도 그렇게 생각합니다. 자살은 말도 안 됩니다. 그러니 타살이 분명합니다. 우리가 결정해야 할 사항은 범행이 외부 사람의 소행이냐 집안사람의 소행이냐 하는 점입니다."

"어디 그 점에 대한 자네의 주장을 들어 볼까?"

"양쪽 모두 상당한 문제가 있기는 합니다만, 둘 중 하나임에는 틀림없습니다. 우선 집안사람들 가운데 한 사람 또는 그 이상의 사람들이 범행을 저질렀다고 가정해 봅시다. 그들은 주위가 조용해 지기는 했지만 아직 아무도 잠들지 않았을 때 피해자를 이리로 데리고 왔습니다. 그런 다음 그들은 모든 사람에게 무슨 일이 일어났는지 알릴 수 있는 이상하고도 가장 요란한 흉기로—전에 이 저택에서는 한 번도 본 적이 없는 흉기로—살해한 겁니다. 그러나 이런 일은 있을 법한 일이 아닙니다, 안 그렇습니까?"

"그래. 그런 일은 있을 수 없어."

"그런데 총소리가 들리고 나서 1분도 되지 않아 집 안에 있던 사람들이 현장으로 달려왔다는 것에는 모든 사람의 의견이 일치하고 있습니다. 세실 바커 씨뿐만 아니라, 물론 이 사람은 자기가 제일 먼저 달려왔다고 하지만, 에임스를 포함한 모든 사람이 달려왔습니다. 그렇다면 1분도 안 되는 시간 동안 범인은 커튼 뒤에 발자국을 만들고, 창문을 열고, 창틀에 피를 묻히고, 죽은 사람의 손가락에서 결혼반지를 빼는, 그 모든 일을 다 했다는 말입니까? 그것은 불가능합니다!"

"논리가 정확하군요. 나도 당신 말에 동의합니다." 홈즈가 말했다.

"좋습니다. 그렇다면 외부에서 들어온 사람의 짓으로 가정하는 수밖에 없습니다. 이 가정에도 역시 몇 가지 커다란 문제점이 있기는 합니다. 그러나 그 문제들은 해결이 불가능한 것은 아닙니다. 범인은 오후 4시 30분에서 6시 사이, 즉 해가 진 다음부터 다리를 들어 올리기 전 사이에 저택으로 숨어들었습니다. 저택에 손님이

와 있었기 때문에 문이 열려 있어서 방해물은 없었습니다. 범인은 흔해 빠진 강도가 아니면 더글러스 씨에게 뭔가 개인적인 원한을 품고 있던 놈입니다. 더글러스 씨가 인생의 대부분을 미국에서 보냈고, 흉기인 엽총도 미국제인 것으로 보아 개인적인 원한이 분명할 것으로 생각됩니다.

범인이 이 서재로 숨어든 것은 이 방이 제일 먼저 눈에 띄었기 때문이고, 그는 방에 들어오자마자 커튼 뒤에 숨었습니다. 그는 커튼 뒤에서 밤 11시가 지날 때까지 기다렸습니다. 그때 더글러스 씨가 방으로 들어왔습니다. 더글러스 씨가 범인과 이야기를 나누었다 하더라도 아주 짧은 시간이었을 겁니다. 더글러스 부인은 남편이 서재로 간 지 2~3분도 되지 않아서 총소리가 들렸다고 했으니까요."

"촛불로도 그것을 알 수 있습니다." 홈즈가 말했다.

"그렇습니다. 초는 새것이었는데 0.5인치도 타지 않았습니다. 더글러스 씨는 서재로 들고 들어온 초를 테이블 위에 내려놓고 나서 당한 것이 틀림없습니다. 그렇지 않다면 더글러스 씨가 쓰러질 때 초가 바닥에 떨어졌을 테니까요. 이런 정황으로 미루어 보아 더글러스 씨는 방에 들어오자마자 총을 맞지 않은 것이 분명합니다. 바커 씨가 방에 들어왔을 때, 촛불은 켜져 있었고, 램프는 꺼져 있었습니다."

"그것은 명백합니다."

"그렇다면 그런 상황을 유추해서 사건을 재현해 봅시다. 더글러스 씨가 방으로 들어옵니다. 그는 손에 있는 촛불을 테이블 위에 내려놓습니다. 커튼 뒤에서 한 남자가 나타납니다. 그는 엽총을 들고 있습니다. 그는 결혼반지를 요구합니다. 그 이유는 알 수 없지만 틀림없이 요구했을 겁니다. 더글러스 씨는 반지를 줍니다. 그러고 나서 그는 더글러스 씨를 일방적으로 냉혹하게, 아니면 격투 끝에—격투 중에 더글러스 씨가 매트 위에서 발견된 망치를 잡았을 수도 있지만—더글러스 씨를 이와 같이 참혹하게 사살했습니다. 그는 총을 떨어뜨리고, 이상한 카드도—무슨 뜻인지 모르지만 V. V. 341이 적힌 카드—떨어뜨리고 세실 바커 씨가 범행을 발견한 그 순간에 창문을 빠져나가 해자를 건너서 도망쳤습니다. 내 말이 어떻습니까, 홈즈 씨?"

"대단히 흥미롭지만 조금 이해가 가지 않습니다."

"이봐, 그 말은 정말 난센스야. 그 밖의 다른 가정은 더욱 나쁘고!" 맥도널드가 소리쳤다. "누군가 더글러스를 살해했어. 하지만 그가 누구든 나는 그가 그런 방법으로 살해하지 않았다는 점은 분명히 증명할 수 있어. 자기가 도망갈 수 있는 길을 왜 그런 식으로 막았겠나? 소리를 내지 않아야 쉽게 도망갈 수 있는데 굳이 엽총을 사용한 이유는 뭐지? 자, 홈즈 씨, 화이트 메이슨 씨의 주장을 이해할 수 없다고 하셨으니 당신이 실마리를 제공할 차례입니다."

홈즈는 토의가 길게 진행되는 동안 남들이 하는 말을 한 마디도 빠뜨리지 않고 들었다. 또한 날카로운 시선을 이리저리 던지며, 이마에 깊은 주름이 팰 정도로 집중하면서 주의 깊게 모든 것을 관찰하고 있었다.

"내 의견을 말하기 전에 몇 가지 사실들을 더 파악하고 싶습니다, 맥도널드 경감." 홈즈는 시체 옆에 무릎을 꿇으며 말했다. "이런! 상처들이 정말 무시무시하군. 집사를 불러주시겠습니까? 아, 에임스, 더글러스 씨의 팔뚝 위에 있는 이 기묘한 표시—동그라미 속의 삼각형 낙인—를 여러 번 봤다고 하던데 사실입니까?"

"예. 자주 봤습니다."

"이것이 무엇을 뜻하는지 들은 적이 있습니까?"

"없습니다."

"이것을 만들 때 대단히 아팠을 텐데. 틀림없이 피부를 태운 낙인이군. 에임스, 잘 봐요. 더글러스 씨의 턱 옆에 조그만 반창고가 붙어 있는데, 주인이 살아 있을 때도 반창고를 붙이고 있었습니까?"

"네. 어제 아침에 면도할 때 베인 것입니다."

"전에도 면도할 때 베인 것을 본 적이 있나요?"

"한동안 없었습니다."

"암시야! 우연의 일치일 수도 있지만 위험이 닥쳐온다는 것을 알고 마음이 동요되어서 베었을 수도 있어. 어제 더글러스 씨의 행동에 뭔가 이상한 점은 없었나요, 에임스?"

"어딘지 차분해 보이지 않는 게 흥분한 상태였습니다."

"음! 그럼, 전혀 뜻밖에 일을 당한 것은 아니군. 수사가 조금은 진전된 것 같지 않습니까? 당신이 직접 질문하시겠습니까, 맥도널

드 경감?"

"아닙니다, 홈즈 씨. 저보다 잘하고 계십니다."

"그렇다면, 'V. V. 341'이라고 쓰여 있는 이 카드 이야기를 해볼까? 싸구려 종이로군. 집에 이런 종이가 있습니까?"

"없는 것 같습니다."

홈즈는 책상으로 다가가서 각각의 잉크병에서 잉크를 조금씩 찍어 압지에 문질렀다.

"이 방에서 쓴 것은 아니야. 카드의 잉크는 검은 색이고 다른 것은 자주색이야. 그리고 이것은 굵은 펜으로 썼는데 여기 있는 펜들은 가는 것들밖에 없어. 이것은 분명 다른 곳에서 썼다는 결론인데, 여기 쓰여 있는 글에 대해 아는 게 있습니까, 에임스?"

"아무것도 없습니다."

"어떻게 생각합니까, 맥도널드 경감?"

"어떤 비밀 결사가 관계되었다는 느낌이 듭니다. 팔뚝에 있는 표시도 그렇고요."

"제 생각도 그렇습니다." 화이트 메이슨이 말했다.

"그럼 이것을 가정의 줄거리로 삼고 아까 우리가 제시했던 문제들이 얼마나 해결됐는지 살펴봅시다. 그런 비밀 결사의 범인이 이 저택으로 들어와서 더글러스 씨를 기다리고 있다가 이 총으로 그의 머리를 쏜 뒤 해자를 건너서 도망쳤습니다. 그는 도망가기 전에 죽은 사람 옆에 카드를 남겼고, 신문에 그 사실이 보도되면 그 비밀 결사의 다른 조직원들은 복수가 성공했다는 사실을 알게 됩니다. 이렇게 되면 말이 되기는 하지만, 왜 하필이면 이 무기를 사용했을까요?"

"그 점이 문젭니다."

"그리고 반지는 왜 없어졌을까요?"

"그것도 이상합니다."

"그리고 왜 지금까지 범인이 체포되지 않고 있지요? 벌써 오후 2시가 지났습니다. 당연히 새벽부터 40마일 안에 있는 모든 경관들은 물에 젖은 옷을 입고 있는 낯선 사람을 찾고 있을 게 아닙니까?"

"그렇습니다, 홈즈 씨."

"이 근처에 피신처가 있거나, 범인이 갈아입을 옷을 미리 준비하지 않았다면 경찰이 못 봤을 리가 없습니다. 그런데도 경찰은 지금까지 그를 찾지 못하고 있습니다!"

홈즈는 창가로 다가가서 돋보기로 창틀의 핏자국을 조사했다.

"이것은 분명히 구두 발자국입니다. 이상하게도 폭이 넓은데, 마당발일 겁니다. 하지만 이상한 점은 커튼 뒤의 진흙 발자국은 이 것보다 훨씬 날씬하다는 겁니다. 하기야 그다지 똑바로 찍히지는 않았지만. 그런데 이 사이드 테이블 밑에 있는 것은 뭐지요?"

"더글러스 씨의 아령입니다." 에임스가 말했다.

"아령이라. 그런데 하나밖에 없군. 다른 하나는 어디 있습니까?"

"모르겠습니다, 홈즈 씨. 원래 하나밖에 없었는지도 모르겠습니

다. 저도 아령이 있다는 사실을 여러 달 동안 모르고 있었으니까요."

"아령 한 개라……."

홈즈는 심각하게 말을 시작했으나 요란한 노크 소리로 인해 그의 말은 중단되었다. 햇볕에 그을린 얼굴을 깨끗이 면도한 키 큰 남자가 들어와서 우리를 쳐다보았다. 나는 그가 말로만 듣던 세실 바커라는 것을 쉽게 알 수 있었다. 그는 거만한 눈초리로 우리들을 재빨리 둘러보았다.

"말씀을 방해해서 미안합니다만 방금 들어온 정보를 알려 드려야 할 것 같습니다."

"누가 체포됐습니까?"

"그런 행운은 일어나지 않았습니다. 하지만 범인의 자전거를 발견했습니다. 범인은 자전거를 남기고 떠났더군요. 와서 보시지요. 현관문에서 100야드도 안 되는 곳에 있습니다."

마부 서너 명과 몇몇 사람들이 상록수 숲에서 끌어다 놓은 자전거를 구경하고 있었다. 그것은 오래된 것으로 보이는 '러지 휘트워스'라는 상표의 자전거였는데, 너무 더러워서 꽤 멀리서 타고 온 듯이 보였다. 스패너와 기름통이 든 가방이 달려 있었으나 소유인에 대한 단서는 아무것도 없었다.

"자전거에 번호가 있고 등록이 되어 있다면 경찰에게는 많은 도움이 될 텐데." 경감이 말했다. "하지만 이것을 발견한 것만이라도 고맙게 생각해야겠군. 이 자전거로 그가 어디로 갔는지 알 수 없다면 적어도 어디서 왔는지는 알 수 있을 테니. 하지만 도대체 놈은 왜 이것을 버리고 갔을까? 그리고 이것 없이 어떻게 도망갔을까? 홈즈 씨, 이 사건은 앞이 도저히 보이지 않는 것 같습니다."

"그래요?" 홈즈는 생각에 잠겨 말했다. "글쎄, 과연 그럴까요?"

5
등장인물

"서재에 대한 조사는 전부 끝났습니까?"

우리가 저택으로 돌아오자 화이트 메이슨이 물었다.

"일단은 그렇소." 경감이 대답했고, 홈즈도 고개를 끄덕였다.

"그럼 집안사람들의 증언을 들을까요? 식당에서 듣겠소, 에임스. 우선 당신부터 알고 있는 것을 말해 주시오."

집사의 진술은 간단명료했고, 그는 성실하다는 인상을 주었다. 그는 5년 전 더글러스가 벌스톤에 처음 왔을 때부터 그의 밑에서 일하고 있었다. 그는 더글러스를 미국에서 기반을 잡은 부자로 알고 있었다. 더글러스는 친절하고 동정심 있는 주인으로, 모든 면에서 만족할 수는 없지만 지금까지 모셔 온 다른 주인들과 비교해 볼 때 좋은 편이었다. 더글러스가 걱정하고 불안에 떠는 모습은 전혀 보지 못했으며, 오히려 그는 자기가 아는 사람 중에 가장 겁이 없는 사람으로 보였다. 매일 밤 다리를 올리도록 명령한 것은 다만 옛날부터의 오랜 관습이었기 때문이며, 그는 이 오랜 관습을 지켜 나가는 것을 좋아했을 뿐이다.

더글러스는 런던에 가는 일도, 마을을 떠나는 일도 별로 없었지만 사건이 일어난 날에는 턴브리지 웰스에서 쇼핑을 했다. 그런데 에임스에게는 그날의 더글러스가 평소와는 달리 침착하지 못하고 흥분해 있는 것처럼 보였다. 왜냐하면 여느 때의 주인과는 달리 이상하게 조급해하고 화를 잘 냈기 때문이다.

그는 그날 밤 집 뒤쪽에 있는 식기실에서 은그릇을 정리하고 있었는데, 벨이 요란스럽게 울렸다. 총소리는 듣지 못했지만 이상할 것은 없었다. 식기실과 부엌은 저택 본채의 훨씬 뒤쪽에 있고, 사건 현장과 그 사이에는 문들이 겹겹이 닫혀 있었고, 긴 복도가 있기 때문이다. 요란스러운 벨 소리를 듣고 가정부도 방에서 뛰쳐나왔다. 두 사람은 함께 집 앞쪽으로 갔다.

홀 안의 계단 밑에 다다르자 더글러스 부인이 계단을 내려오는 것이 보였다. 부인은 서두르는 것 같지는 않았고, 특별히 동요하는 것처럼 보이지도 않았다. 부인이 계단을 다 내려왔을 때 바커가 서재에서 달려 나왔다. 그는 더글러스 부인을 가로막으며 제발 돌아가라고 사정했다.

"제발 방으로 가세요! 존이 죽었어요. 부인이 할 수 있는 일은 아무것도 없습니다. 제발 돌아가세요!"

계단에서 설명을 듣고 잠시 망설이던 부인은 방으로 돌아갔다. 부인은 울부짖지 않았다. 어떤 큰 소리도 내지 않았다. 가정부 앨런 부인이 침실로 데리고 가서 부인과 함께 있었다. 그런 다음 에임스와 바커는 서재로 들어갔다. 서재 안은 나중에 경찰이 조사했을 때와 조금도 다름이 없었다. 그때 촛불은 켜져 있지 않았으나 램프는 켜져 있었다. 두 사람은 창문을 통해 밖을 내다보았으나 너무 깜깜해서 아무것도 보이지 않았다. 어떠한 소리도 들리지 않았다. 두 사람은 다시 홀로 달려갔다. 에임스는 윈치를 돌려 다리를 내렸고, 바커는 파출소로 달려갔다.

집사의 증언 내용은 대강 이런 것이었다.

가정부 앨런 부인의 진술은 집사의 진술을 뒷받침하는 것이었다. 가정부의 방은 에임스가 일하고 있던 식기실보다는 집 앞쪽에서 더 가까운 곳에 있었다. 잠자리에 들 준비를 하고 있을 때 벨이 요란하게 울렸기 때문에 무슨 일인가 싶었다. 가정부는 귀가 조금 어두워서 총소리를 듣지 못했는지도 모르지만, 어쨌든 서재는 멀리 떨어져 있었다. 가정부는 무슨 소리를 들은 기억은 있는데, 문을 세게 닫는 소리로 생각했다. 그것은 벨 소리보다 훨씬 전의 일로 벨이 울린 것보다 적어도 30분 전이었다. 에임스가 집 앞쪽으로 달려갈 때 가정부도 뒤따랐다. 흥분한 바커 씨가 창백한 얼굴로 거실에서 나오는 것이 보였다. 바커 씨는 계단을 내려오는 더글러스 부인을 가로막았다. 바커 씨는 부인에게 방으로 돌아가라고 간청했고, 부인이 뭐라고 대답했지만 가정부는 부인의 말을 들을 수 없었다.

"부인을 방으로 모시고 가요! 부인과 함께 있어요!" 바커 씨가 가정부에게 말했다.

가정부는 부인을 침실로 데리고 가서 위로하려고 애썼다. 더글러스 부인은 몹시 흥분하여 온몸을 떨고 있었으나 아래층으로 내려가려고 하지는 않았다. 침실 난로 옆에 실내복 차림으로 앉아 두 손에 얼굴을 묻고 있을 뿐이었다. 가정부는 거의 하룻밤 내내 부인 옆에 붙어 있었다. 다른 하인들은 자고 있었기 때문에 경찰이 오기 바로 전에야 소동을 알았다. 하인들은 저택의 훨씬 뒤쪽에 떨어진 건물에서 자고 있었기 때문에 아무런 소리도 듣지 못했을 것이다.

반대 심문을 해 보았으나 더 이상 덧붙일 말은 없었고, 가정부는 비탄과 놀라움만 표시할 뿐이었다.

가정부 앨런 부인 다음으로 세실 바커가 진술했다. 전날 밤 일어난 사건에 대해서는, 그가 이미 경찰에 진술한 것 외에 더 이상 참고할 만한 내용은 없었다. 그는 범인이 창문을 통해 달아난 것으로 믿고 있었다. 핏자국이 그 점을 결정적으로 뒷받침해 주고 있다는 것이 그의 주장이었다. 더욱이 다리가 올려져 있었기 때문에 달리 도망갈 방법이 없다는 것이었다. 범인은 어떻게 됐는지, 자전거가 범인의 것이라면 왜 타고 가지 않는지는 알 수 없지만, 해자의 깊이는 어느 곳이나 3피트를 넘지 않기 때문에 범인이 빠져 죽었을 리는 없다고 말했다.

그는 자기 나름대로 살인에 대한 뚜렷한 의견을 갖고 있었다. 더글러스는 과묵한 남자였는데, 자신의 생애 중 어느 한 부분에 대해서만은 쉽게 털어놓지 않았다. 그는 아주 젊었을 때 미국으로 이민을 갔다. 사업은 크게 번창했고, 더글러스를 처음 만난 곳은 캘리포니아였다. 그들은 공동 출자하여 베니토 캐넌이라는 광구를 샀다. 사업은 성공적으로 진행됐는데, 더글러스가 갑자기 자신의 지분을 팔고 영국으로 떠났다. 그때 그는 독신이었다. 얼마 후 바커도 자신의 재산을 정리하고 런던으로 이사했다. 그리하여 두 사람은 옛날의 절친한 친구 사이로 다시 돌아가게 되었다.

바커는 더글러스의 머리 위에 어떤 위험이 도사리고 있다는 인상을 받았다. 더글러스가 갑자기 캘리포니아를 떠난 것도 그렇고, 잉글랜드의 이런 한적한 곳에 집을 산 것도 그 사실을 뒷받침한다고 생각했다. 바커는 어떤 비밀 결사나 앙심을 품은 단체가 더글러스를 뒤쫓고 있고, 더글러스를 죽이기 전에는 추격을 멈추지 않을 것이라고 생각했다. 어떤 비밀 결사인지, 무슨 일로 그들을 화나게 만들었는지 더글러스가 말한 적은 없으나 그의 이야기 속에서 그런 느낌을 받았다며, 카드에 쓰여 있는 글도 이 비밀 결사와 어떤 관계가 있을 거라고 추측했다.

"캘리포니아에서는 더글러스 씨와 얼마나 같이 있었습니까?" 맥도널드 경감이 물었다.

"5년입니다."

"그때 더글러스 씨는 독신이었다고 했지요?"

"아내가 먼저 세상을 떠났습니다."

"부인의 고향이 어디였는지 들었습니까?"

"아니오. 그러나 독일 사람의 피가 흐르고 있다는 말을 들은 적은 있습니다. 사진을 본 적이 있는데 대단한 미인이었습니다. 부인은 내가 더글러스를 만나기 한 해 전에 장티푸스로 죽었다 더군요."

"더글러스 씨의 과거 이야기로 미루어 보아 그가 특히 미국의 어느 쪽에 있었는지 추측할 수는 없습니까?"

"시카고에 대해 말하는 것을 들은 적이 있습니다. 그는 시카고 에 대해 훤히 알고 있었는데, 거기에서 일한 적도 있었던 모양입니 다. 탄광이나 철광에 대해 이야기하는 것을 들은 적도 있습니다. 한참 때는 여기저기를 많이 돌아다닌 것 같았습니다."

"그는 정치와 관계가 있었습니까? 이 비밀 결사도 정치와 관계 가 있다고 생각하십니까?"

"아니오, 정치에는 조금도 관심이 없었습니다."

"범죄와 관계됐다고 생각한 적은 없었습니까?"

"전혀 없었습니다. 저는 그보다 더 정직한 사람은 보지 못했습 니다."

"캘리포니아에 사는 동안 이상한 일은 없었습니까?"

"그는 광산에 틀어박혀 일하는 것을 무엇보다도 좋아했습니다. 그리고 될 수 있으면 다른 사람들이 있는 곳은 가지 않으려고 해 서, 그때부터 더글러스가 누군가에게 쫓기고 있을지도 모른다고 의심하게 됐습니다. 그런데 갑자기 유럽으로 떠났고, 그래서 나는 틀림없이 그렇다고 생각했습니다. 위험을 알리는 어떤 경고를 받앉던 게지요. 그가 떠나고 1주일도 지나지 않아서 대여섯 명의 남자가 더글러스에 대해 물으러 왔습니다."

"어떤 사람들이었습니까?"

"대단히 험상궂은 사람들이었습니다. 그들은 광산으로 찾아와서 더글러스가 어디 있느냐고 물었습니다. 나는 그가 유럽으로 떠났고, 지금 어디 있는지 모른다고 했습니다. 난 그들이 더글러스에게 이롭지 못한 사람들이라는 것을 금방 알아차렸습니다."

"그 미국인들은 캘리포니아 사람들이었습니까?"

"캘리포니아 사람인지 어떤지는 모르겠지만 미국 사람임에는 틀림없었습니다. 그러나 광부는 아니었습니다. 정체는 알 수 없었지만 일단 나는 그들이 돌아가는 것이 반가웠습니다."

"그게 6년 전의 일이라고요?"

"거의 7년이나 된 것 같습니다."

"더글러스 씨와는 캘리포니아에서 5년 동안 같이 있었다고 하셨으니까, 적어도 11년 전이라는 말이군요."

"그렇습니다."

"그렇게 오랫동안 복수의 칼을 갈아 왔다니 깊은 원한이 있었던 모양이군요. 사소한 일은 아닌 것 같습니다."

"그는 일생 동안 그 그늘에서 벗어나지 못했습니다. 한시도 그 일을 떨쳐 버리지 못하고 괴로워했습니다."

"하지만 신변에 위험을 느꼈다면 왜 경찰에 보호를 요청하지 않았을까요?"

"자기가 보호를 받을 수 없다고 생각했겠지요. 한 가지 알고 계셔야 할 게 있는데, 그는 언제나 권총을 주머니에 넣고 다녔습니다. 하지만 운이 나쁘게도 어젯밤에는 실내복 차림이었기 때문에 권총을 침실에 놔두었던 것입니다. 다리를 올려 놓았으니 안전할 거라고 생각한 모양입니다."

"날짜 관계를 확실히 해 두고 싶습니다." 맥도널드가 말했다. "더글러스 씨가 캘리포니아를 떠난 것은 6년 전인데, 당신은 그다음 해에 미국을 떠나 잉글랜드로 왔습니다."

"그렇습니다."

"그리고 더글러스 씨는 5년 전에 결혼했습니다. 당신은 그가 결혼할 때쯤 돌아왔겠군요."

"결혼식 한 달 전쯤에 돌아왔습니다. 결혼식에서 제가 들러리를 섰습니다."

"당신은 더글러스 부인을 결혼하기 전에 알고 계셨습니까?"

"아니오, 몰랐습니다. 나는 10년 동안이나 영국을 떠나 있었으니까요."

"하지만 결혼 후에는 부인을 많이 만났겠군요."

바커는 경감을 차갑게 노려보았다.

"결혼 후에는 더글러스를 더 많이 봤습니다. 내가 부인을 본 것은 남편을 방문할 때마다 함께 만난 것이 전부입니다. 한자리에 있으니 더글러스만 볼 수는 없지 않습니까? 만일 우리 사이에 무슨 관계가 있다고 상상하신다면……."

"나는 아무것도 상상하지 않습니다, 바커 씨. 사건과 관계되는 것은 무엇이나 물어봐야 합니다. 기분을 상하게 할 생각은 없었습니다."

"그런 질문은 불쾌합니다." 바커는 화를 내며 말했다.

"우리가 알고 싶어 하는 것은 사실뿐입니다. 당신을 위해서나 다른 여러 사람들을 위해서나 분명히 하는 것이 좋습니다. 더글러스 씨는 당신과 부인과의 교제를 완전히 인정하셨습니까?"

바커는 금방 얼굴이 파랗게 질려 경련을 일으킬 것만 같았는데, 억세고 큰 두 주먹을 불끈 쥐며 소리쳤다.

"당신은 그런 질문을 할 권리가 없습니다! 그게 지금 사건 수사와 무슨 연관이 있다는 거요!"

"질문을 되풀이해야겠습니다."

"대답하지 않겠습니다."

"대답하지 않아도 좋지만, 대답을 회피하는 것도 하나의 대답이라는 것을 알아야 합니다. 아무것도 숨길 것이 없다면 대답을 거부할 이유가 없으니까요."

바커는 잠시 동안 굵고 진한 눈썹을 잔뜩 찌푸린 채 무서운 얼굴로 골똘히 생각하더니 이윽고 고개를 들고 미소를 지어 보였다.

"당신들이 임무를 수행 중이라고 생각하니 내가 수사를 방해할 수 없다는 생각이 드는군요. 다만 이 일이 더글러스 부인에게 알려져 걱정을 끼치지 않았으면 합니다. 부인은 지금 너무 큰 충격을 받은 상태입니다. 더글러스에게는 한 가지 결점이 있었는데, 그것은 질투심이 강하다는 것이었습니다. 그는 나를 좋아했습니다. 친구를 그보다 더 좋아하는 사람도 없었을 겁니다. 그리고 그는 부인을 대단히 사랑했습니다. 그는 내가 이곳에 오는 것을 좋아했고, 항상 나를 이곳으로 불렀습니다. 그런데 부인과 내가 같이 이야기를 하거나, 우리들 사이에 뭔가 서로 통하는 듯한 일이 있으면 질투심으로 금방 자제력을 잃고 심한 말을 입에 담았습니다. 그런 까닭에 내가 다시는 오지 않겠다고 맹세한 일도 한두 번이 아니었습니다. 그러나 그는 곧 그 일을 후회하며 다시 오라고 애원하는 편지를 보냈습니다. 그 편지를 받고는 다시 오지 않을 수 없었습니다. 그러나 여러분, 이것만은 믿어주십시오. 더글러스처럼 애정이 깊고 정숙한 아내를 가진 남자는 없을 겁니다. 또 나처럼 친구에게 성실한 사람도 없을 겁니다!"

바커는 열과 성을 다해 자신의 입장을 설명했으나 맥도널드 경감은 그것으로 질문을 끝내지 않았다.

"죽은 사람의 손가락에서 결혼반지가 없어졌다는 사실은 알고 계시지요?"

"그런 것 같군요."

"아니 '같다'는 게 무슨 말입니까? 당신은 없어졌다는 사실을 알고 있지 않습니까?"

바커는 무척 혼란스러워 보였다. 아직 그 문제에 대해서는 마음의 결정을 내리지 못한 모양이었다.

"내가 '같다'고 말한 것은 더글러스 자신이 반지를 뺐을 수도 있다는 말입니다."

"누가 뺐든 반지가 없어졌다는 사실만으로도 이번 비극이 결혼과 연관됐다는 것은 누구나 짐작할 수 있습니다."

바커는 넓은 어깨를 으쓱해 보였다.

"반지가 없어졌다는 사실이 무엇을 의미하는지 나는 잘 모르겠습니다. 그러나 그것이 부인의 정숙함과 어떤 관계가 있다는 뜻이라면……."

한순간 바커의 눈빛이 험악해졌지만, 그는 간신히 감정을 자제했다.

"그것은 잘못 생각한 겁니다."

"지금으로서는 더 물어볼 것이 없습니다." 맥도널드가 차갑게 말했다.

"질문이 있습니다." 홈즈가 말했다. "당신이 방에 들어갔을 때 테이블 위에는 촛불만 켜져 있었지요?"

"그렇습니다."

"그 촛불로 무서운 일이 일어났다는 것을 아셨겠군요."

"그렇습니다."

"당신은 즉시 도움을 청하는 벨을 울렸습니까?"

"네."

"사람들이 즉시 도착했습니까?"

"1분쯤 되어서 도착했습니다."

"그런데도 그들이 와서 보니 촛불은 꺼져 있고 램프가 켜져 있었습니다. 이상한 일이라고 생각되는데요?"

바커는 다시 마음의 결정을 내리지 못하고 혼란스러워 하는 듯했다.

"나는 이상하다고 생각하지 않습니다." 바커는 잠시 후에 대답했다. "촛불은 어두웠습니다. 우선 좀 더 밝은 불을 켜야겠다고 생각했습니다. 테이블 위에 램프가 있기에 그것을 켰습니다."

"그리고 촛불을 껐습니까?"

"그렇습니다."

홈즈는 그 이상 묻지 않았다. 바커는 도전적인 눈길로 우리들을 차례로 찬찬히 보다가 몸을 돌려 방을 나갔다.

맥도널드 경감은 더글러스 부인에게 방으로 찾아가서 만나고 싶다는 뜻의 편지를 보냈으나 부인은 식당에서 우리를 만나겠다고 했다. 부인은 서른 살쯤 된 큰 키의 미인으로 무척이나 얌전하고 침착해 보였다. 내가 상상했던 비극적이고 흐트러진 모습은 전혀 찾아볼 수 없었다. 얼굴은 커다란 충격을 받은 사람처럼 창백하게 일그러져 있었으나 침착한 태도만은 잃지 않고 있었다. 테이블 위에 올려놓은 손은 내 손만큼이나 흔들리지 않았다. 부인의 슬픈 눈은 어떻게 된 거냐고 묻는 듯 우리들을 한 사람씩 번갈아 바라보았다. 갑자기 그 눈길이 말로 바뀌었다.

"뭔가 알아내셨나요?" 부인이 물었다.

그 질문에는 희망이 아니라 두려움이 서려 있는 듯 들렸는데 나만의 상상이었을까?

"모든 조치를 취하고 있습니다, 더글러스 부인." 경감이 말했다. "모든 것을 빠짐없이 조사할 테니 안심하세요."

"비용은 얼마가 들어도 좋아요." 부인은 힘없이 담담한 음성으로 말했다. "최선을 다해 주세요."

"혹시 사건 해결에 도움이 될 만한 단서를 알고 계십니까? 있다면 알려 주십시오."

"도움이 될 만한 것은 아무것도 없어요. 하지만 제가 알고 있는 것은 전부 말씀 드리겠어요."

"바커 씨의 말에 의하면 부인은 직접 보지 않았다고, 그러니까 비극이 일어난 방에는 직접 들어가지 않았다고 하던데요?"

"예. 안 들어갔어요. 계단에서 바커 씨에게 쫓겨서 돌아왔습니다. 그분은 내 방으로 돌아가라고 간청하더군요."

"바커 씨도 그렇게 말했습니다. 부인은 총소리를 듣고 즉시 밑으로 내려왔습니까?"

"실내복을 걸친 다음 내려왔어요."

"바커 씨가 부인을 계단에서 막은 것은 총소리가 나고 얼마나 지난 뒤였습니까?"

"2~3분쯤 지났을 거예요. 정확한 시간을 계산하기란 힘든 일입니다. 바커 씨는 내가 할 것이 아무것도 없다면서 서재에 들어가지 말라고 애원했어요. 그러자 가정부 앨런 부인이 나를 2층으로 데리고 갔어요. 모든 게 악몽 같아요."

"남편이 아래층으로 내려가고 나서 얼마 후에 총소리가 들렸는지 말씀해 주시겠습니까?"

"글쎄요, 모르겠군요. 남편은 옷 갈아입는 방에서 아래층으로 내려갔기 때문에 나는 남편이 내려가는 소리를 듣지 못했어요. 남편은 화재를 두려워했기 때문에 매일 밤 집 안을 한 바퀴 돌아봤어요. 남편이 불안해했던 것은 화재밖에 없었어요."

"묻고 싶었던 것은 바로 그 점입니다, 부인. 부인은 남편을 영국에서 만나셨죠?"

"네, 결혼한 지 5년밖에 되지 않았으니까요."

"남편께서 미국에 거주했을 때 어떤 일로 인해, 신변에 위험을 느낀다고 말한 적이 있었습니까?"

더글러스 부인은 진지하게 생각한 다음 대답했다.

"네. 남편에게 위험한 그림자가 붙어 있다는 느낌은 받았어요. 하지만 남편은 그것을 나와 의논하려고 하지 않았어요. 나를 믿지 못해서가 아니라 내가 걱정할까 봐서 그랬던 거예요. 우리는 진심으로 사랑했고, 서로를 완벽하게 신뢰했어요. 내가 알게 되면 불안해할 것 같으니까 말하지 않은 거예요."

"그럼 그것을 어떻게 아셨습니까?"

더글러스 부인은 즉시 미소를 지었다.

"한평생 비밀을 간직할 수 있는 남편이 있을까요? 그리고 남편을 사랑하는 아내라면 그 비밀을 눈치채지 못할까요? 남편이 미국에 있었을 때 벌어진 어떤 사건에 대해서는 굳이 말하지 않았어요. 그걸로 짐작했지요. 또 남편이 위험에 대비해 어떤 조치를 취하는 것으로도 알 수 있었어요. 무심코 내뱉은 어떤 말에서도 알 수 있었지요. 뜻밖에 찾아온 낯선 사람을 보는 눈초리로도 알 수 있었어요. 나는 남편에게 어떤 강력한 적이 있고, 남편은 그들이 자기를 뒤쫓는다고 믿으면서 항상 그들을 경계한다는 것을 확신할 수 있었어요. 너무나 확실했기 때문에 나는 남편이 예정 시간보다 늦게 집에 들어오는 날이면 무서워서 견딜 수 없었어요."

"한 가지 묻겠습니다." 홈즈가 말했다. "부인의 주의를 끈 말은 어떤 말이었습니까?"

"음, '공포의 계곡'이라는 말이었어요. 내가 물었을 때 남편은 그런 표현을 썼어요. '나는 공포의 계곡에 있었어. 그런데 아직도 거기서 벗어나지 못하고 있소.' 남편이 보통 때보다 더 심각하다고 느껴질 때 제가 물었어요. '그럼 우리는 공포의 계곡에서 영원히 벗어날 수 없나요?' 그러자 남편은 '어떤 때는 절대로 벗어날 수 없다는 생각이 드오.'라고 대답했어요."

"공포의 계곡이 무엇을 뜻하는지는 물어보았겠지요?"

"물어보았습니다. 하지만 남편은 근심 어린 표정을 하며 고개를 저었어요. 그러고는 '그 그늘에서 벗어나지 못하는 것은 나 혼자만으로도 충분하오. 오, 하느님! 제발 당신은 그 그림자에 들지 않았으면 좋겠소!'라고 말했어요. 하지만 그곳은 실제로 있었던 계곡이고, 남편은 거기서 지낸 적이 있는데 그곳에서 뭔가 무서운 일이 일어났던 게 분명해요. 하지만 그 이상은 나도 모릅니다."

"남편이 어떤 이름을 말하지는 않았습니까?"

"말한 적이 있어요. 3년 전쯤 남편이 사냥을 하다가 사고를 당했는데 열이 무척 심해서 잠자리에서 자주 헛소리를 했어요. 그때 계속해서 어떤 이름을 부르며 중얼거리던 기억이 나요. 그 이름을 화난 듯이, 그리고 무서운 듯이 불렀어요. 맥긴티라는 이름이었는데, 보디마스터(Bodymaster) 맥긴티라고 했어요. 남편의 몸이 회복된 후에 보디마스터 맥긴티가 누구며, 그가 누구의 보디(Body)마스터(Master)냐고 물었어요. 그랬더니 남편은 웃으면서 그런 것은 잊으라고 대답했어요. 그래서 더 이상은 들을 수 없었습니다. 그러나 보디마스터 맥긴티와 공포의 계곡 사이에는 어떤 관계가 있는 게 분명해요."

"또 하나 묻고 싶은 것이 있습니다." 맥도널드 경감이 말했다. "부인은 런던에 있는 하숙집에서 더글러스 씨를 만나서 약혼하셨죠? 결혼하는 데 있어서 비밀스럽거나 이상한 일은 없었습니까?"

"우리는 서로 사랑했어요. 비밀 같은 것은 전혀 없었어요."

"남편에게 라이벌은 없었나요?"

"아니오. 제게 다른 남자는 없었어요."

"남편의 결혼반지가 없어졌다는 이야기는 들으셨지요? 그 일로 뭔가 생각나는 일은 없습니까? 남편을 노리는 자들이 남편을 추적해서 이런 범죄를 저질렀다고 가정한다면, 결혼반지를 뽑아 간 것은 어떤 이유일까요?"

나는 짧은 순간이지만 부인의 입가에 희미한 미소 같은 것이 번지는 것을 보았다.

"그건 전혀 모르겠군요." 부인이 대답했다. "정말로 이상한 일이군요."

"그럼, 더 이상 부인을 붙잡고 있지는 않겠습니다. 충격을 받으셨을 텐데 이렇게 번거롭게 해서 죄송합니다. 이 밖에도 묻고 싶은 것이 있기는 하지만 문제가 생기면 찾아뵙도록 하겠습니다."

부인은 일어섰다. 나는 아까 우리를 훑어보았던 부인의 시선을 다시 한 번 느꼈다. 그 시선은, '내 진술이 당신들에게 어떤 인상을 주었지요?'라고 묻는 듯했다. 부인은 고개를 살짝 숙여 보이고는 방에서 나갔다.

"미인이야. 대단한 미인이야." 부인이 나가고 문이 닫히자 맥도널드가 깊은 생각에 잠기며 말했다. "바커가 이 집에 자주 와 있었던 것은 확실합니다. 그는 여자들에게는 매력적인 남자입니다. 그는 더글러스가 질투심이 강했다고 인정했는데, 질투의 원인이 무엇인지를 가장 잘 알고 있을지도 모릅니다. 그리고 결혼반지 문제도 마음에 걸립니다. 그 문제를 그냥 지나쳐 버릴 수는 없습니다. 죽은 사람에게서 결혼반지를 **빼** 가는 남자라……, 당신은 어떻게 생각하십니까, 홈즈 씨?"

내 친구는 두 손으로 머리를 감싸고 앉아 깊은 생각에 잠겨 있었다. 그는 일어서서 벨을 울렸다.

"에임스, 세실 바커 씨는 지금 어디 있지요?" 집사가 들어오자 홈즈가 물었다.

"찾아보고 오겠습니다."

그는 잠시 후에 돌아와서 바커가 정원에 있다고 말했다.

"에임스, 당신이 어젯밤에 서재에서 바커 씨를 만났을 때 그가 무엇을 신고 있었는지 기억합니까?"

"네, 홈즈 씨. 침실 슬리퍼를 신고 계셨습니다. 경찰을 부르러 가실 때는 제가 구두를 갖다 드렸습니다."

"그 슬리퍼는 지금 어디 있지요?"

"홀에 있는 의자 밑에 있습니다."

"좋아요, 에임스. 어떤 것이 바커 씨의 발자국이고 어떤 것이 밖에서 들어온 사람의 것인가를 알아야 해요. 그건 우리에게 무척 중요한 문제입니다."

"알았습니다. 그 슬리퍼에 피가 묻어 있던 것이 보였습니다. 제 슬리퍼에도 묻었습니다만."

"방 안의 상황을 생각하면 당연하지. 수고했어요, 에임스. 일이 있으면 벨을 울리겠소."

잠시 후에 우리는 서재로 들어갔다. 홈즈는 홀에 있던 모직 슬리퍼를 갖고 왔다. 에임스의 말대로 양쪽 바닥에 피가 묻어 꺼멓게 변해 있었다.

"이상하군!" 창문 옆의 밝은 곳으로 가서 슬리퍼를 자세히 조사하며 홈즈가 중얼거렸다. "정말 이상해!"

그는 고양이가 금방이라도 먹이에 달려들 듯이 몸을 구부리고 슬리퍼를 창틀의 핏자국에 대보았다. 그것은 정확히 들어맞았다. 홈즈는 아무 말 없이 사람들을 둘러보며 빙긋이 웃었다.

경감의 얼굴에는 흥분한 기색이 역력했다. 그리고 그의 고향 사투리가 몽둥이로 난간을 때리듯이 한순간에 튀어나왔다.

"틀림없습니다! 바커가 창틀에다 피를 묻힌 겁니다. 발자국이 상당히 넓군요. 마당발이라고 하셨는데 이제야 설명이 되는군요. 하지만 어떻게 된 것일까요, 홈즈 씨, 어떻게 된 일일까요?"

"글쎄, 어떻게 된 일일까요?" 홈즈는 경감의 말을 되풀이해서 말하고는 깊은 생각에 잠겼다.

화이트 메이슨은 낮게 웃으며 만족스럽다는 듯이 두 손을 비볐다.

"그러니까 내가 난해한 사건이라고 했던 겁니다!" 그는 소리쳤다. "이건 정말 난해한 사건입니다."

6

한 가닥의 빛

홈즈와 나머지 두 명의 수사관들은 아직도 세부적으로 많은 사항들을 조사해야 했기 때문에 나는 혼자서 마을 여관으로 돌아갔다. 그러나 여관으로 가기 전에 나는 저택 옆에 있는 옛 모습 그대로의 이상한 정원을 산책했다. 정원은 이상한 모양으로 다듬은 주목 나무들로 둘러싸여 있었다. 아름다운 잔디밭 중앙에는 오래된 해시계가 있었는데, 전체적인 분위기가 정말로 조용하고 평온해서 날카로워진 내 신경을 달래기에 충분했다.

이처럼 평화로운 분위기 속에 있으니 바닥에 피투성이가 된 채 쓰러져 있는 시체가 있는 어두운 서재에 대한 생각을 떨쳐 버릴 수 있었다. 생각이 나도 기괴한 악몽으로밖에 여겨지지 않았다. 그러나 정원 안을 돌아다니며 그 향기에 젖어 기분을 가라앉히는 중에 이상한 일이 일어났다. 그래서 다시 그 비극이 생각났고, 나에게 불길한 인상을 남겼다.

아까 말했듯이 정원은 주목 나무로 둘러싸여 있었는데, 저택에서 가장 먼 끝 쪽은 나무들이 빽빽이 들어차서 하나의 산울타리를 이루고 있었다. 이 산울타리 건너편에는 집 쪽에서 오는 사람들에게 보이지 않도록 돌의자가 숨겨져 있었다. 내가 돌의자 가까이로 가자 말소리가 들려왔다. 남자의 굵은 목소리가 뭐라고 말을 하자 여자가 나지막한 웃음소리로 대답했다.

나는 산울타리 끝부분을 돌아서 가고 있었기 때문에 그들이 나를 발견하기 전에 두 사람을 볼 수 있었다. 그들은 바로 더글러스 부인과 바커였다. 부인의 모습을 보고 나는 깜짝 놀랐다. 아까 식당에서 얌전하고 신중했던 부인의 모습은 도무지 찾아 볼 수 없었다. 슬퍼하기는커녕 부인의 두 눈은 삶의 기쁨으로 빛나고 있었고, 얼굴에는 상대의 말에 진심으로 기뻐하는 빛이 역력했다. 바커는 몸을 앞으로 내밀고, 마주 잡은 두 손을 무릎에 얹고 있었는데, 잘 생긴 얼굴에는 뻔뻔스럽게도 미소를 띠고 있었다. 나를 보자 두 사람은 즉시 진지한 모습의 가면을 다시 썼지만 이미 늦은 일이었다. 두 사람은 몇 마디 말을 급히 나누었다. 그리곤 바커가 일어서서 내게 다가왔다.

"실례입니다만, 왓슨 선생 아니십니까?"

나는 차갑게 바라보며 고개를 숙였다. 그 태도에는 조금 전에 받은 인상이 그대로 나타났을 것이다.

"당신과 셜록 홈즈 씨의 관계가 잘 알려져 있어서 우리는 당신이 왓슨 씨일 거라고 생각했습니다. 이리로 오셔서 더글러스 부인과 잠시 이야기를 나누시겠습니까?"

나는 시무룩한 표정으로 그의 뒤를 따랐다. 내 마음속에는 머리가 산산이 부서져 방바닥에 쓰러져 있는 남자의 모습이 선명하게 떠올랐다. 비극이 일어난 지 몇 시간도 지나지 않은 지금, 피살된 사람의 아내와 그의 둘도 없는 친구가 피살자의 소유인 정원 뒤에서 같이 웃고 있었던 것이다. 나는 서먹서먹하게 부인과 인사했다. 식당에서는 부인의 슬픔을 동정했으나, 지금은 부인의 호소하는 듯한 눈길을 냉담한 시선으로 받았다.

"저를 무정하고 차가운 여자라고 생각하시겠죠?" 부인이 말했다.

"그건 제가 상관할 일이 아닙니다." 나는 어깨를 으쓱해 보이며 말했다.

"하지만 언젠가는 저를 좋은 여자라고 생각하실 거예요. 당신이 그것만 알아주신다면—"

"왓슨 선생이 알아야 할 필요는 없소." 바커가 재빨리 말했다. "선생도 말했다시피 선생이 상관할 일은 아니니까."

"그렇습니다." 내가 말했다. "그러니까 저는 이만 실례하고 산책이나 계속하겠습니다."

"잠깐만요, 왓슨 선생님." 부인은 애원하는 목소리로 외쳤다. "한 가지 묻고 싶은 게 있어요. 거기에 책임감을 갖고 대답할 수 있는 분은 선생님뿐이에요. 대답해 주신다면 제 사정이 완전히 달

라질 거예요. 선생님은 홈즈 씨, 그리고 홈즈 씨와 경찰의 관계를 누구보다도 잘 알고 계십니다. 만일 홈즈 씨가 남들이 모르는 어떤 일을 알게 되면, 홈즈 씨는 그것을 경찰에 꼭 알려야 하나요?"

"그렇습니다, 바로 그 문젭니다." 바커도 열심히 말했다. "홈즈 씨는 독자적으로 일을 하십니까, 아니면 경찰과 완전히 공조하고 계십니까?"

"그걸 부인에게 말씀 드릴 필요가 있는지 모르겠군요."

"부탁, 아니 이렇게 애원합니다. 꼭 대답해 주세요, 왓슨 선생님! 알려 주신다면 우리를, 아니 저를 많이 돕는 일이 될 거예요."

부인의 목소리는 너무나 진실하게 들려 나는 좀 전에 부인의 가벼웠던 행동을 잊고 부탁을 들어주었다.

"홈즈는 독자적으로 일하는 탐정입니다. 그는 누구의 지배도 받지 않고 자기의 판단대로 움직입니다. 하지만 같은 사건을 조사하는 경찰에게 충실한 것도 사실입니다. 다시 말해, 범인을 법의 심판대에 세우는 데 도움이 되는 일이라면 경찰에게 아무것도 숨기지 않을 겁니다. 제가 말씀 드릴 수 있는 부분은 여기까지입니다. 더 자세히 알고 싶으면 홈즈에게 부인의 의향을 전하도록 하겠습니다."

그렇게 말하고 나서 나는 모자를 들어 인사한 뒤 그들을 울타리 속의 돌의자에 남겨둔 채 일어섰다. 울타리 맨 끝 쪽을 돌아가면서 뒤돌아보니 두 사람은 아직도 열심히 이야기하고 있었다. 그들의 시선이 내 뒤를 쫓고 있는 것을 보면, 내가 그들에게 한 말에 대해서 이야기하는 것이 분명했다.

홈즈에게 그때 있었던 일을 이야기하자 그가 말했다.

"나는 그들의 신임 따위는 받고 싶지 않아."

그는 오후 내내 저택에서 두 경찰과 협의한 후 5시쯤 돌아와서 내가 주문한 고기와 차를 게걸스럽게 먹었다.

"비밀 이야기는 듣고 싶지 않네, 왓슨. 살인 공모죄로 체포되는 일이 생기면 내 입장이 곤란해지니까."

"일이 그렇게 될 것 같은가?"

그는 대단히 기분이 좋은 듯 쾌활하게 말했다.

"왓슨, 이 네 번째 달걀을 다 먹고 나서 전부 말해 주겠네. 상황을 완전히 파악했다고 할 수는 없지만—아직도 멀었지만—사라진 아령의 행방만 알게 되면—"

"아령이라니!"

"왓슨, 자네는 이 사건의 열쇠가 없어진 아령에 달려 있다는 것을 아직 몰랐단 말인가? 뭐, 풀이 죽을 것까지는 없어. 우리끼리 이야기지만, 맥도널드 경감이나 그 뛰어난 지방 수사관까지도 한 개뿐인 아령이 굉장히 중요한 단서라는 사실을 모르고 있으니까. 왓슨! 아령을 하나만 갖고 있는 운동가를 생각해 보게! 신체의 한쪽만 발달해서 척추가 뒤틀린다고 생각해 봐. 소름끼치는 일이야, 왓슨, 쇼킹한 일이지 않은가?"

그는 입에 토스트를 잔뜩 넣고 앉아서 장난기 어린 눈을 반짝이며 내가 혼란스러워 하는 모습을 지켜보고 있었다. 식욕이 왕성한 것으로 보아 수사가 잘 진척되고 있음이 분명했다. 내가 이렇게 확신하는 이유는, 홈즈는 어떤 난관에 부닥치면 음식을 입에도 대지 않고 밤낮으로 머리를 싸매고 초조해했기 때문이다. 그의 여윈 얼굴이 더욱 여위는 것은 당연했다. 이윽고 식사를 마친 그는 파이프를 입에 물고 낡은 시골 여관방의 벽난로 가에 앉아 생각나는 대로 사건 경위에 대해 이야기하기 시작했다. 그것은 상대에게 말을 한다기보다는 혼자서 중얼거리는 듯했다.

"거짓말, 엄청나고 터무니없으면서 뻔뻔스럽고 완전한 거짓말! 왓슨, 이것이 우리가 가장 먼저 부닥친 문제야. 거기에 우리의 출발점이 있지. 바커의 이야기는 전부 거짓말이야. 그런데 바커의 이야기를 더글러스 부인이 뒷받침하고 있어. 따라서 부인 역시 거짓말을 하고 있다는 거지. 그들은 거짓말을 하고 있고, 서로 짜고 있어. 그러니 이제 문제는 확실해진 셈이지. 그들은 왜 거짓말을 할까? 그들이 그렇게 애써서 감추려는 것은 무엇일까? 왓슨, 자네와 내가 그 거짓말을 꿰뚫고 진실을 재구성해 볼까? 그들이 거짓말을 하고 있다는 것을 내가 어떻게 알았냐고? 진실이라고는 도저히 생각할 수 없을 만큼 서투르게 꾸몄기 때문이야. 생각해 보게! 그들이 진술한 바에 의하면 범인은 살인을 한 후 1분도 안 되는 동안에 죽은 사람 손가락에 끼여 있는 반지를—그것도 다른 반지 안쪽에 있는 결혼반지를—뺐네. 그것도 모자라 다른 반지를 다시 죽은 사람 손가락에 끼우고 시체 옆에다 카드를 놓았어. 범인이 그런 짓을 했을 리가 없네. 나는 이런 일은 분명히 불가능하다고 생각해. 자네는 이런 반론을 제기할지도 모르지. 나는 자네의 판단력을 높이 사고 있으니까 그럴 리는 없다고 생각하지만 말이야. 즉, 반지가 피살자가 죽기 전에 이미 뽑혀 있었을 수도 있다는 거지. 촛불이 짧은 동안만 켜져 있었다는 사실로 짐작해 보면 범인과 더글러스는 오랫동안 마주하고 있지는 않았을 걸세. 우리가 들은 바대로라면 더글러스는 두려움을 모르는 사람인데, 그렇게 짧은 시간에 반지를 포기했겠나? 아니야, 왓슨. 범인은 램프가 켜진 상태에서 죽은 사람과 혼자서 오랜 시간 함께 있었어. 그 점은 의심의 여지가 없네. 그런데 사인은 분명히 총상이지. 그러니까 총은 우리에게 말한 시간보다 전에 발사되었을 거야. 하지만 총소리를 들은 시간이 틀렸을 리가 없지. 그러니까 결국 총소리를 들은 두 사람이—바커와 더글러스 부인이—일부러 꾸민 공모라는 결론에 도달하게 되는 거라네. 게다가 바커는 경찰에 거짓 단서를 제공하기 위해 창틀에 핏자국을 묻혀 놓았어. 이것만 증명할 수 있다면 좋으련만. 여기서 우리는 살인이 실제로 몇 시에 일어났는지 우리 자신에게 물어볼 필요가 있네. 10시 30분까지는 하인들이 집 안에 돌아다니고 있었으니 확실히 그 이전은 아니고, 10시 45분 전에는 식기실에 있던 에임스를 제외하고는 하인들 모두가 방으로 돌아갔지. 아까 자네가 돌아가고 나서 실험해 보았는데, 문을 전부 닫아 두면 식기실에서는 서재에서 나는 소리를 전혀 들을 수 없었네. 그러나 가정부의 방은 달랐어. 그 방은 복도에서 그다지 멀지 않기 때문에 서재에서 큰 소리를 내면 어렴풋이 들을 수 있었지. 엽총 소리는 바짝 대고 쏘면 소리를 어느 정도는 줄일 수 있지. 하지만 아주 고요한 밤중이었기 때문에 작은 소리였더라도 가정부 앨런 부인의 방에는 들렸을 거야. 가정부도 말했듯이, 그녀는 귀가 약간 어두웠지만 그래도 벨이 울리기 30분 전에 문이 쾅 하고 닫히는 소리를 들었다고 증언했네. 가정부가 들은 그 소리가 바로 총소리야. 바로 그 시각에 살인이 일어났다고 나는 믿고 있어. 그렇다면 바커와 더글러스 부인은―두 사람이 살인을 한 사람들이 아니라고 가정한다면―총소리를 듣고 달려온 시간부터 벨을 눌러 하인들을 부르기 전까지 무엇을 했을까? 두 사람은 그동안 무엇을 하고 있었으며, 왜 즉시 알리지 않았을까? 이것이 우리가 당면한 문제고, 그 해답을 찾으면 사건 해결에 한층 더 가까이 다가간 셈이 될 걸세."

"그 두 사람 사이에 뭔가가 있는 게 틀림없어. 남편이 살해된 지 몇 시간도 지나지 않아서 웃고 떠들다니……, 부인은 냉혹한 여자임에 틀림없어." 내가 말했다.

"맞았어. 사건에 대한 진술을 들어도 별로 믿음이 가지 않더군. 왓슨, 자네도 알다시피 나는 여자를 찬미하는 사람은 아니지만, 경험으로 비추어 어느 정도 짐작은 할 수 있지. 남편이 죽은 지 몇 시간이 되지도 않았는데 다른 남자의 속삭임을 듣고 웃는 여자, 그 여자가 과연 남편을 진심으로 사랑했을까? 만일 내가 결혼한다면 엎어지면 코 닿는 곳에 남편의 시체가 있는데도 가정부의 부축을 받고 돌아가는 그런 일이 없도록 아내에게 사랑을 쏟고 싶네. 어쨌든 연출이 대단히 서툴렀어. 경험이 없는 수사관한테도 남편의 죽음을 슬퍼하지 않는 여자의 모습은 눈에 띄었을 거야. 다른 이상한 점이 없었더라도 나는 이런 사실 하나만 보고도 계획된 무슨 음모가 있다고 생각할 수 있지.”

“그렇다면 바커와 부인이 살인을 저지른 것이 틀림없다고 생각하나?”

“자네 질문은 단도직입적인 데가 있어, 왓슨.” 홈즈는 나를 향해 파이프를 흔들며 말했다. “너무 직선적이라 마치 총알을 맞은 것 같군. 바커와 더글러스 부인이 범행의 진실을 알면서도 서로 짜고 그 사실을 숨긴 거냐고 묻는다면 나는 솔직히 그렇다고 대답하겠네. 그러나 그들이 살인을 저질렀느냐는 물음에 대해서는 확실한 대답을 할 수 없네. 바커와 부인이 범행을 저질렀다는 전제하에 파생되는 문제점들을 생각해 보세.

두 사람이 부정한 사랑으로 맺어졌고, 방해가 되는 남자를 없애기로 마음먹었다고 가정해 봐. 그러나 이 가정은 너무 지나쳐. 하인들과 다른 사람들을 신중히 신문해 봐도 그것을 확증할 수는 없었으니까. 오히려 더글러스 부부가 서로 진심으로 사랑하고 있었다는 증거는 많이 있었어.”

“나는 그렇지 않다고 생각해.” 나는 정원에서 본 부인의 미소 띤 아름다운 얼굴을 생각하고 말했다.

“적어도 그런 인상은 주었을 거야.” 홈즈는 계속했다. “그러나 그들이 교활하게도 그 점을 용케 숨기고 남편을 살해하기로 공모했다고 가정해 보세. 남편은 마침 어떤 위험의 그림자에 떨고 있고……."

"그건 두 사람이 한 말일 뿐이야."

홈즈는 깊이 생각하는 표정이 되었다.

"알았어, 왓슨. 그러니까 자네의 의견은 두 사람의 말은 처음부터 거짓이라는 거로군. 자네 생각은 숨겨진 협박도, 비밀 결사도, 공포의 계곡도, 맥 뭐라고 하는 우두머리도, 그 밖의 모든 것도 전부 없었다는 뜻인데……, 그럴듯한 생각이야. 그 생각대로 추리해 나가면 어떻게 되는지 보자고. 두 사람은 범행을 감추기 위해 그런 이야기들을 지어냈어. 그리고 그걸 뒷받침하기 위해 자전거를 공원에 버린 뒤 외부 사람이 침입한 것처럼 꾸몄어. 창틀에 핏자국을 묻힌 것도 같은 생각에서 나왔겠지. 시체 옆에 있었던 카드도 미리 집에서 준비한 것인지도 몰라. 이런 모든 것은 자네 가설에 꼭 들어맞는군, 왓슨. 그러나 지금부터는 제대로 아귀가 맞지 않는 귀찮고 까다로운 문제와 맞닥뜨리게 되네. 그 많은 무기 중에 왜 하필이면 총신을 자른 엽총을 썼을까? 그것도 미국 총을? 총소리를 듣고 아무도 달려오지 않는다고 그들은 어떻게 확신할 수 있었을까? 앨런 부인이 쾅 하고 닫히는 문소리를 듣고 무슨 일인가 조사하러 나오지 않은 것은 정말로 우연이었어. 자네가 혐의를 두고 있는 두 사람이 그런 우연까지 미리 알고 있었을까?"

"솔직히 말해서 설명하기 힘들군."

"그리고 또 하나, 여자가 정부와 공모해서 남편을 살해했다면, 그들이 범행 뒤에 여봐란듯이 결혼반지를 없앴겠나? 의심받을 줄

뻔히 알고서도 그런 짓을 했다고 생각하나, 왓슨?"

"그럴 수는 없을 것 같군."

"그리고 또 하나, 만일 자전거를 범인이 놓고 갔다는 증거로 남겨 둘 생각이 들었다면 말일세. 자전거는 범인이 도망가는 데 제일 필요한 물건이네. 아무리 둔한 수사관이라도 그게 뻔한 속임수라는 것을 알 수 있을 텐데 자전거를 집 밖에 숨길 만한 가치가 있다고 생각했을까?"

"어떻게 설명해야 좋을지 모르겠군."

"사람이 설명할 수 없는 일들이 한꺼번에 몇 가지나 겹쳐서 일어나지는 않아. 단순한 두뇌운동이라고 생각하고, 그것이 사실이 아니라는 전제하에 생각해 볼 수 있는 한 가지를 내가 제시해 보겠네. 이것은 물론 하나의 상상에 지나지 않지만, 상상이 진실의 어머니가 되는 경우가 얼마나 많은가? 이 더글러스라는 남자에게 죄가 되는 비밀, 참으로 부끄러운 비밀이 있었다고 가정해 보세. 이 비밀로 인해 더글러스는 복수를 하려는 자에 의해 살해됐다고 생각할 수 있지. 그런데 이 복수를 하려는 자는, 죽은 사람의 반지를 갖고 갔어. 솔직히 말해서 그가 왜 반지를 갖고 갔는지는 아직 설명할 수 없어. 상상컨대 이 복수의 원인을 더듬어 가면 그의 첫 번째 결혼으로 거슬러 올라갈 수 있을 것 같네. 그런 이유 때문에 반지를 갖고 갔다고 생각할 수도 있지. 어쨌든 서재에서 더글러스를 살해하고 도망가려는 순간에 바커와 더글러스 부인이 서재에 도착한 거야. 범인은 자기를 체포하면 끔찍한 스캔들이 퍼지게 될 거라며 두 사람을 이해시켰어. 두 사람은 살인범에게 설득당하고 범인을 놓아주었지. 그래서 범인에게 달아날 틈을 주려고 두 사람은 다리를 내렸다가 다시 올렸어. 다리는 소리 없이 내렸다 올렸다 할 수 있지. 범인은 도망갔고, 무슨 이유 때문인지 자전거를 타고 도망가는 것보다 걸어서 도망가는 것이 더 안전하다고 생각했어. 그래서 그는 자기가 안전하게 도망간 다음에야 발견될 곳에 자전거를 숨겼어. 여기까지는 가능한 범위 안의 일이 아닌가?"

"그래, 틀림없이 가능할 듯하군." 나는 약간 망설이며 말했다.

"왓슨, 우리가 기억해야 할 것은 무슨 일이 일어났든 간에 그것은 대단히 기이하다는 점이야. 그럼, 계속해 볼까. 두 사람은―이들이 꼭 죄를 지었다고 할 수는 없지만―범인이 간 다음에 자신들이 범행을 저지르지 않았으며, 혹은 살인을 묵인하지 않았다는 점을 증명하기 어려운 입장에 놓였다는 것을 알게 되었어. 그래서 그들은 대책을 급히 세우긴 세웠는데, 너무 서툴렀어. 특히 바커가 피 묻은 슬리퍼로 창틀에 흔적을 남겨서 범인이 창문을 통해 도망간 것처럼 꾸미려고 한 것은 어리석기까지 했네. 아무튼 그 두 사람이 총소리를 들은 건 틀림없어. 그리고 그들은 벨을 울리기는 했지만 범행이 일어나고 30분이나 지난 뒤였어."

"자네는 이것을 어떻게 증명하려고 하나?"

"만일 외부에서 침입한 사람이 있었다면 그는 추적을 피하지 못하고 체포될 거야. 그 이상 좋은 증거는 없지. 그러나 그렇지 않다고 한다면……. 서재에서 하루 저녁을 지내본다면 많은 도움이 될

수 있을 텐데."

"혼자서 하루 저녁을 보낸다고?"

"나는 곧 서재로 가겠어. 그 일은 경의를 표할 만한 에임스에게 이미 조치를 취해 놨다네. 그는 바커를 진심으로 좋아하지는 않거든. 나는 서재에 앉아서 그 분위기가 어떤 영감을 떠오르게 하는지 지켜볼 거야. 나는 각 장소에 수호신이 있다고 믿어. 웃고 있군, 왓슨. 두고 봐. 그런데 왓슨, 자네는 커다란 우산을 갖고 왔나?"

"갖고 왔어."

"그럼, 빌려 주겠나?"

"물론이지. 하지만 무기로는 빈약해! 만일 위험한 일이라도 생기다면······."

"별일 없을 거야, 왓슨. 위험하다고 생각했으면 자네에게 도움을 청했을 걸세. 우산은 내가 갖고 가겠네. 나는 지금 맥도널드 경감 일행이 턴브리지 웰스에서 돌아오기를 기다리고 있는 중이야. 그들은 자전거 주인을 찾고 있어."

맥도널드 경감과 화이트 메이슨은 해가 지고 나서야 조사를 마치고 돌아왔는데, 무척 기쁜 표정으로 수사가 많이 진전되었다고 말했다.

"나는 외부에서 누가 침입했다는 데 의심을 품고 있었는데, 지금은 그렇게 생각하지 않습니다." 맥도널드가 말했다. "우리는 자전거가 누구의 것인지 확인했고, 우리가 찾는 자전거 주인의 인상도 알아냈습니다. 그러니 수사가 많이 진척된 셈입니다."

"사건의 막바지에 거의 다다른 것 같군요. 진심으로 축하합니다." 홈즈가 말했다.

"나는 더글러스 씨가 어제, 그러니까 턴브리지 웰스에 갔던 날부터 불안해하기 시작했다는 사실을 출발점으로 해서 수사를 시작했습니다. 그렇다면 더글러스 씨는 턴브리지 웰스에서 어떤 불안을 느꼈다는 결론이 나오게 됩니다. 따라서 자전거를 타고 온 사람이 있었다면 그도 턴브리지 웰스에서 왔을지도 모른다는 생각에 우리는 자전거를 여러 호텔에 갖고 가서 보여 주었습니다. 그러자 곧 이글 커머셜 호텔 지배인이 이틀 전부터 그 호텔에 묵고 있는 하그레이브라는 사람의 것이라고 확인해 주었습니다. 지배인은 그 자전거와 작은 손가방이 그 손님이 갖고 온 물건의 전부라고 했고, 숙박부에는 런던에서 왔다고 기재했을 뿐 주소는 적지 않았다고 말하더군요. 손가방은 런던에서 만든 것이었고, 안에 들어 있는 물건들도 영국에서 만든 것이었지만 그는 틀림없이 미국인이었답니다."

"이런!" 홈즈는 기분 좋은 듯이 말했다. "내가 앉아서 친구와 탁상공론에 빠져 있는 동안 당신들은 정말로 확실한 일을 했군요. 실천적이 되라는 교훈 그대로입니다, 맥도널드 경감."

"그렇습니다. 그 말이 맞습니다, 홈즈 씨." 경감은 만족스럽다는 듯이 말했다.

"하지만 이것은 자네의 이론과 들어맞을 수도 있어." 내가 홈즈에게 말했다.

"그럴 수도 있고 그렇지 않을 수도 있어. 우선 이야기를 끝까지 해 보세요, 맥도널드 경감. 그 사람의 신원을 확인할 만한 것은 아무것도 없었습니까?"

"증거가 너무 적어서……, 그가 자신의 신분을 노출시키지 않으려고 조치를 취한 것이 분명했습니다. 서류나 편지는 물론 옷에 어떠한 표시도 없었습니다. 침실 테이블 위에는 이 지방의 자전거 여행용 지도가 놓여 있었습니다. 그는 어제 아침 식사 후 자전거를 타고 나간 뒤로 전혀 소식이 없답니다."

"나는 그게 이상하다고 생각합니다, 홈즈 씨." 화이트 메이슨이 말했다. "만일 그가 자기 때문에 야단법석이 나는 것을 원치 않았다면 호텔로 돌아와서 아무 일도 없는 것처럼 평범한 여행자로 있었을 겁니다. 돌아오지 않으면 호텔 지배인이 경찰에 신고할 것이고, 그의 행방이 살인과 결부될 것이라는 것을 그도 뻔히 알 테니까요."

"그렇게 생각할 수도 있겠지요. 하지만 그 사람이 아직도 잡히지 않고 있으니 지금까지는 현명하게 행동했다고 봐야겠습니다. 그건 그렇고, 그의 인상은 어떻습니까, 맥도널드 경감?"

맥도널드는 자신의 수첩을 뒤적이기 시작했다.

"그곳 사람들이 말한 것은 전부 적어두었습니다. 그를 특별히 눈여겨보지는 않은 것 같지만, 그래도 급사며 사무원이며 하녀가 동일하게 말하는 점은 다음과 같습니다. 키는 5피트 9인치 정도고, 나이는 쉰 살 안팎으로 머리털은 약간 회색을 띠고 있다고 합니다. 콧수염은 회색이고, 매부리코에다 험상궂게 생겨서 가까이 하기가 어려운 얼굴이었다고 합니다."

"음, 얼굴을 제외하면 더글러스 씨의 인상과 거의 같다고 할 수 있군." 홈즈가 말했다. "더글러스 씨도 쉰을 막 넘었고, 머리카락과 콧수염도 회색이며, 키도 그 정도입니다. 그 밖에 더 알아낸 것이 있습니까?"

"두꺼운 회색 양복바지에다 리퍼 재킷을 입고, 짧은 노란 오버코트를 걸치고 모자를 쓰고 있었답니다."

"엽총에 대한 것도 알아봤습니까?"

"엽총은 길이가 2피트도 안됩니다. 그의 손가방에도 쉽게 들어갈 겁니다. 그의 외투 밑에 감추고도 문제없이 걸을 수 있습니다."

"왜 그런 것들이 전부 이 사건과 관계가 있다고 생각하지요?"

"홈즈 씨!" 맥도널드가 말했다. "이자를 붙잡기만 하면 쉽게 판단할 수 있겠지요. 그의 인상착의을 듣고 바로 전보를 보내 모든 곳에 알렸습니다. 하지만 지금도 수사는 많은 진척을 보았습니다. 우리는 범인이 하그레이브라는 미국인으로 자전거와 손가방을 갖고 이틀 전에 턴브리지 웰스에 왔다는 것을 압니다. 손가방 안에는 총신을 잘라 짧게 만든 엽총이 들어 있었을 겁니다. 당연히 범행을 저지르려는 목적을 갖고 왔습니다. 어제 아침에 그는 외투 밑에 엽총을 감추고, 자전거를 타고 저택을 향해 떠났습니다. 우리가 지금까지 알아본 바에 의하면 그가 이곳에 도착하는 것을 본 사람은 없지만, 마을을 통과하지 않고 공원으로 갈 수도 있고, 길에는 자전거를 탄 사람들이 많이 있으니 가능한 일입니다. 아마도 그는 곧장 자전거를 월계수 덤불 속에 감추고 자기도 거기 숨어서 저택을 감시하며 더글러스 씨가 나오기를 기다리고 있었다고 추측할 수 있습니다. 엽총은 집 안에서 사용하기에는 적당하지 않은 무기입니다. 그는 그것을 집 밖에서 사용할 생각이었지요. 엽총은 우선 조준해서 맞추기가 쉬우므로 유리하고, 영국의 사냥터 근처에서는 총소리가 흔히 들리니까 특별히 이상하다고 생각할 사람도 없을 테지요."

"모든 것이 대단히 명백하군요." 홈즈가 말했다.

"그런데 더글러스 씨가 나타나지 않았습니다. 그는 다음에 어떻게 했을까요? 우선 자전거를 숨겨 놓고 땅거미가 진 어둠을 틈타서 저택으로 다가갔습니다. 다리는 내려져 있었고, 주위에는 아무도 없었지요. 누군가를 만나면 어떤 핑계를 대기로 마음먹고 다리를 건넜습니다. 다행히 아무도 만나지 않았습니다. 저택으로 들어간 그는 처음으로 눈에 띈 방으로 들어가서 커튼 뒤에 숨었습니다. 그리고 얼마 후 다리가 올라가는 것이 창문을 통해 보였으므로 이제 도망가기 위해선 해자를 건너는 수밖에 없다는 것을 알았습니다. 그는 11시 15분까지 기다렸습니다. 언제나 그렇듯 더글러스 씨가 집 안을 돌아보고 서재로 들어올 때까지요. 그는 더글러스 씨를 엽총으로 쏜 다음 미리 생각했던 대로 해자를 건너 도망쳤습니다. 그는 호텔 사람들이 자전거에 대해 설명하면 불리하다고 생각하고, 자전거를 그대로 버려둔 채 다른 수단으로 런던이나 또는 미리 마련해 둔 안전한 은신처로 달아난 겁니다. 내 생각이 어떻습니까, 홈즈 씨?"

"맥도널드 경감, 들은 데까지는 이야기가 정말 훌륭하고 분명합니다. 그러니까 그것이 당신 이야기의 결론인 모양이군요. 하지만 내 결론은 다릅니다. 우선 범행은 알려진 것보다 30분 전에 일어났고, 더글러스 부인과 바커 두 사람은 무엇을 감추려는 음모를 꾸미고 있고, 두 사람은 살인자가 도망가는 것을 도와줬습니다. 그게 아니라면 그들은 적어도 범인이 도망치기 전에 서재에 도착했고, 범인을 도와 그가 다리를 건너 도망가도록 했으며, 범인이 창문을 통해 도망간 것처럼 증거를 조작했을 겁니다. 나는 이 사건의 전반을 이렇게 생각합니다."

두 수사관은 고개를 저었다.

"하지만 홈즈 씨, 그 말이 사실이라면 수수께끼가 하나 풀렸다고 생각하는 순간 다른 수수께끼에 부닥치게 됩니다." 런던에서 온 경감이 말했다.

"그리고 어떤 면에서 그 수수께끼는 더 이해하기 어렵습니다."

화이트 메이슨이 덧붙였다. "부인은 한 번도 미국에 가지 않았습니다. 그런 부인이 미국인 살인자와 무슨 관계가 있어서 그를 감싸 줬겠습니까?"

"의문점이 있다는 것은 나도 인정합니다." 홈즈가 말했다. "나는 오늘 밤 내 나름대로 조사를 할 겁니다. 그것이 우리의 공동 목표에 무언가 공헌을 할지도 모르겠습니다."

"우리가 도울 일은 없습니까, 홈즈 씨?"

"아닙니다. 괜찮습니다! 암흑과 내 친구 왓슨의 우산만 있으면 됩니다. 내가 필요한 것은 이것뿐입니다. 그리고 충실한 에임스도 틀림없이 나를 도와줄 겁니다. 내 생각은 오직 한 가지 기본적인 질문으로 향할 뿐입니다. 운동하는 사람이 어째서 하나뿐인 아령으로 신체를 단련했을까, 하는 질문 말입니다."

홈즈가 단독 수사를 마치고 돌아온 것은 그날 밤 늦은 시간이었다. 우리 방에는 침대가 두 개 놓여 있었는데, 이는 시골의 작은 여관이 제공할 수 있는 최상의 방이었다. 나는 그때 잠들어 있었는데, 홈즈가 들어오는 소리에 잠이 반쯤 깼다.

"홈즈, 무엇을 좀 찾았나?" 내가 중얼거렸다.

그는 촛불을 손에 들고 내 옆에 말없이 서 있었는데, 이윽고 마르고 긴 몸을 내 쪽으로 굽혔다.

"왓슨!" 그가 속삭였다. "미친 남자, 혹은 두뇌에 이상이 생긴 남자, 머리가 이상해진 바보와 한방에서 잔다면 겁나지 않겠나?"

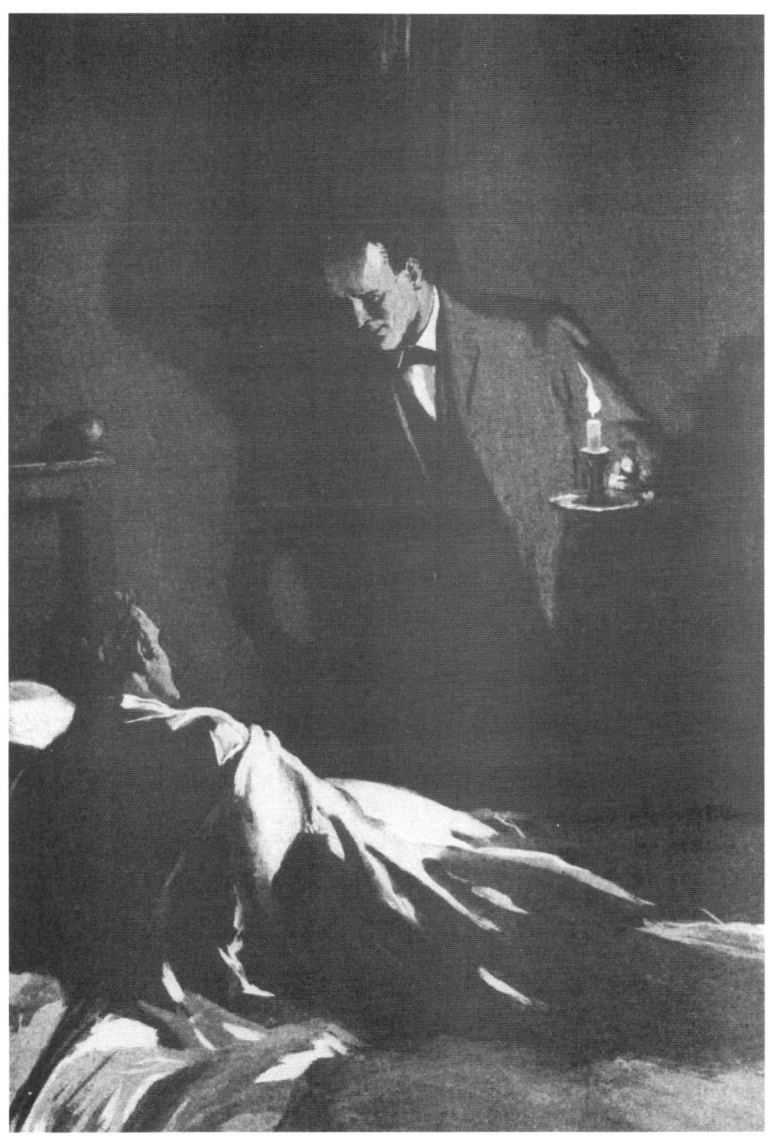

"아니, 난 조금도……." 나는 놀라서 대답했다.

"아, 그럼 잘 됐군." 홈즈는 그렇게 말하고는 그날 밤에 다른 말은 한 마디도 하지 않았다.

7

해결

다음 날 아침, 식사가 끝나고 나가 보니 맥도널드 경감과 화이트 메이슨이 윌슨 경사의 작은 사무실에서 열심히 의논을 하고 있었다. 그들 앞의 테이블 위에는 여러 통의 편지와 전문이 있었는데, 그들은 그것을 조심스럽게 분류한 뒤 내용을 간추려 쓰고 있었다. 편지 세 통은 한쪽 옆으로 밀쳐져 있었다.

"아직도 잡히지 않은 자전거 여행자를 찾고 계십니까?" 홈즈가 명랑하게 물었다. "그 악당에 대한 최신 정보는 무엇입니까?"

맥도널드는 처량한 표정으로 산더미처럼 쌓인 통신문들을 손으로 가리켰다.

"레스터, 노팅엄, 사우샘프턴, 더비, 이스트햄, 리치먼드, 그 밖에 열 네 곳에서 정보가 들어와 있습니다. 현재 그가 그곳에 있다는 제보입니다. 그중 세 곳인 이스트햄과 레스터, 리버풀에서 확인된 자는 혐의가 짙어 지금 붙잡아 두고 있답니다. 노란 코트를 입은 도망자가 전국에 우글거리고 있는 모양입니다."

"기가 차는군!" 홈즈는 동정 어린 목소리로 말했다. "그런데 맥도널드 경감, 그리고 화이트 메이슨 씨, 나는 두 분에게 진심으로 충고하고 싶습니다. 내가 이 사건에 당신들과 같이 손대게 되었을 때, 당신들도 기억하고 있겠지만 나는 어중간한 의견은 말하지 않고, 내 이론이 옳다고 생각될 때까지 밀고 나가겠다고 했습니다. 그런 이유 때문에 지금 내가 생각하고 있는 것을 말하지 않고 있습니다. 그러나 내가 당신들과 정정당당하게 승부를 겨룰 생각이라고 말한 이상 한순간이라도 당신들이 쓸데없는 일에 정력을 낭비하게 내버려 둘 수 없습니다. 그건 공정한 방법이 아니라는 생각이 듭니다. 그래서 나는 오늘 아침에 당신들에게 충고하려고 왔습니다. 그 충고는 간단합니다. 당장 그 수사를 그만두십시오."

맥도널드와 화이트 메이슨은 깜짝 놀라서 홈즈의 얼굴을 쳐다보았다.

"희망이 없다고 생각하시는군요!" 경감이 소리쳤다.

"당신들의 수사가 희망이 없다고 생각할 뿐입니다. 진실을 밝히는 일은 희망이 없다고 생각하지 않습니다."

"하지만 이 자전거 여행자는 우리가 만들어 낸 것이 아닙니다. 우리는 그의 인상도 알고 있고, 그의 가방과 자전거도 갖고 있습니다. 그는 지금 틀림없이 어딘가에 있습니다. 어째서 우리가 붙잡을 수 없다는 겁니까?"

"그래요. 그는 틀림없이 어딘가에 있고 우리가 틀림없이 붙잡겠지만, 이스트햄이나 리버풀에서 당신들이 정력을 낭비하는 것을 보고 싶지는 않습니다. 나는 사건 해결에 좀 더 가까운 길이 있다고 생각합니다."

"뭔가 숨기고 계시는군요. 그것은 공평하지 못합니다, 홈즈 씨."
경감은 불쾌한 듯한 표정을 지었다.

"당신은 내가 일하는 방법을 알고 있지 않소, 맥도널드 경감? 하지만 숨겨 두는 시간을 될 수 있는 대로 짧게 하겠습니다. 나는 다만 어떤 세밀한 사항을 확인하고 싶을 뿐인데, 그것은 쉽게 확인할 수 있습니다. 그런 다음에 나는 결과를 당신에게 맡기고, 런던으로 돌아가겠습니다. 신세를 너무 많이 져서 그렇게라도 해야 할 것 같습니다. 이처럼 이상하고 흥미로운 연구를 경험한 적이 없으니까요."

"도저히 알 수 없습니다, 홈즈 씨. 어젯밤 우리가 턴브리지 웰스에서 돌아왔을 때 당신은 우리의 수사 결과에 대체로 동의하는 것 같았는데, 그 뒤 무슨 일이 있었기에 이처럼 사건에 대한 생각이 완전히 달라지셨습니까?"

"물어보시니 하는 말이지만, 그때 말했듯이 어젯밤 몇 시간을 그 영주의 저택에서 보냈습니다."

"그래서 무슨 일이 있었습니까?"

"지금은 거기에 대해서 일반적인 대답밖에 할 수 없습니다. 그건 그렇고, 나는 그 저택에 대한 짧기는 하지만 명백하고 흥미로운 내용을 담은 책을 어젯밤에 그 저택에서 읽었습니다. 그것은 이 지방 담배 가게에서 1페니를 주면 살 수 있습니다."

홈즈는 주머니에서 옛 영주 저택의 판화가 조잡하게 그려져 있는 작은 책을 꺼냈다.

"주위의 역사적 분위기에 동화되면 수사에 한층 열의가 생깁니다, 맥도널드 경감. 그렇게 조급해하지 마십시오. 지금부터 내가 말하는 간단한 설명을 듣고 나면 과거의 어떤 모습이 마음속에 떠오르게 될지도 모를 테니까요. 그럼, 책에 있는 것을 한 구절 읽어드리지요."

홈즈는 책을 읽었다.

제임스 1세의 재위 5년에 건축함. 보다 오래된 건물이 있던 대지에 지은 벌스톤 저택은 해자가 둘러싸고 있는 제임스 왕조 풍의 저택으로, 현존하는 것 가운데 가장 훌륭한 건물로—

"우리를 놀리고 있군요. 홈즈 씨!"

"맥도널드 경감, 처음으로 화내는 모습을 보는군요. 신경이 많이 거슬리는 모양이니 일일이 읽는 것은 그만두겠습니다. 하지만 책에는 1644년에 저택이 의회파의 대령에게 점령당했던 일이며, 내란 중에 찰스 왕이 며칠 동안 숨어 있었던 일이며, 또 조지 2세가 이곳에 찾아온 일 등에 대해 자세히 설명되어 있습니다. 어떻소? 이 오래된 집이 흥미를 불러일으킨다는 점을 인정하시겠지요?"

"그럴 수도 있지만, 그런 것은 이 사건과 관계가 없습니다, 홈즈 씨."

"관계가 없다고요? 관계가 없다니? 우리 같은 직업에 종사하는 사람은 시야를 넓게 갖는 것이 중요합니다, 맥도널드 경감. 다른 의견을 뒤섞기도 하고, 관계가 없이 보이는 일들을 연관시키다 보면 생각지도 못한 흥미가 솟아나기 마련이죠. 일개 범죄전문가에 지나지 않는 내가 이런 말을 하는 것은 당신들보다는 나이도 많고, 인생 경험도 그만큼 풍부하기 때문입니다."

"그것은 기꺼이 인정합니다." 경감은 진심으로 말했다. "하지만 당신은 요점을 터무니없이 빙빙 둘러서 말씀하십니다."

"좋습니다. 지난 역사에 대한 이야기는 생략하고 현재의 사실로 돌아갑시다. 이미 말한 대로 나는 어젯밤에 저택에 갔습니다. 바커 씨나 부인은 만나지 않았습니다. 두 사람을 귀찮게 할 생각은 없었지요. 부인은 슬픔에 잠기지도 않았고 저녁 식사도 맛있게 했다는 얘기를 듣고 나는 기쁘게 생각했습니다. 내가 방문한 목적은 충실한 에임스를 만나는 것이었으니까요. 우리는 만나서 여러 가지 이야기를 했는데, 그는 잠시 동안이지만 아무도 모르게 내가 서재에 있도록 허락해 주었습니다."

"뭐라고! 시체와 함께 말인가?" 내가 깜짝 놀라 소리쳤다.

"아니, 지금은 모든 것이 정상이야. 당신이 시체는 치워도 된다고 했다더군요, 맥도널드 경감. 서재는 정상적으로 되어 있었고, 나는 그곳에서 15분을 아주 유익하게 보냈습니다."

"뭘 했습니까?"

"아령이 없어졌다는 간단한 일을 수수께끼로 만들지 않으려고 사라진 아령을 찾고 있었습니다. 내가 생각하기에는 수사상 커다란 문제였거든요. 나는 결국 아령을 찾았습니다."

"어디서요?"

"아령에 대한 문제는 아직 조사하지 않았습니다. 조금만 더, 아주 조금 더 조사한 뒤에 내가 알고 있는 것을 전부 알려 드리겠습니다. 약속합니다."

"당신의 말에 따르는 수밖에 없군요." 경감이 말했다. "수사를 그만두라고 하셨는데, 왜 우리가 수사를 그만둬야 하지요?"

"당신은 지금 무엇을 수사하고 있는지 모르고 있기 때문입니다, 맥도널드 경감."

"우리는 벌스톤 저택의 존 더글러스 씨의 살인 사건을 수사하고 있습니다."

"네, 그건 알고 있지요. 단지 나는 그 행방이 묘연한 자전거의 주인을 찾는 수고를 하지 말라는 말입니다. 아무 소용도 없다는 것을 내가 보증합니다."

"그러면 어떻게 하라는 말입니까?"

"당신이 내 말대로 할 생각만 있다면 무엇을 해야 할지 정확히 알려 드리겠습니다."

"당신의 이상야릇한 수사 방법에는 언제나 어떤 타당한 이유가 있다는 것을 인정합니다. 당신이 하라는 대로 하겠습니다."

"그럼, 화이트 메이슨 씨는?"

지방 경찰서 수사관은 어떻게 해야 할지 모르겠다는 듯이 우리 얼굴을 번갈아 보았다. 그는 홈즈나 그의 수사 방법에 대해 아직 제대로 파악하지 못하고 있었다.

"글쎄요, 경감님이 좋다고 하시면 저도 좋습니다." 이윽고 그가 말했다.

"좋아요!" 홈즈가 말했다. "그럼 두 분에게 이 근처의 기분 좋은 산책로를 권하고 싶습니다. 벌스톤 산마루에서 윌드 삼림 지대가 바라다 보이는 전망은 대단히 좋다더군요. 점심은 여관에서 해결하면 됩니다. 이 지방을 잘 모르는 까닭에 여관을 추천할 수는 없지만. 어쨌든 피곤하실 테지만 기분 좋은 산책을—"

"농담이 지나치시군요!" 맥도널드 경감은 화를 내며 의자에서 벌떡 일어났다.

"어쨌든 당신이 좋아하는 일을 하며 하루를 보내십시오." 홈즈는 그의 어깨를 가볍게 두드리며 말했다. "당신이 하고 싶은 일을 하거나, 가 보고 싶은 장소에 가거나 마음대로 하세요. 그러나 어둡기 전에 이곳에서 나를 만나야 합니다. 틀림없이 만나야 합니다, 맥도널드 경감."

"그건 좀 더 현실적으로 들리는군요."

"내가 권한 것은 모두 좋은 것이지만 꼭 그렇게 하라고 강요하지는 않겠습니다. 그러나 내가 당신을 필요로 할 때는 이곳에 있어야 합니다. 그런데 떠나기 전에 바커 씨에게 보낼 편지를 당신이 써 주셨으면 좋겠습니다."

"무엇을 쓰지요?"

"제가 불러 드리겠습니다. 준비됐습니까?

세실 바커 씨에게

해자의 물을 빼야 할 필요가 있다고 판단했습니다. 수사에 도움이 될 단서를 발견—

"물을 빼는 것은 불가능합니다." 경감이 말했다. "내가 벌써 알아봤습니다."

"쯧쯧! 내가 하라는 대로 하십시오."

"그럼, 계속 불러 주세요."

발견할 거라고 생각합니다. 준비는 이미 끝냈고, 내일 아침 일찍 인부들이 해자로 들어오는 물줄기를 돌리는 작업을 할 것입니다. 그래서 미리 말씀 드립니다.

"거기에 서명해서 4시쯤 전해 주세요. 우리는 그 시간에 이 방에서 다시 만납시다. 그때까지 수사는 분명히 정지된 상태이니 우리는 각자 하고 싶은 일이나 합시다."

우리가 다시 모였을 때는 땅거미가 질 무렵이었다. 홈즈의 태도는 진지했고, 나는 호기심에 가득 차 있었다. 그러나 두 수사관은 불쾌해하는 모습이 역력했으며, 매우 비판적인 태도였다.

"자, 여러분!" 내 친구는 엄숙하게 말했다. "지금부터 내가 시험해 볼 일에 대해서 말씀 드릴 테니 여러분은 집중해서 들어 주시기 바랍니다. 그것이 도달한 결론이 옳은지 그른지에 대해서는 전적으로 각자의 판단에 맡기겠습니다. 오늘 밤은 추운 데다가 시험이 얼마나 오래 걸릴지 모르니 아주 따뜻한 외투를 입으시기 바랍니다. 어둡기 전에 도착해야 하니 당장 떠납시다."

우리는 저택의 정원 바깥쪽 경계를 따라서 나무 난간이 부서져 있는 곳으로 갔다. 우리는 그곳을 통해 안으로 들어갔고, 홈즈를 따라 어둠이 깔리고 있는 숲으로 갔다. 그곳은 저택의 정문과 도개교가 바라다보이는 곳이었는데 다리는 내려져 있었다. 홈즈는 월계수 그늘에 몸을 웅크렸고, 우리 세 사람도 그를 따라 몸을 웅크렸다.

"지금부터 우리는 무엇을 해야 합니까?" 맥도널드 경감이 퉁명스럽게 물었다.

"인내심을 갖고 기다립시다. 될 수 있는 대로 소리를 내지 맙시다." 홈즈가 대답했다.

"도대체 이곳에는 왜 왔습니까? 좀 더 솔직히 말씀해 주셔야 한다고 생각합니다."

홈즈는 소리 내 웃었다.

"왓슨은 나를 보고 일상의 연극인이라고 말합니다. 내 가슴속에는 예술가의 기질이 약간 있어서 연출이 잘된 무대를 즉시 요구합니다. 맥도널드 경감, 우리의 승리를 장식할 만한 무대 장치를 해두어야 합니다. 우리의 직업은 단조롭고 고상하지 못합니다. 단도직입적으로 죄를 고발하고 잔혹하게 범인의 어깨를 두드리기만 한다고 생각해 보세요. 사람들은 그런 연극의 대단원을 어떻게 생각하겠습니까? 그보다는 예민한 추리, 교묘한 함정, 미래에 대한 날카로운 예측, 대담한 이론의 자랑스러운 입증이 우리의 평생 직업을 더욱 정당화하지 않겠습니까? 이 순간, 당신들은 매력적인 지금의 이 상황에 대해 사냥꾼 특유의 기대감을 갖고 스릴을 느끼고 있지 않습니까? 그런데 만일 시간표처럼 짜인 대로 움직인다면 그런 스릴을 어떻게 맛볼 수 있겠습니까. 좀 더 인내심을 갖고 기다려요, 맥도널드 경감. 모든 것이 분명해질 겁니다."

"그렇긴 해도 우리가 추위로 인해 얼어 죽기 전에 자존심이니 정당화니 하는 것들이 나타났으면 좋겠습니다." 런던의 경감은 체념이 섞인 목소리로 농담조로 말했다.

기다림의 시간은 길었고, 밤공기는 살을 에는 듯 매서워서 우리는 맥도널드의 염원에 박자를 맞추었다. 오래된 저택에 서서히 어둠이 뒤덮였다. 그럴수록 해자에서 올라오는 공기는 더욱 차갑고 축축했다. 우리는 뼛속까지 얼어붙을 지경이었는데, 이가 딱딱 소리를 내며 저절로 떨렸다. 그런데 그때 문간에 램프가 하나 켜지더니 참극이 일어난 서재에 등불이 켜졌다. 다른 곳은 전부 캄캄했고, 쥐 죽은 듯 고요했다.

"이대로 얼마나 더 있어야 합니까?" 갑자기 경감이 입을 열었다. "그리고 우리는 무엇을 기다려야 하는 겁니까?"

"얼마나 걸릴지는 당신들처럼 나도 모릅니다." 홈즈는 약간 퉁명스럽게 말했다. "범죄자들이 항상 기차처럼 시간에 맞춰 행동한다면 우리도 대단히 편리할 겁니다. 우리가 감시하는 것이 무엇이냐 하면, 저겁니다, 우리가 감시하는 것은!"

그 순간, 서재의 밝게 켜져 있는 불빛이 그 앞을 왔다 갔다 하는 사람의 그림자로 방해를 받았다. 우리가 숨어 있는 월계수는 서재 창문 맞은편에 있었는데, 창문에서 100피트밖에 떨어져 있지 않았다. 잠시 후에 경첩이 삐걱거리는 소리가 나며 창문이 활짝 열렸는데, 어둠 속을 내다보는 남자의 머리와 어깨의 윤곽이 희미하게 나타났다. 잠시 동안 그는 주위에 아무도 없는지 확인하는 듯이 앞을 유심히 보았다. 그러다가 그는 몸을 앞으로 굽혔다. 깊은 적막 속에서 물이 찰싹거리는 소리가 들렸다. 그는 낚시꾼이 고기를 낚아 올리듯이 갑자기 뭔가를 끌어올렸다. 커다랗고 둥근 것이었는데, 창문을 통해 안으로 끌어들이는 순간 방안의 불빛이 잠깐 가려졌다.

"지금이다! 움직여!" 홈즈가 외쳤다.

우리는 굳은 몸을 비틀거리며 일으켜서 홈즈의 뒤를 따랐다. 홈즈는 재빠르게 다리를 건너 저택의 벨을 난폭하게 눌렀다. 안에서 빗장을 벗기는 소리가 들리고 놀란 에임스가 입구에 서 있었다.

홈즈는 아무 말도 없이 그를 옆으로 밀어내고 그 남자가 있는 방으로 달려갔다. 우리도 홈즈의 뒤를 따라 달렸다. 세실 바커가 오일램프를 들고 있었는데, 우리가 밖에서 보았던 불빛이었다. 우리가 들어서자 세실 바커는 오일램프를 우리 쪽으로 내밀었다. 밝은 램프의 빛으로 인해 깨끗이 면도한 그의 굳세고 결의에 찬 얼굴이 드러났다.

"이게 무슨 짓들이오? 도대체 무슨 짓을 하는 거요?" 그가 외쳤다.

그러나 홈즈는 아랑곳하지 않고 재빨리 주위를 둘러본 뒤, 책상 밑에 쑤셔 넣은 물에 흠뻑 젖은 보따리로 달려들었다.

"우리가 찾고 있던 것은 이겁니다, 바커 씨. 아령으로 무게를 실어서 해자 밑바닥에 던져두었다가 당신이 지금 막 건져 올린, 이 보따리 말입니다."

바커는 놀란 모습으로 홈즈를 쳐다보았다.

"도대체 어떻게 알게 되었지요?"

"내가 거기에 두었기 때문이오."

"당신이 거기에 두었다니? 당신이!"

"어쩌면 내가 그곳에 '다시 넣었다'고 해야 정확할 것 같군요." 홈즈가 말했다. "맥도널드 경감, 내가 아령 하나가 없어진 점을 이상하게 생각한 것을 기억하지요? 나는 당신의 주의를 그쪽으로 돌리려고 했는데, 당신은 다른 일에 바빠서 그것을 생각할 겨를이 없었습니다. 생각만 했더라면 당신도 추리를 할 수 있었을 겁니다.

근처에 물이 있고, 무거운 물건 하나가 없어졌다면 뭔가를 물에 가라앉혔다고 가정해도 지나친 억지는 아닐 겁니다. 나는 그것을 시험해 볼 필요가 있다고 생각하고, 에임스의 도움을 받아 이 방에 들어왔습니다. 그리고 왓슨 의사의 우산으로 어젯밤에 이 보따리를 건져 올려서 조사했지요. 그러나 가장 중요한 것은 보따리를 누가 그곳에 넣었는지를 증명하는 일이었습니다. 이렇게 우리가 그 보따리의 주인을 증명해 낸 것은 내일 해자의 물을 뺀다고 통보하는 계략을 썼기 때문입니다. 그렇게 하면 보따리를 감춘 사람은 어두워진 틈을 타서 보따리를 꺼낼 테니까요. 그리고 보시다시피 누가 그 보따리의 주인인지를 증명하는 네 명의 목격자가 여기 있습니다. 그러니 바커 씨, 이번에는 당신이 말할 차례인 것 같군요."

홈즈는 물에 젖은 보따리를 테이블 위의 램프 옆에 놓고는 묶은 끈을 풀었다. 그는 보따리 속에서 아령을 꺼내 방 한쪽 구석에 있는 동료들에게 던졌다. 그다음에 그는 구두 한 켤레를 꺼냈다.

"보시다시피 미국제입니다."

홈즈는 구두코를 가리키며 말했다.

그다음에 그는 길고 위험해 보이는 칼집에 든 칼을 꺼내 테이블 위에 놓았다. 마지막으로 속옷, 양말, 회색 트위드 양복 그리고 짧은 노란 코트 등, 완벽한 한 벌의 옷을 꺼냈다.

"이 옷들은 흔해 빠진 것이지만 코트는 다릅니다." 홈즈가 말했다. "의미 있는 점들이 많이 있습니다."

그는 코트를 불빛에 비추었다.

"보시다시피 이것은 안주머니인데, 안으로 길게 파져서 총신을 자른 엽총을 넣을 수 있도록 만들었습니다. 깃 안쪽에는 '미국 버미사, 닐 의상점'이라는 상표가 붙어 있습니다. 나는 오늘 오후 목사관 도서실에서 유익한 시간을 보내며 지식을 넓혔습니다. 그래서 버미사는 미국의 유명한 탄광과 철광이 있는 계곡에 있는 작은 마을이라는 것을 알았습니다. 바커 씨, 나는 당신이 더글러스 씨의 전 부인과 탄광 지구를 연관시켜 이야기했던 것을 기억하고 있습니다. 그러므로 시체 옆에 있던 카드의 'V. V.'는 버미사 계곡(Vermissa Valley)을 뜻하고, 이 계곡이 바로 살인자를 보낸, 우리 귀에도 익숙한 '공포의 계곡'이라고 추정해도 억지가 아닐 거라고 생각합니다. 여기까지는 분명한 사실일 겁니다. 이런, 내가 바커 씨의 설명을 방해하는 것 같군요."

명탐정이 설명하는 동안 세실 바커의 얼굴 표정은 정말로 볼만했다. 분노와 놀라움과 낭패와 망설임이 그의 얼굴에 번갈아 나타났다. 마침내 그는 약간 신랄하게 빈정대는 태도를 보였다.

"그렇게 많이 아시는 것 같으니 이야기를 좀 더 하시지요, 홈즈 씨." 그는 빈정댔다.

"틀림없이 얼마든지 말할 수 있지만, 당신이 이야기하는 편이 더 좋을 듯싶습니다, 바커 씨."

"아, 그렇게 생각하신다는 말이지요? 하지만 나는, 비밀이 있다고 하더라도 내게 관계된 것이 아니므로 밝힐 수 없다는 말밖에 할 수 없소."

"그런 식으로 나온다면 구속 영장을 받아서 당신을 구속할 때까지 감시하겠습니다." 경감이 조용히 말했다.

"얼마든지 좋을 대로 하세요." 바커는 도전적으로 말했다.

그리고 더 이상 다른 방법이 없을 것 같았다. 그 고집스러운 모습으로 미루어 봐서 아무리 다그쳐 봤자 억지 답변을 할 것 같지는 않았다. 그러나 여자의 목소리가 이 교착 상태를 깨뜨렸다. 반쯤 열린 문 앞에서 듣고 있던 더글러스 부인이 방으로 들어왔다.

"세실, 우리를 위해 충분히 해 주셨어요." 부인이 말했다. "앞으로 어떻게 되든 그것으로 충분해요."

"충분하고도 남게 일했지요." 홈즈는 진지하게 말했다. "부인, 당신을 정말로 동정합니다. 그리고 우리 사법권의 상식을 믿고 경찰 측에 모든 것을 털어놓으시기를 강력히 권합니다. 부인이 내 친구 왓슨을 통해 내게 전달한 뜻을 받아들이지 않은 것은 내 잘못일지도 모르겠습니다. 하지만 그때 나는 부인이 범죄와 직접적으로 관계됐다고 믿을 만한 충분한 이유가 있었습니다. 그러나 지금은 그렇지 않다는 확신이 섰습니다. 그리고 아직도 설명이 되지 않는 일들이 많으니 저는 부인이 더글러스 씨에게 직접 나와서 설명하도록 말해 달라고 간곡히 부탁드립니다."

더글러스 부인은 홈즈의 말을 듣고 놀라서 비명을 질렀다. 그때 한 남자가 벽에서 튀어나오는 바람에 형사들과 나도 비명을 질렀다. 남자는 어두운 구석으로부터 서서히 앞으로 걸어 나왔다. 더글러스 부인은 즉시 몸을 돌려 남자를 끌어안았다. 바커는 남자가 내

미는 손을 잡았다.

"이러는 게 최선이에요, 존." 부인은 되풀이해서 말했다. "이 방법이 최선이라고 생각해요."

"그렇습니다, 더글러스 씨." 홈즈가 말했다. "이게 최선의 선택이라는 것을 곧 알게 되실 겁니다."

남자는 갑자기 밝은 곳으로 나와 눈이 부신 듯이 우리를 바라보며 눈을 깜박였다. 대담한 잿빛 눈, 짧게 자른 반백의 콧수염, 앞으로 나온 네모진 턱, 유머러스하게 느껴지는 입매 등 특이한 얼굴이었다. 그는 우리 전부를 찬찬히 둘러본 다음 놀랍게도 나한테 와서 한 뭉치의 서류를 건네주었다.

"당신에 대한 이야기는 들었습니다."

그의 목소리는 순수한 영어도, 그렇다고 미국식 영어도 아니었으나 부드럽고 듣기 좋았다.

"여기 계신 분들 중에 역사가는 당신이겠죠. 왓슨 씨, 당신은 이번처럼 재미있는 이야기를 아직 쓰신 적이 없겠죠? 쓰는 것은 당신에게 맡기겠습니다. 내기를 해도 좋습니다. 사실을 있는 대로 쓰기만 하면 독자들을 사로잡을 수 있을 겁니다. 나는 이틀 동안이나 갇혀 있었지만, 해가 비치는 시간을 이용해—굴속에서 받을 수 있는 햇빛을 최대한으로 이용해—글로 옮겼습니다. 그리고 당신이 그것을 이용하는 것을 허락하겠습니다. 당신과 당신의 독자들이 읽는 것을 환영합니다. 그것은 '공포의 계곡'에 대한 이야기입니다."

"그것은 과거의 이야기입니다, 더글러스 씨." 홈즈가 말했다. "우리가 듣고 싶은 것은 현재의 이야기입니다."

"말하지요." 더글러스가 말했다. "담배를 피우며 말해도 괜찮겠습니까? 감사합니다, 홈즈 씨. 내가 제대로 기억하고 있다면 당신도 담배를 피우시니까 말인데, 주머니에 담배를 넣고 있으면서도 냄새가 밖으로 새어 나갈까봐 이틀 동안이나 담배를 피우지 못한 사람의 심정을 이해하실 겁니다."

그는 벽난로 선반에 기대어 홈즈가 건네준 시가를 피웠다.

"홈즈 씨, 당신에 대한 이야기는 들었지만 만나리라고는 생각지 못했습니다. 그러나 저것을 읽으시면, 내가 완전히 새로운 이야기를 갖고 왔다고 생각할 겁니다."

그는 내가 들고 있는 서류 쪽으로 고갯짓을 했다.

맥도널드 경감은 새로 나타난 사람을 대단히 놀란 눈으로 바라보고 있었다. 드디어 그가 소리쳤다. "이건 정말 두 손 들었군! 당신이 벌스톤 저택의 존 더글러스 씨라면 우리는 지난 이틀 동안 누구의 죽음을 조사했습니까? 그리고 당신은 도대체 어디서 나타난 겁니까? 내가 보기에는 마술처럼 바닥에서 튀어나온 것 같습니다."

"아, 맥도널드 경감."

홈즈는 꾸짖듯이 손가락을 흔들었다.

"그것은 찰스 왕이 이곳에 은신했던 일을 기록해 놓은, 이 지방에서 발행한 저 훌륭한 책을 당신이 읽지 않기 때문입니다. 그

당시 사람들은 훌륭한 은신처가 아니면 몸을 숨기지 않았습니다. 예전의 은신처는 다시 사용할 수 있습니다. 그래서 나는 더글러스 씨를 이 지붕 밑에서 찾을 수 있다고 생각했습니다."

"당신은 언제부터 우리를 속여 왔습니까, 홈즈 씨?" 경감은 화를 내며 말했다. "수사를 해도 소용없다는 것을 알면서도 그동안 우리가 헛수고를 하게 놔뒀습니까?"

"한순간도 그런 적은 없습니다, 맥도널드 경감. 나는 어젯밤에야 비로소 사건의 윤곽을 잡게 되었지요. 그런데 확실한 증거는 오늘 저녁때가 돼서야 잡을 수 있었으니 당신과 당신의 동료에게 오늘 하루 쉬라고 했던 겁니다. 내가 그 이상 무엇을 할 수 있었겠습니까? 해자에서 옷을 찾았을 때 나는 즉시 우리가 발견한 시체가 턴브리지 웰스의 자전거 여행자가 틀림없다고 생각했어요. 다른 결론은 생각할 수 없었지요. 그래서 나는 존 더글러스 씨의 행방을 찾아야 한다고 생각했습니다. 그러자 그의 부인과 친구의 협조 아래 은신하기 가장 좋은 이 저택 어딘가에 그가 숨어 있을 거라는 생각이 떠올랐지요. 숨어 있다가 조용해지면 최후엔 도망갈 거라고 생각했습니다."

"대략 그러합니다." 더글러스는 홈즈의 의견에 동의하듯 말했다. "나는 영국의 법이 과연 내가 저지른 일을 어떻게 처리할지 몰라서 법망을 피하기로 마음먹었지요. 그렇게 해야 나를 뒤쫓고 있는 놈들의 추적도 영원히 피할 수 있을 거라고 생각했습니다. 그러나 나는 처음부터 끝까지 부끄러운 일이나 후회할 만한 일은 하지 않았습니다. 하지만 그에 대한 판단은 당신이 내릴 일입니다. 내게 경고할 생각은 하지 마세요, 경감님. 나는 진실만을 말할 생각이니 까요. 그러나 처음부터 이야기하지는 않겠습니다. 내가 드린 서류 에 전부 쓰여 있으니까요."

그는 내가 갖고 있는 서류를 가리켰다.

"그리고 읽어 보시면 대단히 기괴한 내용이라는 것을 알게 될 겁니다. 이야기는 이렇습니다. 나를 미워할 이유가 있는 몇 명의 남자들이 있고, 그들은 나를 죽이기 위해서는 돈을 아끼지 않고 덤 빈다는 것입니다. 내가 살아 있고, 그들이 살아 있는 한 이 세상에 내게 안전한 곳은 없습니다. 그들은 나를 시카고에서부터 캘리포 니아까지 추적했고, 나중에는 미국을 벗어나서까지 추적했습니 다. 그러나 나는 결혼해서 이 조용한 곳에 자리를 잡았을 때, 내 남 은 생애가 평화스러울 것으로 생각했지요. 아내에게는 사정을 말 하지 않았습니다. 아내를 끌어들이고 싶지 않았으니까요. 아내에 게 이야기했다가는 아내의 마음은 편할 날이 없을 테고 항상 걱정 만 했을 겁니다. 하지만 아내는 내가 무심결에 흘린 말에 뭔가 짐 작을 하고 있었던 듯합니다. 솔직히 말씀 드리는데 어제 당신들이 아내를 만날 때까지 아내는 사건의 진상을 제대로 파악하지 못하 고 있었습니다. 아내는 당신들에게 아는 것을 전부 이야기했고, 여 기 있는 바커도 마찬가지입니다. 왜냐하면 사건이 일어난 날 밤에 는 설명할 시간이 거의 없었기 때문입니다. 지금은 아내도 모든 것 을 알고 있습니다. 내가 조금 더 똑똑했더라면 아내에게 좀 더 일찍 이야기했을 것입니다. 그러나…….”

더글러스는 부인을 바라보았다.

“그것은 어려운 문제였소, 여보.”

그는 부인의 손을 잡았다.

“나는 모든 일이 잘 되기를 바라고 한 행동이오. 여러분, 이 사건이 있기 전날 나는 턴브리지 웰스에 갔다가 길에서 우연히 한 남자를 얼핏 보게 되었습니다. 그저 한번 슬쩍 봤을 뿐이지만, 그가 누군지 똑똑히 알 수 있었습니다. 나는 그런 일에는 눈치가 아주 빠릅니다. 나의 적들 가운데서도 가장 무서운 적, 최근 몇 해 동안이나 순록을 쫓는 굶주린 늑대처럼 나를 노리고 있던 남자였습니다. 나는 위험이 다가오는 것을 알고 집에 와서 그에 대비해 준비를 했지요. 내 힘으로 보기 좋게 싸워서 이기겠다고 결심했습니다. 행운의 여신이 나를 도와줄 거라고 믿었습니다. 예전 1876년에 미국에서 큰 행운이 따랐던 적이 있었지요. 나는 그 운이 아직도 나를 따르고 있다는 것을 조금도 의심치 않았습니다. 그다음 날은 하루 종일 경계하며 정원에도 나가지 않았습니다. 그렇게 하기를 잘했지, 밖에 나갔더라면 내가 총을 빼기도 전에 놈이 먼저 사냥총을 내게 들이댔을 겁니다. 다리를 올린 다음에는 그 일을 깨끗이 잊고 있었습니다. 저녁 때 다리가 올라간 다음에는 항상 마음이 편했습니다. 나는 놈이 집 안으로 들어와서 나를 기다릴 줄은 꿈에도 몰랐습니다. 그날 밤, 나는 늘 하던 대로 실내복만 입고 집 안을 한 바퀴 둘러본 뒤 서재로 들어섰습니다. 그러나 나는 들어서자마자 위험을 느꼈습니다. 평생을 위험 속에서 살다 보면 육감이 작용해서 위험을 감지하게 됩니다. 나는 보통 사람들보다 훨씬 많은 위험을 당하고 살았기 때문에 쉽게 알 수 있습니다. 하지만 나는 위험 신호가 보이기는 했지만 어째서 위험한지는 알 수 없었습니다. 그러나 다음 순간, 창문 커튼 밑에 있는 구두를 발견하고서 그제야 그 이유를 알았습니다. 손에 들고 있는 것은 초 한 자루뿐이었지만, 열려 있는 문을 통해 홀의 등불이 서재 안을 밝게 비추고 있었습니다. 나는 초를 내려놓고 벽난로 선반 위에 있는 망치를 향해 달려들었는데 동시에 놈도 내게 달려들었습니다. 내 눈에는 번쩍이는 칼날이 보였고, 나는 놈을 망치로 후려쳤습니다. 어디를 맞았는지 모르지만 칼이 소리를 내며 바닥에 떨어졌습니다. 놈은 뱀장어처럼 재빠르게 테이블 주위를 빙빙 돌더니 코트 밑에서 총을 꺼냈습니다. 놈이 공이치기를 세우는 소리가 들렸지만 나는 총을 쏘기 전에 그것을 꽉 잡았습니다. 나는 총신을 잡고 있었고, 우리는 약 1분 동안 총을 뺏기 위해 싸웠습니다. 총을 놓는 쪽이 죽을 운명이었습니다."

그의 눈은 마치 그날 밤을 연상하는 듯 긴장이 서려 있었다.

"놈이 총을 놓지는 않았지만, 얼마 동안 개머리판을 아래로 하고 있었습니다. 어쩌면 내가 방아쇠를 당겼는지도 모릅니다. 혹은 두 사람이 싸우다가 방아쇠를 건드렸는지도 모르겠습니다. 어쨌든 그는 두 방을 얼굴 정면에 맞았고, 나는 테드 볼드윈의 잔해를 멍하니 내려다보고 있었습니다. 턴브리지 웰스 거리에서도, 서재

에서 내게 덤벼들었을 때도 나는 그라는 것을 대번에 알았지만, 시체가 된 그의 모습은 그를 낳은 어머니라도 알아보지 못했을 것입니다. 내가 험악한 일에 익숙하기는 해도, 그의 모습을 보고는 기절할 것만 같았습니다. 가까스로 테이블을 잡고 몸을 지탱하고 있는데 바커가 급히 내려왔습니다. 나는 아내의 발소리를 듣고 문으로 뛰어가서 아내를 막았습니다. 그 광경은 여자가 볼 것이 못 되었습니다. 나는 아내에게 곧 가겠다고 약속했습니다. 나는 바커에게 몇 마디를 해 주었는데, 그는 광경을 보고는 모든 것을 알아차렸습니다. 우리 두 사람은 다른 사람들이 달려오기를 기다렸습니다. 그러나 아무도 나타나지 않았지요. 그래서 우리는 그들이 총소리를 듣지 못했고, 사건을 알고 있는 사람은 우리 둘뿐이라는 것을 알았습니다. 그때 내게 아이디어가 떠올랐어요. 그 멋진 생각에 눈이 아찔할 지경이었습니다. 그 남자의 소매가 걷어 올려져 있었는데, 팔뚝에 비밀 결사 지부의 낙인이 있었습니다. 여길 보세요!"

우리가 더글러스라고 믿고 있는 남자는 셔츠 소매를 걷어 올리고 시체에 있는 것과 똑같은 동그라미 안에 세모꼴이 있는 갈색의 표시를 보여 주었다.

"그것을 보고 좋은 생각이 났던 겁니다. 모든 계획이 선명하게 떠올랐습니다. 그는 키나 머리색이나 체격이 나와 아주 비슷합니다. 얼굴은 엉망이 되어서 아무도 알아볼 수 없었습니다. 불쌍한 놈! 나는 내가 지금 입고 있는 옷을 위층에서 갖고 내려온 다음, 바커와 함께 그에게 내 실내복을 입히고 당신들이 발견한 모습대로 해 두었습니다. 그리고 우리는 그의 옷을 보따리에 넣은 뒤 여기서 찾을 수 있는 단 한 가지의 무거운 물건인 아령을 함께 넣어 보따리를 묶은 뒤 해자에 버렸습니다. 그리고 놈이 나를 죽이고 내 시체 옆에 놓아두려고 생각했던 카드를 그의 시체 옆에 놓았습니다. 그리고 그의 손가락에 내 반지를 끼우려고 했지요. 그래서 결혼반지를 빼려고 했습니다."

그는 자신의 강인해 보이는 손가락을 내밀었다.

"그러나 여러분도 보시다시피 반지가 꼭 끼어서 빠지지 않았습니다. 나는 결혼 후에 반지를 한 번도 빼지 않았고, 반지를 빼려면 줄이 필요했습니다. 무엇보다 나는 반지와 헤어지기가 싫었고, 반지를 빼고 싶어도 뺄 수가 없는 상황이었지요. 그래서 결혼반지를 제외하고 나머지 반지만 끼웠던 겁니다. 결혼반지 건은 나중에 저절로 해결되기를 바라면서 말입니다. 그건 그렇고, 나는 반창고를 갖고 와서 내가 지금 반창고를 붙이고 있는 곳과 똑같은 자리에 붙여 주었습니다. 홈즈 씨, 당신은 대단히 똑똑하지만 한 가지 실수를 했습니다. 그때 당신이 반창고를 떼어 보았다면 그 밑에 상처가 없다는 것을 발견했을 겁니다. 자, 이런 상황이었습니다. 잠시 동안 숨어 있다가 어디든 도망가서 아내와 다시 합치면 여생을 편안하게 보낼 수 있었을 겁니다. 저 악마들은 내가 살아 있는 한 추적의 손길을 늦추지 않을 겁니다. 하지만 볼드윈이 나를 해치웠다는 기사를 신문에서 읽으면 내 모든 걱정은 끝나게 됩니다. 바커와 아내에게 모든 것을 설명할 시간적 여유가 없었지만, 그들은 충분히 이해하고 나를 도왔습니다. 나는 집 안에 숨을 만한 장소가 있다는 것을 알고 있었지요. 에임스도 알고 있었지만, 그것을 사건과 결부시킬 생각은 하지 못했을 겁니다. 아무튼 나는 그곳에 숨었고, 나머지는 모두 바커가 처리했습니다. 바커가 한 일에 대해서는 여러분도 알고 계시겠지요. 그는 창문을 열었고, 창틀에 범인이 도망가다가 남긴 것처럼 발자국 흔적을 만들어 놓았습니다. 그것은 무리수가 있는 일이긴 했지만 다리가 올려져 있었기 때문에 범인이 달리 도망갈 방법이 없다고 생각할 수도 있었습니다. 모든 조치를 한다음 바커는 벨을 울렸던 겁니다. 그다음에 일어난 일은 여러분도 알고 계십니다. 그러니 여러분, 이제 좋으실 대로 하세요. 하지만 저는 진실만 이야기했습니다. 내가 지금 묻고 싶은 것은, 영국의 법이 나를 어떻게 처벌하느냐 하는 것입니다."

우리는 잠시 침묵에 싸여 있었는데, 그것을 깨뜨린 것은 홈즈였다.

"영국의 법률은 대체적으로 공명정대합니다. 무거운 형벌을 받는 일은 없을 겁니다, 더글러스 씨. 하지만 당신에게 묻고 싶은 것이 있습니다. 그 남자가 당신이 이곳에 살고 있다는 것을 어떻게 알았고, 저택에는 어떻게 들어왔으며, 당신을 죽이기 위해 어디에 숨어야 한다는 것을 어떻게 알았느냐 하는 점입니다."

"나는 모릅니다."

홈즈의 얼굴은 몹시 창백하고 심각했다.

"이야기는 이것으로 끝나지 않은 것 같습니다." 홈즈가 말했다.

"당신은 앞으로 영국의 법률이나 미국의 적보다도 더 무서운 위험에 마주칠지도 모르겠습니다. 당신 앞에 닥쳐올 고난이 내 눈에는 보입니다, 더글러스 씨. 내 충고를 받아들여 앞으로도 계속해서 경계를 게을리하지 마십시오."

자, 참을성이 많은 독자 여러분! 잠시 나와 함께 서식스의 벌스톤 저택으로부터, 또한 존 더글러스라고 불리는 남자의 이상한 이야기로부터 멀리 떠나 보도록 하자.

시간상으로는 약 20년 전으로, 공간상으로는 서쪽으로 수천 마일 떨어진 곳으로 함께 떠나길 바란다. 그것은 여러분 앞에 기이하고도 소름 끼치는 이야기—실제로는 일어났지만, 그 일이 일어났다고는 믿어지지 않을 정도로 기이하고도 소름 끼치는 이야기—가 되어 펼쳐질 것이다.

한 가지 이야기가 아직 끝나지 않았는데 거기에 또 다른 이야기를 끼워 넣는다는 생각은 하지 않기를 바란다. 여러분은 읽어 감에 따라 그렇지 않다는 것을 알게 될 것이다. 그리고 내가 그 먼 고장의 사건들에 대해 자세히 이야기하고, 여러분이 지나간 수수께끼를 푼 다음에 베이커 가의 방에 다시 모여서 이 사건에 대한 대단원의 결말을 짓도록 하겠다.

제2부
스코러즈

1
그 남자

1875년 2월 4일. 추위가 심한 겨울이어서, 길머톤 산맥의 협곡에는 눈이 깊게 쌓여 있었다. 그러나 증기 제설기로 철도 선로의 눈은 말끔히 치워져 있었다. 길게 이어진 탄광촌과 제철촌을 연결하는 밤 열차가 평원 위의 스태그빌을 떠나 버미사 계곡 높이 있는 이 근처의 중심 도시 버미사로 향하는 급경사에서 아주 힘겨운 듯 느릿느릿 오르고 있었다. 이 지점부터 선로는 내리막길이 되어 바턴 크로싱과 헬름데일을 지나 순수 농업 지대인 머톤으로 향한다. 선로는 단선이었는데, 측면에 있는 모든 대피선에는 석탄과 철광을 실은 화물차가 끝이 보이지 않을 정도로 긴 행렬을 이루고 있었다. 부를 가져다주는 땅속의 광물들이 미국에서도 극히 황폐한 구석진 땅으로 거친 사나이들을 불러들여 떠들썩한 번영을 가져다 주고 있었다.

이곳은 정말로 황량한 곳이었다. 이 고장을 처음 지나간 개척자는 이 시커먼 절벽과 깊은 삼림으로 된 음침한 땅이 그 어떤 훌륭한 초원이나 관개가 잘된 목초지보다 가치가 있다는 것을 상상이나 했을까? 산허리에는 사람의 접근을 허락하지 않는 어두컴컴한 삼림이 있고, 그 위의 산꼭대기에는 흰 눈이 덮여 있는 깎아지른 듯한 바위가 봉우리를 이루며 우뚝 솟아 있었다. 그리고 이곳을 향해 조그만 열차가 천천히 올라가고 있었다.

약 20~30명의 승객을 실은 열차의 객실에 램프가 막 켜졌다. 승객의 대부분은 계곡 밑에서 하루의 노동을 마치고 돌아가는 노동자들이었다. 그중 적어도 열두서너 명은 지저분한 얼굴을 하고 있었는데 안전등을 가지고 있는 것으로 보아 광부임을 한눈에 알 수 있었다. 이들은 한데 뭉쳐 앉아서 담배를 피우며 낮은 소리로 이야기했는데, 이따금씩 맞은편에 있는 두 남자에게 눈길을 보냈다. 그들은 제복과 배지로 봐서 경관임을 알 수 있었다.

그 밖에는 여자 노동자 몇 명과 지방의 작은 상점 주인으로 보이는 여행객이 한두 명 있고, 한쪽 구석에 혼자 멀찍이 떨어져 앉은 남자가 한 명 있을 뿐이었다. 우리와 관계가 있는 인물은 바로 이 사람이다. 잘 보아 두도록 하자. 볼 만한 가치가 있는 사람이기 때문이다.

얼굴에 생기가 넘치고 보통 몸집에 중간키의 이 남자는, 서른 살을 갓 넘은 듯싶었다. 크고 날카로우며 어딘가 유머러스하게 보이는 잿빛 눈이 안경 너머로 주위 사람들을 둘러보면서 가끔 신기하다는 듯이 깜박였다. 붙임성이 있고 성격도 단순해 보여서 아무와도 쉽게 친해질 듯한 남자였다. 누구나 그를 보면 첫눈에 사교성이 풍부하고 남들과 이야기하기를 좋아하며, 재치가 넘치는 명랑한 사람이라고 생각할 것이다. 그러나 보다 면밀하게 관찰한 사람이라면 야무진 턱이며 꽉 다문 입매를 통해 훨씬 깊은 인상을 받을 것이다. 그래서 이 호감이 가는 갈색 머리의 젊은 아일랜드 사람이 어느 조직에서나 좋든 나쁘든 강한 인상을 남기게 될 거라고 생각할 것이다.

가까이 있는 광부에게 시험 삼아 한두 마디를 건네 본 남자는 짧고 퉁명스러운 대답밖에 듣지 못했다. 그래서 결국 이 나그네는 달갑지 않은 침묵을 지키며 차창 밖에 스쳐 지나가는 풍경을 쓸쓸하게 바라보고 있었다. 창밖의 풍경은 별로 좋아 보이지 않았다. 점점 짙어가는 어둠 속에서 산 중턱의 용광로가 시뻘겋게 타오르고 있었다. 양옆에는 광석 부스러기와 석탄재가 산더미처럼 쌓여 있고, 그 위로 탄광 갱도의 샤프트가 높이 솟아 있는 것이 보였다. 철로 근처에는 초라한 목조 주택들이 여기저기 아무렇게나 늘어서 있고, 창문으로 불빛이 흘러나오고 있었다. 열차는 자주 멈추어 섰는데, 그때마다 거무스름한 얼굴을 한 사람들로 혼잡스러웠다. 버미사 지방의 철광과 석탄 계곡은 한가한 사람이나 교양 있는 사람들의 휴양지가 아니었다. 어디를 보나 고달픈 인생사에 시달린 거친 투쟁의 흔적이 역력해 보이는 사람과 억센 일을 하는 노동자들

뿐이었다.

젊은 나그네는 이 음침한 지방을 물끄러미 바라보며 혐오와 흥미가 뒤섞인 표정을 짓고 있었는데, 이러한 풍경이 그에게는 처음인 듯했다. 그는 가끔 주머니에서 두툼한 편지를 꺼내어 들여다보며 그 여백에다 뭔가 적어 넣었다. 한번은 허리 뒤에서 이처럼 온화하게 보이는 남자가 갖고 있을 법하지 않은 물건을 꺼냈다. 초대형 해군용 권총이었다. 그것을 비스듬히 하고 불빛에 비췄을 때, 원통 탄실에 들어 있는 구리 탄피 가장자리가 번쩍 빛나서 실탄이 완벽하게 장전되어 있음을 알 수 있었다. 그는 그것을 재빨리 주머니에 넣었지만 옆자리에 앉아 있던 노동자에게 들키고 말았다.

"이봐, 친구! 무기까지 지니고, 준비는 단단히 했군그래." 노동자가 말했다.

젊은이는 무안한 듯이 미소를 지었다.

"네. 제가 있던 곳에서는 이런 것이 필요한 때가 있었습니다."

"거기가 어딘데?"

"시카고요."

"여기는 처음이오?"

"그렇습니다."

"여기서도 그것이 필요할지 모르겠소." 노동자가 말했다.

"그래요?"

젊은이는 흥미를 느끼는 듯했다.

"이 근처에 대해서는 아무것도 듣지 못했소?"

"별다른 말은 듣지 못했습니다."

"아니, 나라 전체에 소문이 퍼졌을 텐데 듣지 못했다고? 곧 듣게 되겠지. 어떻게 이리로 오게 되었소?"

"일하고 싶은 사람은 언제든 일을 할 수 있다고 해서 왔습니다."

"노동조합에 가입했소?"

"네."

"그럼 일자리는 금방 얻게 될 거요. 친구는 있소?"

"아직은 없지만 만들 방법이 있습니다."

"어떤 방법인데?"

"나는 '프리맨'의 단원입니다. 그 지부가 없는 마을은 없지요. 지부가 있는 곳에서는 친구를 만들 수 있습니다."

이 말은 상대에게 묘한 효과를 일으켰다. 그는 객차 안의 다른 사람들을 의심스러운 눈초리로 둘러보았다. 광부들은 아직도 낮은 목소리로 소곤거리고 있었다. 두 경관은 꾸벅꾸벅 졸고 있었다. 그는 젊은이 옆으로 다가앉더니 손을 내밀었다.

"악수하세." 그가 말했다.

두 사람은 굳게 악수를 했다.

"자네 말이 거짓이 아니라는 것은 알지만 정확히 하는 것이 좋아."

그는 오른손을 들어 오른쪽 눈썹에 댔다. 나그네는 곧 왼손을 들어 왼쪽 눈썹에 댔다.

"어두운 밤은 불쾌하다." 노동자가 말했다.

"그렇다. 낯선 사람이 여행하기에는." 젊은이가 말을 받았다.

"이것으로 됐네. 나는 버미사 계곡 341지부의 스캔란이오. 여기서 만나게 되어 기쁘군."

"고맙소. 나는 시카고 29지부의 존 맥머도요. 그곳 보디마스터는 J. H. 스콧이오. 이렇게 빨리 형제를 만나다니 운이 좋군."

"형제들은 많이 퍼져 있어. 미국에서도 이 버미사 계곡만큼 우리의 세력이 왕성한 곳은 없을 거야. 하지만 우리는 자네 같은 젊은이가 필요하네. 노동조합에 가입해 있는 혈기 왕성한 젊은이가 시카고에서 일자리를 구할 수 없었다는 것은 이해할 수 없는데?"

"일자리는 많이 있었소." 맥머도가 말했다.

"그럼 왜 시카고를 떠났나?"

맥머도는 경관들을 고갯짓하며 미소를 지었다.

"저 짭새들도 알고 싶어 할 거야."

스캔란은 동정하는 듯이 작은 신음 소리를 냈다.

"사고를 쳤나?" 그는 나직이 물었다.

"크게 쳤지."

"교도소 감인가?"

"그 정도론 부족하지."

"설마 사람을 죽이지는 않았겠지!"

"그런 대화를 나누기엔 아직 일러." 맥머도는 어쩌다가 하고 싶은 말 이상을 했다는 듯이 말했다. "시카고를 떠나온 데는 그만한 이유가 있어. 그만하면 충분하겠지? 그런 걸 캐묻는 당신은 도대체 누군가?"

그의 잿빛 눈이 갑자기 안경 속에서 노기를 띠었다.

"이봐, 친구, 나쁜 뜻이 있었던 건 아니야. 자네가 무슨 짓을 했든 나쁘게 생각할 형제는 아무도 없어. 지금 어디로 가는 거지?"

"버미사."

"여기서 세 번째 역이군. 어디서 묵을 건가?"

맥머도는 봉투를 하나 꺼내서 어두운 석유램프에 가까이 가져갔다.

"여기 주소가 있어. 셰리던 가의 제이콥 샤프터의 하숙집. 시카고에서 알게 된 사람이 소개해 준 하숙집이지."

"처음 듣는 이름이군. 버미사는 우리 관할이 아니야. 나는 홉슨 패치에 살고 있어. 다 온 것 같군. 하지만 말이야, 헤어지기 전에 한 가지만 충고하지. 버미사에서 뭔가 말썽이 생기면 곧장 조합으로 가서 맥긴티 보디마스터를 만나게. 그 사람은 버미사 지부의 보디마스터로, 이 근처에서는 블랙 잭 맥긴티가 승낙하지 않은 일은 어떠한 것도 할 수 없어. 잘 가게, 친구! 언젠가 저녁에 지부에서 만나게 되겠지. 하지만 내가 한 말을 잊지 말게. 곤란한 일이 생기거든 맥긴티 보디마스터에게 가게."

스캔란이 내리자 맥머도는 다시 혼자가 되어 깊은 생각에 잠겼다. 어슴푸레하던 바깥은 이제 해가 완전히 다 저물어서, 여기저기 보이는 용광로의 불꽃이 짙은 어둠 속에서 큰 소리를 내며 춤추고 있었다. 이 활활 타오르는 용광로를 배경으로 많은 사람의 검은 그림자가 원치를 포함한 잡다한 기계에서 나오는 절거덕거리는 커다란 소음에 맞춰 몸을 굽혔다 폈다 하고 있었다.

"지옥이란 저런 곳이겠지?" 갑자기 말소리가 들렸다.

맥머도가 돌아보니, 경관 한 사람이 자리에서 몸을 틀어 활활 타오르고 있는 용광로 근처를 바라보고 있었다.

"그래, 지옥은 틀림없이 저런 모습일 거야." 다른 경관이 말했다. "진짜 지옥에도 저기 있는 무리들보다 더 무서운 놈들이 있지는 않겠지. 자네는 이곳이 처음인가, 젊은이?"

"처음이면 어떻단 말이오?" 맥머도는 퉁명스럽게 대답했다.

"친구를 사귈 때는 특별히 주의해야 한다는 충고를 해 주고 싶었을 뿐이오. 내가 자네라면 마이크 스캔란이나 그 일당과는 친하게 지내지 않겠어."

"내가 누구와 친구가 되든 그것이 당신과 무슨 상관이 있소?"

맥머도가 너무 큰 소리로 말해서 차 안의 사람들이 모두 고개를 돌려 언쟁하고 있는 두 사람을 보았다.

"당신보고 누가 충고해 달라고 부탁했어? 아니면 당신 충고가 없으면 혼자 다닐 수도 없는 바보로 생각하는 거요? 당신은 누가 말을 걸면 대답이나 하면 돼. 나라면 당신에겐 말도 걸지 않겠어!"

그는 경관들에게 얼굴을 내밀고 개가 으르렁거리듯이 이를 드러내 보이며 미소 지었다. 사람 좋아 보이는 뚱뚱한 두 경관은 호의적인 뜻으로 말을 걸었다가 된통 당한 꼴이 되자 깜짝 놀랐다.

"나쁜 뜻으로 한 말은 아닐세, 낯선 친구." 한 경관이 말했다.

"보아하니 이곳이 처음인 것 같아서 자네를 위해 충고했을 뿐이 야."

"이곳은 처음이지만 당신들과 같은 자들은 처음이 아냐!" 맥머 도는 화를 내며 소리쳤다. "부탁도 하지 않았는데 충고 나부랭이 나 하고, 경찰이란 어느 녀석이나 다 똑같다니까!"

"머지않아 또 만나게 될 것 같군." 경관 한 사람이 미소 지으며 말했다. "내 눈이 틀림없다면 보통 녀석이 아닌 듯싶군."

"나도 그렇게 생각해." 다른 경관이 말했다. "또 만나게 될 거 야."

"겁나지 않아! 내가 겁내는 줄 알면 오산이야!" 맥머도가 소리쳤 다. "나는 존 맥머도야, 알겠소? 내게 볼일이 있으면 버미사의 셰 리던 가에 있는 제이콥 샤프터 하숙집으로 오면 돼. 그러니 내가 당신들로부터 도망치는 거라고 생각하진 않겠지? 낮이든 밤이든 언제나 떳떳하게 맞아 줄 테다. 그 점을 잊지 마시오!"

이 이방인의 겁 없는 태도를 본 광부들은 동정과 존경의 속삭임 을 나눴다. 두 경관은 어깨를 으쓱한 다음 둘만의 이야기를 다시 시작했다.

잠시 후에 열차가 어두컴컴한 정거장에 도착하자 승객 대부분이 내렸다. 버미사가 이 철도의 노선 중에서는 가장 큰 도시였기 때문 이다. 맥머도가 가죽 가방을 들고 어둠 속으로 나가려고 하자 광부 한 사람이 말을 건넸다.

"이봐, 친구, 경찰들한테 해 대는 모습이 정말 제법이던데." 그

는 존경스럽다는 듯이 말했다. "듣고 있으니 참 멋있었어. 그 손가
방은 내가 들고 가지. 길을 안내하겠네. 샤프터의 집은 내 오두막
으로 가는 도중에 있으니까."

플랫폼을 걸어가는데 다른 광부들이 아주 친밀한 말투로 '잘 가
게' 하고 외치는 소리가 여기저기서 들렸다. 버미사로 발을 들여놓
기도 전에 난폭한 맥머도는 벌써 이 고장의 명물이 되었다.

도시의 외곽이 자아낸 공포 분위기만큼 중심부도 그에 못지않은
음침함과 스산함을 보였다. 그 긴 계곡 아래에는 활활 타오르는 불

길과 자욱하게 솟아오르는 연기 속에서 적어도 일종의 장중함 같은 것이 서려 있었다. 인간의 힘과 부지런함이 거대한 굴 옆에 광물들을 산더미같이 쌓아 그것이 하나의 기념비 역할을 하고 있었다. 그러나 시내는 어디를 보나 천박한 추잡함과 더러움이 눈에 띄었다. 넓은 찻길은 오가는 마차들로 인해 눈이 흙과 뒤범벅이 되어 진창으로 변해 있었다. 보도는 좁고 울퉁불퉁했으며, 수많은 가스등은 길게 늘어선 목조주택의 지저분함을 더 뚜렷하게 비출 뿐이었다.

두 사람이 시내 중심으로 더 가까이 오자 줄지어 있는 상점들이 환하게 등불을 켜고 있어 한층 밝은 분위기였는데, 술집과 도박장들이 한데 모여 있어서 주변을 더욱 밝게 했다. 이곳에서 광부들은 땀 흘려 번 많은 돈을 다 탕진하고 있었다.

"저것이 조합 건물이야." 잘못 보면 호텔로 오인할 정도로 당당하게 우뚝 솟은 술집을 가리키며 안내하는 남자가 말했다. "잭 맥긴티가 저곳의 우두머리지."

"그는 어떤 사람이오?" 맥머도가 물었다.

"어떻다니! 그의 소문을 들은 적이 없단 말인가?"

"이곳은 처음인데 어떻게 들었겠소?"

"난 그의 이름이 나라 전체에 알려졌을 거라고 생각했지. 신문에도 여러 번 났었거든."

"무슨 일로?"

"그게 말인데……" 광부는 목소리를 낮추었다. "사건 때문이야."

"어떤 사건?"

"아니, 이봐. 이런 말을 하면 기분이 나쁘겠지만 자네는 이상해. 이 근처에서 들을 수 있는 소문은 한 가지밖에 없어. 바로 스코러 즈에 대한 일이야."

"그래, 스코러즈 이야기라면 시카고에서 기사를 읽은 적이 있는 것 같군. 살인조직이 아닌가?"

"쉿! 죽고 싶지 않으면 조심해!" 광부는 깜짝 놀라 그 자리에 우 뚝 서서 겁에 질린 표정으로 상대의 얼굴을 보며 외쳤다. "이봐, 길거리에서 그런 소리를 했다간 살아남지 못해. 이보다 하찮은 일 로도 죽은 사람이 많아."

"하지만 나는 아무것도 모르오. 그 기사를 읽어서 알았을 뿐이 지."

"자네가 읽은 게 사실이 아니란 말은 아니야."

남자는 말을 하면서도 계속 주변에 무슨 위험이 도사리고 있지 나 않은지 어둠 속을 두리번거리며 불안한 표정을 짓고 있었다.

"사람을 해치우는 것이 살인이라면, 이곳에는 살인범이 넘칠 정 도로 많이 있어. 하느님도 분명 알고 계실 테지. 하지만 그것을 잭 맥긴티와 결부시켜서 말할 생각은 아예 하지 않는 게 좋아. 속삭이 는 어떤 소리도 그의 귀에 들어가게 되어 있고, 그렇게 되면 그 사 람을 가만두지 않으니까. 저기 큰길에서 조금 들어가 있는 집이 자 네가 찾는 집일세. 그 하숙집 주인 제이콥 샤프터는 시내에서 누구한테도 뒤지지 않는 정직한 남자라는 것을 알게 될 거야."

"고맙소." 맥머도는 조금 전에 알게 된 남자와 악수한 다음 가방을 들고 하숙집으로 통하는 골목길로 들어가서 문을 세게 두드렸다. 문은 곧 열렸는데, 문을 연 것은 뜻밖에도 보기 드물게 아름다운 젊은 여자였다. 독일 사람인 듯했는데 밝은 금발이 검은 눈동자와 선명한 대조를 이루고 있었다. 여자는 처음 보는 남자를 놀란 눈으로 보았고, 쑥스러운 듯 창백한 얼굴을 붉혔다. 열린 문을 통해 새어 나오는 밝은 불빛을 배경으로 서 있는 여자의 모습은 맥머도에게는 다시없이 멋진 그림이었다. 여자는 지저분하고 음울한 주위 환경과 대조되어 더욱 매력적으로 보였다. 산더미처럼 쌓인 광산의 검은 부스러기 위에 아름다운 제비꽃이 한 송이 피어 있다 하더라도 더 놀랍지는 않을 것이다. 맥머도가 너무나 황홀해 말도 못하고 멍하니 서 있는데 여자가 침묵을 깼다.

"아버지인 줄 알았어요." 독일 사투리가 약간 섞인 기분 좋은 음성으로 여자가 말했다. "아버지를 만나러 오셨나요? 지금 아랫마을에 계시는데, 곧 돌아오실 거예요."

맥머도가 감탄의 눈길로 계속해서 바라보고 있자, 여자는 이 늠름한 남자 손님이 당황스러운 듯 눈을 내리깔았다.

"아닙니다, 아가씨." 남자는 드디어 입을 열었다. "급히 아버님을 만나 뵐 일은 없습니다. 댁의 하숙을 추천받았기 때문에 방문한 겁니다. 하숙집이 정말 마음에 드는군요."

"판단이 정말 빠르시군요." 여자는 미소를 지으며 말했다.

"장님이 아니면 누구나 마찬가지일 겁니다." 젊은이가 대답했다.

여자는 그의 칭찬하는 말에 웃음을 터뜨렸다.

"그럼 들어오세요. 저는 딸 에티예요. 어머니가 돌아가셨기 때문에 살림을 맡아서 하고 있어요. 거실의 난로 앞에 앉으셔서 아버지가 돌아오실 때까지 기다리세요. 어머, 지금 저기 오시네요. 지금 의논하실 수 있겠군요."

몸집이 큰 지긋한 나이의 남자가 골목길에서 걸어왔다. 맥머도는 그에게 용건을 간단히 설명했다. 머피라는 사람이 시카고에서 이곳을 소개해 주었는데 머피도 다른 사람으로부터 소개를 받았다고 말했다. 샤프터 노인은 곧 승낙했다. 낯선 젊은이도 모든 하숙 조건을 그대로 승낙했다. 그는 주머니에 돈이 두둑한 것 같았다. 1주일에 7달러를 선불로 지급하기로 하고 식사도 제공받기로 했다.

법의 쫓김을 받는 도망자 맥머도, 그는 이렇게 해서 샤프터의 집에서 하숙하게 되었는데 이것이 그곳에서 시작되어 먼 나라에서 막을 내리게 되는 일련의 어두운 사건의 시발점이 되었다.

2
보디마스터

맥머도는 자신의 존재를 남에게 드러내는 남자였다. 어디를 가나 주위 사람들은 그의 존재를 알게 되었다. 1주일도 안 되어 그는 샤프터의 하숙집에서 가장 중요한 인물이 되었다. 하숙집에는 열명 정도의 하숙인이 있었는데, 그들은 정직하게 일하는 노동자들이거나 상점의 직원들이었다. 저녁 무렵이 되어 모두가 한자리에 모이면 맥머도는 항상 농담으로 분위기를 주도했는데, 그의 이야기는 재치가 있었다. 또 노래도 곧잘 불렀다. 그는 태어날 때부터 분위기를 유쾌하게 만드는 재주를 타고난 듯 주위 사람들을 즐겁게 만드는 능력을 갖고 있었다. 그러나 열차 안에서 보여 준 것처럼 여러 번 무섭게 화를 내기도 해서 좌중을 공포 분위기로 몰아넣기도 했다. 또 법은 물론 법과 관련되어 일하는 사람들을 대단히 경멸했는데, 그것이 하숙집 식구들을 즐겁게 만들기도 했지만 어떤 한 부류의 사람들을 두렵게 하기도 했다.

아름답고 품위 있는 하숙집 딸에게는 공공연히 흠모하는 기색을 보여 첫눈에 반했다는 것을 처음부터 분명히 했다. 그는 구애하는 데 조금도 쑥스러워하지 않았다. 하숙집에 머문 이튿날부터 그는 딸에게 사랑한다고 말했고, 여자가 무슨 말로 거절하든 전혀 아랑곳하지 않고 계속해서 같은 말을 되풀이했다.

"다른 남자가 있다고요?" 그가 소리쳤다. "그럼, 그 사람 불쌍하게 됐군! 그 사람에게 주의하라고 하시오! 내가 다른 남자 때문에 내 평생의 기회를 포기하고 마음속에서 우러나는 이 열정을 단념하란 말이오? 에티, 당신이 계속해서 '싫어요'라고 말해도 좋소. '좋아요'라고 대답할 날은 반드시 올 것이고, 나는 젊으니까 기다릴 수 있소."

아일랜드 사람 특유의 뛰어난 말솜씨와 감언이설의 능력을 갖고 있는 그는 위험한 구혼자였다. 또 그는 여자의 흥미를 끌고 사랑을 쟁취하는 매력과 신비함이 있었는데, 이는 오랜 경험을 통해서 우러나온 것이었다. 그는 자기가 떠나온 모너핸 군의 아름다운 계곡과 먼 곳에 있는 아름다운 섬들과 푸른 초원에 대해 이야기했다. 그런 곳들은 더러움과 눈만 쌓여 있는 이곳에서 상상하면 더욱 아름답게 느껴졌다. 게다가 그는 북부에 있는 디트로이트와 미시간 주의 목재 벌채지, 버펄로, 그리고 마지막에 있었던 시카고의 제재소에 대해 이야기했다. 나중에는 일부분이기는 하지만 그의 지난

로맨스에 대해서도 이야기했다. 그리고 시카고에서의 일을 말할 때는 거기서 어떤 기이한 일이 일어났다는 느낌을 주었는데, 너무나 기이하고 개인적인 일이라 자세히 이야기할 수 없는 듯했다. 갑자기 그곳을 떠나온 일이며, 오랫동안 유지하고 있던 모든 관계를 끊은 일이며, 낯선 땅으로 도망쳐서 결국에는 이곳으로 오게 된 이야기를 그는 그리워하는 눈빛을 띠고 이야기했다. 에티는 연민과 동정 어린 눈을 반짝이며 그의 이야기를 듣고 있었는데, 연민과 동정의 감정은 자연스럽게 애정으로 발돋움했다.

맥머도는 임시직이기는 하나 배운 것이 많아 부기 담당의 일자리를 얻을 수 있었다. 그는 하루의 대부분을 직장에서 보내야 했기 때문에 '프리맨'의 보디마스터에게 신고할 기회가 없었다. 그러나 어느 날 저녁 열차에서 알게 된 단원 마이크 스캔란이 찾아와서 그 사실을 일깨워 주었다. 작은 몸집, 날카로운 얼굴, 신경질적이고 불안한 눈빛의 남자는 맥머도를 다시 만난 것이 반가운 것 같았다. 위스키를 한두 잔 기울이고 나자 그는 찾아온 목적을 털어놓았다.

"이봐, 맥머도. 자네가 묵는 하숙집을 알고 있어서 이렇게 거리낌 없이 찾아왔어. 자네가 아직도 보디마스터가 있는 곳에 얼굴을 내밀지 않고 있다는 데 놀랐네. 왜 아직도 맥긴티 보디마스터를 만나지 않았어?"

"사실은 직업을 구하느라 바빴소."

"다른 일은 못하더라도 그를 만날 시간은 내야지. 아니, 이 사람아, 이곳으로 온 다음 날 아침 조합에 가서 등록하지 않은 것은 바보짓이야! 만일 그의 기분을 조금이라도 상하게 하는 날에는…….
그런 일은 없도록 해. 명심해!"

맥머도는 약간 놀랐다.

"스캔란, 나는 단원이 된 지 2년이 넘었지만 그런 일을 그렇게 급히 해야 한다는 말은 못 들었소."

"시카고에서라면 그럴지도 모르지."

"여기도 같은 단체가 아닌가?"

"그럴까?"

스캔란은 그의 얼굴을 오랫동안 바라보았다. 그의 눈에서는 뭔가 불길한 것이 느껴졌다.

"같지 않다는 건가?"

"한 달이 지나면 알 거야. 내가 기차에서 내린 뒤 경관들과 말다툼을 했다며?"

"어떻게 알았지?"

"소문이 퍼졌어. 여기서는 좋은 일이든 나쁜 일이든 소문이 빠르지."

"그래. 나는 그 개새끼들에게 내가 생각하고 있는 말을 해 주었어."

"자네는 틀림없이 맥긴티의 마음에 들게 될 거야!"

"뭐라고? 그 사람도 경찰을 싫어하나?"

스캔란은 웃음을 터뜨렸다.

"가서 그 사람을 만나 봐." 그는 자리를 뜨며 말했다. "만나러 가지 않으면 그에게 미움을 사는 건 경찰이 아니라 자네가 될 테니까! 친구의 충고를 받아들여 당장 가게!"

마침 그날 밤에 맥머도는 같은 방향으로 가야 할 급한 볼일이 있었다. 그런데 에티에 대한 구애의 태도가 점점 더 노골적이 되었는지, 아니면 선량하지만 우둔한 독일 노인도 그것을 알아차리게 되었는지, 까닭이야 어쨌든 노인은 그를 자기 방으로 불러들여 그 문제를 단도직입적으로 이야기했다.

"맥머도, 에티에게 눈독을 들이고 있는 모양인데, 그런가? 아니면 내가 잘못 본 건가?"

"네, 맞습니다." 젊은이가 대답했다.

"그럼 미리 말해 두지만 그건 아무 소용없는 일일세. 이미 정해진 곳이 있으니까."

"에티도 그렇게 말하더군요."

"그 애가 말하는 건 사실이네. 그런데 상대가 누구라고 말하던가?"

"아니오. 물어보았지만 대답하지 않더군요."

"그렇겠지, 우리 작은 말괄량이도 자네를 위험에 빠뜨리고 싶지는 않을 테니까."

"위험에 빠뜨리다니요?" 맥머도는 불같이 화를 내며 말했다.

"그렇다네, 맥머도! 그 사람을 무서워한다고 해서 부끄러울 것은 하나도 없어. 다른 사람이 아닌 테드 볼드윈이니까."

"도대체 어떤 녀석입니까?"

"스코러즈의 간부야."

"스코러즈라고요? 그들이라면 전에도 들은 적이 있습니다. 여기서도 스코러즈, 저기서도 스코러즈, 언제나 스코러즈 이야기를 수군거리고 있더군요. 뭘 그렇게 무서워하는 거지요? 도대체 그들은 누굽니까?"

하숙집 주인은 그 무서운 조직에 대해 이야기를 할 때면 누구나 그랬듯이 본능적으로 목소리를 낮추었다.

"스코러즈란 프리맨을 말하는 거네."

젊은이는 깜짝 놀랐다.

"아니, 나도 그 단원인데요."

"자네도? 그런 줄 알았다면 우리 집에 있게 하지 않았을 거야. 비록 1주일에 100달러를 낸다고 해도 말일세."

"프리맨의 어디가 나쁘다는 거지요? 자선과 친목을 목적으로 하는 단체로, 규약에도 그렇게 되어 있습니다."

"다른 고장에선 그럴지 모르지만, 여기선 달라!"

"여기선 어떤데요?"

"놈들은 살인 집단이야."

맥머도는 믿어지지 않는다는 듯이 웃었다.

"증거가 있습니까?" 그가 물었다.

"증거라고? 살인이 50번이나 일어났는데도 증거가 더 필요한가? 밀만, 반 쇼스트 그리고 니콜슨 가족과 하이얌 노인, 어린 빌리 존슨, 그 밖에도 다른 사람들이 죽었는데도? 증거를 대라고?

남자든 여자든 이 계곡에서 그걸 모르는 사람은 없어."

"샤프터 씨!" 맥머도는 진지하게 말했다. "지금 한 말을 취소하든가 아니면 확실한 증거를 대세요. 둘 중 하나를 하지 않으면 이 방에서 나갈 수 없습니다. 내 입장이 돼 보세요. 나는 이 고장에 처음 온 사람입니다. 나는 결백하다고 믿고 있는 어느 단체에 소속되어 있습니다. 미국 어디를 가나 있는 단체로 모두 깨끗합니다. 그래서 지금 이곳의 그 단체에 가입하려고 하는데 당신은 그 단체가 바로 살인 집단인 스코러즈라고 말하고 있습니다. 샤프터 씨, 내게 사과하든지 아니면 좀 더 자세히 설명해 주세요."

"나는 세상 사람들이 다 알고 있는 것을 말했을 뿐이야. 한쪽 두목은 다른 쪽 두목이기도 해. 한쪽을 성나게 하면 다른 쪽에게 당하지. 우리는 그런 꼴을 싫증이 날 정도로 많이 봐 왔어."

"그것은 뜬소문입니다. 증거를 대요!" 맥머도는 소리쳤다.

"이곳에 오래 살게 되면 증거를 볼 수 있을 거야. 그러나 자네도 그 패거리라는 것을 잠깐 잊었군. 자네도 곧 다른 놈들처럼 사악하게 변할 거야. 더 이상 이곳에 머물게 할 수는 없으니 다른 하숙을 구하도록 하게. 그런 패거리 가운데 한 사람이 에티에게 구애하러 오는 것도 쫓아낼 용기가 없는 판인데, 또 한 사람을 하숙시킨다고? 암, 그럴 수는 없지. 오늘 밤만 지내고 다른 곳으로 가게!"

그렇게 해서 맥머도는 안락한 숙소와 사랑하는 여인으로부터 추방 선고를 받는 신세가 되었다. 그날 저녁 맥머도는 에티가 거실에 혼자 있는 것을 보고 자신의 문제를 에티에게 털어놓았다.

"당신 아버지는 나를 이 집에서 쫓아내려 하고 있소. 방만 쫓겨 나는 거라면 아무 상관없소. 그러나 당신을 알게 된 지 1주일밖에 안 되었지만 당신은 내게 없어서는 안 될 존재가 되어 버렸소. 나는 당신 없이는 살아갈 수 없소!"

"맥머도 씨, 그런 말은 하지 마세요! 이미 당신에게 너무 늦었다고 말하지 않았나요. 제게는 다른 사람이 있어요. 아직 그 사람과 결혼하기로 약속한 것은 아니지만, 다른 사람과 약속할 수 없어요."

"에티, 내가 조금만 더 빨리 왔다면 희망이 있었을까?"

에티는 얼굴을 두 손에 파묻고 울면서 말했다.

"당신이 먼저였다면 좋았을 텐데."

맥머도는 곧바로 에티 앞에 무릎을 꿇었다.

"에티, 제발 내가 먼저였던 걸로 해 주오! 그 약속 때문에 당신 인생만이 아니라 내 인생까지도 망칠 거요? 마음이 가는 대로 행동해요. 자신이 무슨 말을 하는지도 모르면서 한 약속을 지키는 것보다 내 말대로 하는 것이 더 안전할 거요."

그는 햇볕에 그을린 억센 손으로 에티의 하얀 손을 꼭 잡았다.

"내 사람이 되어 같이 난관을 헤쳐 나가겠다고 말해 줘요."

"이곳에서요?"

"그래요, 이곳에서."

"안 돼, 안 돼요, 존!"

그는 에티를 끌어안았다.

"여기서는 안 돼요. 나를 데리고 달아나 주세요."

한순간 맥머도의 얼굴에는 고민의 빛이 스쳤으나 곧 돌처럼 굳은 표정이 되었다.

"아냐, 여기라야 해. 에티, 우리가 지금 있는 이곳에서 세상을 상대로 당신을 지키겠소!"

"왜 함께 이곳을 떠나면 안 되지요?"

"아냐, 에티, 나는 여기를 떠날 수 없어."

"왜요?"

"내가 쫓겨났다는 느낌이 들면 다시는 고개를 들고 살지 못할 거요. 게다가 겁낼 게 뭐가 있소? 우리는 자유로운 나라의 자유로운 사람들이 아니오? 만일 당신이 나를 사랑하고 내가 당신을 사랑한다면 누가 우리 사이를 갈라놓겠소?"

"존, 당신은 여기 온 지 얼마 안 돼서 몰라요. 당신은 볼드윈이란 사람을 모르고, 맥긴티와 그의 스코러즈도 모르고 있어요."

"그래요, 나는 그들에 대해 모르고, 그들을 무서워하지도 않고, 그런 것을 믿지도 않소. 나는 거친 사람들 속에서 살아왔지만, 그 녀석들을 무서워한 적은 없소. 언제나 놈들이 나를 무서워하도록 만들었지. 에티, 나는 언제나 그렇게 만들었어. 이건 미친 짓이야. 그자들이 당신 아버지의 말처럼 이 계곡에서 몇 번이나 나쁜 짓을 저질렀고, 누구나 그들의 소행인 것을 알고 있다면 왜 아무도 법정에 서지 않았지? 대답할 수 있소, 에티?"

"그건 아무도 증인으로 나서려는 사람이 없기 때문이에요. 그랬다간 살아남지 못할 테니까요. 그리고 고소를 당해도 그자들은 범행 현장에 없었다고 증언할 자기 수하의 사람들을 준비해 놓고 있을 테니까요. 존, 당신도 이런 일에 대해서는 읽은 적이 있을 거예요. 이 비슷한 일은 미국 어느 신문에서나 읽을 수 있을 거예요."

"읽은 적은 있지만 나는 만들어 낸 이야기라고 생각했소. 그들이 그런 일을 하는 데는 무슨 이유가 있을 거요. 그렇지 않으면 그럴 수밖에 없을 정도로 어떤 가혹한 일을 당했던가."

"존, 그런 소리는 하지 말아요! 내가 약속한 그 사람도 그런 식으로 말했어요."

"볼드윈이 그런 식으로 말했다고?"

"그래서 나는 그 사람이 싫어요. 존, 이제는 진실을 말할 수 있어요. 나는 그 사람이 정말 싫지만 무섭기도 해요. 나도 무섭지만 무엇보다 걱정되는 건 아버지예요. 내가 감정을 솔직히 드러낸다면 우리에게 커다란 위험이 닥칠 거예요. 그래서 나는 적당히 약속을 하고 피하는 거예요. 그것만이 우리가 무사할 수 있는 방법이었거든요. 그러나 존, 당신이 나와 달아나 준다면, 아버지도 모시고 함께 도망간다면 저 악당들의 힘이 미치지 않는 곳에서 언제까지나 살 수 있을 거예요."

맥머도의 얼굴에는 다시 고민의 빛이 스쳤고 곧 굳은 표정이 되었다.

"에티, 당신에게 해가 미치도록 하지는 않겠소. 당신 아버지도 마찬가지요. 악당으로 치자면, 나도 빠지는 놈은 아니오, 그 악당들 중에 제일가는 놈보다 내가 더 나쁠 수 있다는 것을 알게 될 거요."

"거짓말, 거짓말이에요, 존! 나는 언제까지나 당신을 믿을 거예요."

맥머도는 씁쓸하게 웃었다.

"나에 대해서는 전혀 모르고 있군! 순진한 당신은 내가 지금 무슨 생각을 하는지 짐작도 못할 거요. 아니, 누가 왔나 보군."

갑자기 문이 열리고 한 젊은이가 집주인인 것처럼 거들먹거리며 들어왔다. 잘생기고 위세 당당한 젊은이로 나이와 체격이 맥머도와 비슷했다. 그는 차양이 넓고 검은 중절모를 벗지도 않은 채 날카로운 눈을 치켜뜨고 몹시 화가 난 듯 난로 옆에 앉은 두 사람을 무섭게 노려봤다. 에티는 겁을 먹고 당황하며 벌떡 일어섰다.

"볼드윈 씨, 어서 오세요." 에티가 말했다. "생각보다 일찍 오셨군요. 와서 앉으세요."

볼드윈은 허리에 두 손을 대고 맥머도를 바라보며 퉁명스럽게 물었다.

"누구지?"

"친구예요, 볼드윈 씨. 우리 집에 새로 하숙하게 된 분이에요. 맥머도 씨, 볼드윈 씨를 소개합니다."

두 젊은이는 서로 무뚝뚝하게 고개를 끄덕였다.

"우리 두 사람이 어떤 관계인지는 에티 양에게서 들었겠지요?"

"당신 둘 사이에 관계가 있다는 소리는 못 들었소."

"못 들었다고? 그럼, 똑똑히 알려 주지. 이 여자는 내 사람이오. 산책하기에는 알맞은 밤인 것 같으니 당신은 가서 산책이나 하시지."

"고맙지만 산책할 기분은 아니오."

"그래?"

남자의 험악한 눈이 노여움으로 이글거렸다.

"그럼 싸울 생각은 있소?"

"그야 좋지!" 맥머도는 소리치며 일어섰다. "그보다 더 듣기 좋은 소리가 없군."

"존, 이러지 말아요. 제발 부탁이에요." 가엾은 에티는 미친 듯이 외쳤다. "존, 당신은 다칠 거예요!"

"아, 존이라고 부르고 있군. 벌써 그렇게 됐단 말이지." 볼드윈은 화가 나서 말했다.

"테드! 오해하지 말아요. 좀 너그러워져요! 나를 사랑한다면 마음을 넓게 갖고 남을 용서할 줄 아는 사람이 되세요!"

"에티, 우리 단둘이 있게 해 주면 일을 간단히 끝낼 수 있을 거야." 맥머도가 조용히 말했다. "볼드윈 씨, 괜찮다면 나와 같이 밖으로 나가실까? 날씨도 좋고, 다음 블록 끝에는 공터가 있으니까."

"네놈은 내 손을 더럽히지 않고도 해치울 수 있어." 상대가 말했다. "나한테 당하고 나면 이 집에 발을 들여놓은 걸 후회할 거야!"

"지금 붙을까!" 맥머도가 소리쳤다.

"시간은 내가 정할 테니 내게 맡겨. 이걸 봐!"

그는 갑자기 소매를 걷어 올리고 팔뚝에 찍힌 이상한 표시를 보여 주었다. 동그라미 안에 삼각형이 있는 낙인이었다.

"이게 뭘 뜻하는지 알아?"

"모르지만 그런 거엔 관심도 없어!"

"곧 알게 될 거야. 내가 약속하지. 어쩌면 에티가 그와 관련해서 무슨 말을 해 줄지도 모르겠군. 어쨌든 네 목숨은 오래 붙어 있지는 못할 거다. 에티, 당신은 무릎을 꿇고 내게 돌아오게 될 거야. 알았어? 무릎을 꿇고 말이야! 그때 나는 당신이 무슨 벌을 받아야 하는지 말해 주겠어. 당신이 뿌린 씨야. 당신이 뿌린 씨를 스스로 거둬들이도록 만들 거야!"

그는 분노에 찬 얼굴로 두 사람을 노려본 뒤 몸을 돌렸다. 그리고 잠시 후에 바깥문이 쾅 하고 닫히는 소리가 들렸다.

잠시 동안 맥머도와 에티는 잠자코 서 있었다. 그러다가 에티가 그를 끌어안았다.

"존, 당신은 정말 용감해요! 하지만 소용없어요. 달아나야 해요! 오늘 밤, 존, 오늘 밤에 도망가야 해요! 그것만이 당신이 살길이에요. 그에게 목숨을 잃을 거예요. 그의 무서운 눈에서 그걸 짐작할 수 있어요. 상대가 맥긴티 보디마스터와 지부의 지원을 받는 열두 명 중 한 사람이라면 당신은 승산이 전혀 없어요."

맥머도는 자기를 끌어안고 있는 에티의 손을 풀고 키스한 다음 의자에 조용히 앉혔다.

"진정해요, 에티, 진정해! 나 때문에 걱정하거나 무서워할 필요는 없어요. 나도 프리맨 단원이에요. 그것은 아버님께도 말씀드렸어. 어쩌면 다른 사람들보다 나을 것도 없으니까 나를 성자 취급하지 말아요. 내 말을 들었으니 당신도 나를 증오하겠지?"

"당신을 증오한다고요, 존? 살아 있는 한 그런 일은 없을 거예요! 여기서는 다르지만 다른 곳에서는 프리맨이 되어도 나쁘지 않다고 들었어요. 그러니 당신이 프리맨 단원이라고 해서 내가 왜 당신을 나쁘게 생각하겠어요? 하지만, 존, 당신이 프리맨 단원이라면 왜 시내로 가서 맥긴티 보디마스터에게 인사하지 않는 거예요? 존, 빨리 가세요! 놈들이 당신을 쫓아오기 전에 보디마스터에게 먼저 말을 해요."

"나도 그렇게 생각하고 있었소." 맥머도가 말했다. "곧 가서 조치를 취하겠어. 아버님께는 오늘 밤만 여기서 자고 내일 아침에 다른 하숙을 찾겠다고 말씀 드려요."

맥긴티 가게의 술집은 여느 때와 마찬가지로 흥청대고 있었다. 그 술집은 시내에서 거칠고 난폭하기로 소문난 사람들이 항상 바글거리는 장소였다. 맥긴티가 인기를 얻고 있는 것은, 그의 거칠지만 명랑한 성격 때문이었다. 그러나 그것은 하나의 가면일 뿐 그는 배후에 많은 것들을 숨기고 있었다. 맥긴티는 무서운 공포의 대상이었다. 그 공포심은 온 시내, 아니 30마일에 이르는 이 계곡의 끝에서 끝까지, 더 나아가 계곡 너머까지 미치고 있어서 그것만으로도 술집을 번창하게 만들기에는 충분했다. 주변에 그를 무시할 수 있는 사람은 한 사람도 없었다.

막강한 배후의 권력을 휘두르고 있다는 사실 외에도 그는 그의 편의를 기대하는 무뢰한들로부터 표를 얻어 지방의회의원, 시·군위원이라는 고급 직함을 갖고 있었다. 그러나 그는 시민에게 엄청난 세금을 부과했고, 공공사업을 등한시했다. 회계보고는 감사관들을 매수해 제대로 조사받지도 않았다. 선량한 시민은 그들의 공갈 협박으로 돈을 냈고, 뒷일이 무서워서 모두들 말 한마디 못하고 입을 다물고 있었다. 이렇게 해서 맥긴티 보디마스터의 넥타이핀에 박힌 다이아몬드는 해마다 굵어졌고, 조끼에 달린 금줄은 갈수록 무거워졌으며, 그의 술집은 점점 확장되어 시장 광장의 한쪽 전부를 점령할 정도였다.

맥머도는 술집의 회전문을 밀고 알코올 냄새가 코를 찌르고 담배 연기가 자욱한 그곳으로 들어갔다. 사람들이 우글거리는 술집에는 휘황찬란하게 불이 켜져 있었는데, 불빛이 사방에 걸려 있는 금테 거울에 반사되어 몇 배 더 화려한 불빛을 내뿜었다. 셔츠 소매를 걷어붙인 바텐더 몇 명이 카운터에 다가앉아 있는 손님들을 위해 칵테일을 열심히 만들고 있었다. 카운터 저쪽 끝에는 한 남자가 시가를 물고 카운터에 비스듬히 몸을 기대고 서 있었다. 큰 키에 강인한 인상을 풍기는 남자, 그 유명한 맥긴티가 틀림없었다. 검은 머리의 그는 마치 거인 같았는데 머리카락이 옷깃까지 늘어져 있고, 턱수염이 광대뼈까지 나 있었다. 피부는 이탈리아 사람처럼 거무스름했고, 눈은 묘한 검은빛을 띠고 있었는데 약간 사시였

기 때문에 더욱 불길한 느낌을 풍기는 인상이었다.

이 남자의 그 밖의 특징들은—당당한 체격이며 잘생긴 얼굴이며 거리낌 없는 태도는—그의 명랑하고 숨김없는 태도와 잘 어울렸다. 사람들은 이 남자를 말은 난폭하게 할지라도 솔직하고 정직한 사람이라고 말할 것이다. 그러나 그의 무자비하고 소름 끼치는 검은 눈길과 마주한다면 움츠러들 것이다. 그리고 자신이 마주한 사람이 무한한 힘을 가진 악인이며, 그 배후에는 막강한 권력과 교활함을 숨기고 있다는 것을 무섭도록 느낄 것이다.

상대를 자세히 살피고 난 다음 맥머도는 항상 그랬던 것처럼 태연하고 대담한 태도로 사람들 사이를 뚫고 지나갔다. 강력한 두목에게 아첨하며, 두목이 조금이라도 농담을 하면 큰 소리로 웃고 알랑거리는 조무래기들을 헤치고 들어갔다. 이 낯선 젊은이의 대담한 회색 눈은 날카롭게 돌아보는 상대의 검은 눈을 한 치의 머뭇거림 없이 마주보았다.

"이봐, 젊은이, 처음 보는 얼굴인데."

"이곳에 온 지 며칠 안 됩니다, 맥긴티 씨."

그러자 주위에 모여 있는 사람들이 한마디씩 하는 소리가 들렸다.

"상대의 정식 직함을 모를 정도로 막 도착한 것은 아니겠지?"

"맥긴티 의원님이야, 젊은이."

"미안합니다, 의원님. 이 고장 관습을 몰라서 그랬습니다. 당신을 만나 보라는 충고를 듣고 왔습니다."

"그래? 잘 봐 두게. 나는 지금 보이는 그대로야. 나를 어떻게 생각하나?"

"아직은 잘 모르겠습니다. 마음이 몸집만큼 크고, 정신이 얼굴만큼 훌륭하다면 그 이상 바랄 것이 없겠습니다."

"음, 아일랜드 식으로 잘도 지껄이는군." 이 대담무쌍한 방문객의 기분을 맞춰 줄 것인가, 아니면 위엄을 지켜야 할 것인가 망설이면서 술집 주인이 말했다. "그럼 내 풍채는 합격이란 말이군."

"그럼요." 맥머도가 말했다.

"누가 나를 만나라고 이야기한 모양이지?"

"그렇습니다."

"누가 그러던가?"

"버미사 341지부의 스캔란 단원에게서 들었습니다. 자, 의원님! 당신의 건강과 우리가 친밀한 관계로 발전하길 기원하며 건배하지요."

맥머도는 술잔을 들면서 새끼손가락을 들어올렸다. 맥머도를 주의해서 지켜보고 있던 맥긴티는 굵고 검은 눈썹을 치켜 올렸다.

"아, 그렇게 됐단 말이지? 좀 더 자세히 알아볼 필요가 있겠군. 자네는?"

"맥머도라고 합니다."

"자세히 알아볼 필요가 있어, 맥머도. 이곳에서는 사람들이 한 말을 곧이곧대로 받아들이지도 않고, 전부 믿지도 않으니까. 카운터 뒤로 잠깐 들어오게."

카운터 뒤에는 술통이 가득 진열되어 있는 작은 방이 있었다. 맥긴티는 조심스럽게 문을 닫고 술통 위에 앉아 뭔가 생각하면서 시가를 입에 물고 기분 나쁜 눈으로 상대를 관찰했다. 그는 2~3분 동안 입을 열지 않았다.

맥머도는 한 손은 주머니에 넣고, 한 손으로는 갈색 콧수염을 비틀면서 태연한 모습으로 상대의 눈길을 받고 있었다. 갑자기 맥긴티는 몸을 구부리며 보기 흉한 권총을 꺼내 들었다.

"이봐, 건방진 녀석. 우리에게 이상한 장난질을 했다간 살아남지 못할 줄 알아."

"프리맨의 보디마스터가 다른 고장의 형제를 맞는 방법치고는 색다른 인사로군요." 맥머도는 약간 위엄을 보이며 말했다.

"단원이라는 것을 증명해." 맥긴티가 말했다. "증명하지 못하면 가만두지 않을 테니까. 어디서 입단했지?"

"시카고의 29지부입니다."

"언제?"

"1872년 6월 24일."

"보디마스터의 이름은?"

"제임스 H. 스콧입니다."

"지구 통치자는 누구지?"

"바솔로뮤 윌슨입니다."

"음! 대답은 잘하는군. 여기서는 뭘 하나?"

"당신과 마찬가지로 일하고 있습니다. 훨씬 작은 일이지만."

"대답도 잘하는군."

"말은 항상 잘했습니다."

"행동도 빠른가?"

"나를 알고 있는 사람들이 그렇게 말하지요."

"그럼, 자네가 생각하는 것보다 훨씬 빨리 그 솜씨를 시험해 봐야겠군. 이곳 지부에 대해서는 무슨 말을 들었나?"

"진정한 남자라면 형제가 될 수 있다고 들었습니다."

"그 말은 사실이야, 맥머도. 시카고는 왜 떠났지?"

"말하지 않겠소!"

맥긴티는 눈을 크게 떴다. 그런 식의 대답은 들어 보지 못했기 때문에 오히려 재미있었다.

"왜 말할 수 없지?"

"형제에게는 거짓말을 할 수 없으니까요."

"남에게는 말할 수 없을 정도로 나쁜 일인가?"

"그렇게 말할 수 있습니다."

"자신의 과거에 대해 이야기하지 않는 사람을 보디마스터인 내가 단원으로 받아들일 거라고 생각하나?"

맥머도는 난처한 표정을 지었다. 이윽고 그는 안주머니에서 낡은 신문 조각을 꺼냈다.

"형제의 일을 남에게 말하지는 않겠지요?" 맥머도가 물었다.

"나한테 그따위 소리를 하면 따귀를 때릴 거야!" 맥긴티는 화가 나서 소리쳤다.

"의원님, 당신이 옳습니다." 맥머도는 온순하게 말했다. "사과하겠습니다. 무심코 지껄였습니다. 당신에게 말해도 안전하다는 것을 저는 알고 있습니다. 이 신문기사를 보십시오."

맥긴티는 1874년 초에 시카고 마켓 가의 레이크 술집에서 조나스 핀토라는 남자가 살해됐다는 내용의 기사를 훑어보았다.

"자네가 한 짓인가?" 신문을 돌려주며 맥긴티가 물었다.

맥머도는 고개를 끄덕였다.

"왜 죽였지?"

"나는 금화를 만들어 나라의 수고를 덜어 주고 있었습니다. 내가 만든 금화는 정부의 것보다 금의 함량이 조금 떨어지기는 했지만 제작 단가가 싸게 먹혔고 겉으로 보기에는 진짜와 똑같았습니다. 그런데 이 핀토라는 남자가 위조 금화를 돌리는 것을 도와주다가—"

"뭘 했다고?"

"위조 금화를 유통시켰다는 뜻입니다. 그러다가 그가 나를 밀고하겠다고 하더군요. 어쩌면 정말로 밀고했는지도 모릅니다. 물론 밀고하지 않았을 수도 있지만 저는 기다리고 있을 수 없었습니다. 그래서 그냥 놈을 죽이고는 탄광촌으로 도망쳐 왔습니다."

"왜 탄광촌을 골랐지?"

"여기서는 많은 것을 따지지 않는다는 것을 신문에서 읽었기 때문입니다."

맥긴티는 웃음을 터뜨렸다.

"처음에는 돈을 위조하고, 다음에는 사람을 죽이고서는 환영받을 것으로 생각하고 이리로 왔단 말이군."

"대강 그렇습니다." 맥머도가 대답했다.

"좋아, 자네라면 여기서 성공할 것 같군. 참, 지금도 금화를 만들 수 있나?"

맥머도는 주머니에서 금화를 대여섯 개 꺼냈다.

"이것은 필라델피아의 조폐국에서 만든 게 아닙니다."

"그래?"

맥긴티는 고릴라 손처럼 털이 가득한 손으로 금화를 들고 불빛에 비춰 보았다.

"진짜와 똑같군! 자네는 대단히 쓸모 있는 형제가 될 것으로 생각되네. 자네 같은 사람이 한둘은 있어야 해, 맥머도. 우리 힘으로 어떤 일을 하지 않으면 안 될 때가 있으니까. 우리를 압박해 오는 놈들을 물리치지 않으면 우리는 곧 궁지로 몰릴 거야."

"나도 다른 형제들과 같이 놈들을 물리치겠습니다."

"배짱이 두둑한 것 같군. 이 권총을 들이대도 꿈쩍 않으니 말이야."

"위험한 건 내가 아니었거든요."

"그럼, 누군가?"

"당신이었습니다, 의원님." 맥머도는 상의 주머니에서 공이치기를 위로 당긴 권총을 꺼내며 말했다. "아까부터 겨누고 있었습니다. 쏘기로 말하면 아마 당신보다 내가 빨랐을 겁니다."

"아니, 세상에!" 맥긴티는 얼굴을 붉히고 화를 냈으나 곧 웃음을 터뜨렸다. "몇 년 동안 이곳에 자네처럼 무서운 친구는 온 적이 없어. 우리 지부는 자네를 자랑으로 여길 걸세! 이봐, 무슨 일이야? 손님과 5분도 이야기하지 못하게 방해하다니."

바텐더는 당황하며 서 있었다.

"죄송합니다, 의원님. 테드 볼드윈 씨가 당장 뵙고 싶답니다."

그런 전갈은 필요 없었다. 볼드윈의 화난, 잔인해 보이는 얼굴이 바텐더 어깨 너머로 방 안을 들여다보고 있었다. 그는 바텐더를 방 밖으로 밀어내고 문을 닫았다.

"그래." 볼드윈은 맥머도에게 성난 눈길을 보내며 말했다. "한 걸음 먼저 와 있었군. 의원님, 이 녀석 일로 말씀 드릴 게 있습니다."

"그럼 지금 내 앞에서 말해!" 맥머도가 외쳤다.

"언제, 어떻게 말하든 그건 내 자유야."

"잠깐, 잠깐만!" 맥긴티는 술통에서 일어서며 말했다. "이러면 안 되지. 우린 방금 새 형제를 맞았네, 볼드윈. 그런 식으로 형제를 대하는 게 아니지. 악수하고 서로 화해하게."

"절대로 그럴 수 없습니다!" 볼드윈이 화가 나서 고함쳤다.

"저로 인해서 피해가 발생했다면 기꺼이 한번 붙어 주겠다고 말했습니다." 맥머도가 말했다. "맨주먹으로 붙든가, 그게 마음에 들지 않으면 저자가 원하는 어떤 방법이라도 좋습니다. 자, 의원님, 보디마스터로서 당신에게 그 판정을 맡기겠습니다."

"어떻게 된 일인가?"

"젊은 여자와 관련된 일입니다. 어느 쪽을 택하든 그것은 여자의 자유입니다."

"여자의 자유라고?" 볼드윈이 외쳤다.

"같은 지부의 두 형제 중 한 사람을 선택해야 한다면 나는 그렇다고 생각하네." 맥긴티가 말했다.

"아, 당신의 판정은 그렇단 말이지요?"

"그렇다네, 테드 볼드윈." 맥긴티는 언짢은 눈길로 말했다. "자네가 이의만 없다면."

"5년 동안이나 당신을 도운 사람을 버리고, 생전 처음 보는 저 녀석의 편을 들고 있는 거요? 맥긴티, 당신은 죽을 때까지 보디마스터의 위치에 있을 수는 없는 일이니, 이번에 선거를 하게 되면—"

의원은 호랑이처럼 그에게 덤벼들었다. 한 손으로 상대의 목을 잡고 술통 위에 쓰러뜨렸다. 맥머도가 말리지 않았더라면 목을 졸라 죽였을지도 모른다.

"참으세요, 의원님! 제발, 참으세요." 맥머도는 그를 잡아끌면서 외쳤다.

맥긴티가 손을 놓자 볼드윈은 죽음의 문턱에 갔다 온 사람처럼 겁에 질려 있었다. 숨을 헐떡거리고 온몸을 부들부들 떨면서 자기가 쓰러졌던 술통 위에 기대어 앉았다.

"네놈은 전부터 이런 꼴을 당했어야 했어, 테드 볼드윈. 이제는 맛을 봤겠지." 맥긴티는 숨을 몰아쉬며 말했다. "내가 보디마스터

선거에서 떨어지면 대신 네놈이 된다고 생각하고 있겠지? 그것은 지부가 결정할 문제야. 하지만 내가 보디마스터로 있는 한 누구든 대들고 반대하는 놈이 있다면 가만두지 않겠어.”

“당신에게 불만은 없습니다.” 볼드윈은 목을 쓸어내리며 중얼거렸다.

“자, 그렇다면.” 보디마스터는 금방 명랑한 모습으로 돌아가서 외쳤다. “우리는 다시 친한 친구 사이가 됐어. 그 건은 이것으로 끝내자고.”

그는 선반에서 샴페인 병을 집어 들고 마개를 비틀어 뺐다.

“자!” 세 개의 잔에 술을 따르면서 그는 말을 계속했다. “화해의 축배를 들기로 하지. 알고 있겠지만 건배를 한 다음에는 손톱만큼의 원한도 남기지 말아야 해. 자, 테드 볼드윈! 내가 왼손으로 나의 결후를 누르면서 묻겠는데, 왜 화가 났는가?”

“구름이 잔뜩 덮여 있다.” 볼드윈이 말했다.

“그러나 영원히 맑게 개리.”

“그것을 나는 맹세한다!”

두 사람은 잔을 비웠고, 같은 의식이 볼드윈과 맥머도 사이에 행해졌다.

“자!” 맥긴티는 두 손을 비비면서 외쳤다. “이것으로 원한은 사라졌다. 이 문제가 더 길어지면 지부의 제재를 받게 돼. 볼드윈 형제는 알고 있을 테지만 이곳에서는 그 벌이 아주 엄격하지. 맥머도 형제도 귀찮은 일을 일으키면 곧 알게 될 거야!”

"믿으십시오. 그런 일은 없을 겁니다."

맥머도는 볼드윈에게 손을 내밀었다.

"나는 싸움도 급히 걸지만 화해도 빠릅니다. 사람들은 내게 아일랜드인의 피가 섞여 있어서 그렇다고 합니다. 하지만 그 문제는 이제 끝났고, 원한은 없습니다."

볼드윈은 무서운 두목의 눈이 번득이고 있는 상황이라 맥머도의 손을 잡지 않을 수 없었다. 그러나 시무룩한 얼굴은 분함이 조금도 풀어지지 않았음을 말해 주고 있었다. 맥긴티는 두 사람의 어깨를 툭 쳤다.

"쯧쯧! 고작 여자 일로!" 그는 외쳤다. "한 여자를 놓고 내 집 남자 둘이 싸우다니, 정말 운이 나쁘군. 문제의 해결은 전적으로 여자에게 달렸네. 그것은 보디마스터 권한 밖의 일이니까. 여자 문제가 아니더라도 할 일은 산더미야. 맥머도 형제, 341지부의 가입을 허락하네. 시카고와 달라서 우리는 우리대로의 규칙과 방식이 있어. 토요일 밤에 모임이 있는데, 그때 참석하면 버미사 계곡을 자유롭게 돌아다닐 수 있게 해 주지."

3
버미사 341지부

　여러 가지 조마조마한 사건이 발생한 다음 날, 맥머도는 제이콥 샤프터 노인의 하숙집을 나와 시내에서 훨씬 떨어진 곳에 있는 맥나마라 부인의 집에 하숙을 정했다. 얼마 후 기차 안에서 알게 된 스캔란이 버미사로 옮겨 왔고, 두 사람은 함께 살게 되었다. 그 집에 다른 하숙인들은 없었는데, 태평스러운 성격의 여주인은 아일랜드 태생의 노파로 두 사람 일에 전혀 간섭하지 않았다. 따라서 공동의 비밀을 갖고 있는 두 사람은 더 이상 바랄 수 없는 언동의 자유를 누리고 살았다.

　제이콥 샤프터도 한결 마음이 누그러져서 맥머도에게 식사를 하러 와도 좋다고 했기 때문에 에티와의 교제도 지속됐다. 오히려 두 사람의 사이는 날이 갈수록 더욱 친밀해져 예전보다 훨씬 가까워졌다.

새 하숙집의 침실에서는 금화 주조용 주형을 꺼내도 좋을 만큼 안전하다고 생각되었다. 그래서 맥머도는 지부의 형제 몇 사람에게 비밀을 지킬 것을 몇 번이나 맹세하게 한 후에 그것을 보여 주었다. 그들은 모두 주머니에 가짜 금화를 조금씩 넣고 돌아갔는데, 그것은 누구도 눈치채지 못할 정도로 교묘하게 만들어진 것이었다. 이런 기막힌 기술을 갖고 있으면서도 맥머도가 왜 다른 일을 계속하는지 패거리들은 이상하게 생각했다. 그런 질문을 받은 맥머도는 확실한 일자리가 없이 지내면 금방 경찰에게 의심을 사지 않겠느냐고 대답했다.

사실은 한 경관이 이미 그의 뒤를 쫓고 있었는데, 어찌된 일인지 그 일은 위험이 되기는커녕 도리어 좋은 결과를 가져왔다. 처음 맥긴티와 인사를 나눈 후에 맥머도는 매일 술집에 들렀다. 맥머도는 그곳에서 '젊은이들'과 깊게 사귀었다. '젊은이들'이란 그 술집에 모여드는 위험한 젊은 패거리들이 서로 부르는 명랑한 별칭 같은 것이었다. 맥머도는 당당한 태도와 겁 없는 이야기 솜씨로 그들의 총아로 떠올랐고, 술집에서 싸움이 나기라도 하면 상대를 재빠르고 멋진 솜씨로 간단히 해치웠기 때문에 이 거친 조직에서 존경을 받게 되었다. 그런데 또 다른 사건이 그의 명성을 더없이 높여 줬다.

어느 날 밤, 술집이 손님들로 한참 북적대는 시간에 광산 경찰대의 한 사람인 수수한 푸른 제복 차람에 뾰족한 모자를 쓴 남자가 들어왔다. 이들은 철도와 광산주들이 고용한 특별 경찰로, 이것은 이 고장을 위협하는 조직적인 악당들에게 어떤 처벌도 가하지 못하고 있는 일반 경찰을 돕기 위해 구성되었다. 그가 들어오자 주위는 조용해졌고, 많은 눈길이 그를 신기한 듯이 쳐다보았다. 미국의 어느 지역에서는 경찰과 악당들의 관계가 특별한 것이기도 했다. 맥긴티는 카운터 뒤에 서서 경찰이 손님들 사이로 들어와도 별로 놀라지 않았다.

"오늘 밤은 추우니 스트레이트 위스키를 한 잔 주시오." 경관이 말했다. "처음 뵙겠습니다, 의원님."

"새로 온 대장님이십니까?" 맥긴티가 물었다.

"그렇습니다. 의원님, 이곳의 법과 질서를 수호하는 데 있어서 당신은 물론 다른 유지들께서도 물심양면으로 도움을 주실 거라고 기대하고 있습니다. 저는 마빈 경감입니다."

"마빈 경감, 당신이 없어도 우리는 잘할 수 있소." 맥긴티는 차갑게 말했다. "시내에는 우리의 경찰력이 따로 있으니 외부 경찰은 수입할 필요가 없소. 당신들은 불쌍한 시민을 몽둥이로 때리거나 총으로 쏘라고 자본가들이 고용한, 그들에게 돈을 받는 도구가 아니오?"

"그만. 그런 이야기로 다투지 맙시다." 경관은 기분 좋게 말했다. "우리는 자신의 직무에 혼신을 다해야 한다는 생각은 똑같이 할 테지만, 각자가 생각하는 정당한 직무는 서로 다르겠지요."

그는 술을 마시고 나가려다가 옆에서 자신을 노려보는 존 맥머도를 발견했다.

"아니, 이거!" 그는 맥머도를 아래위로 훑어보며 말했다. "아는 사람이 있군!"

"나는 당신이나 당신 같은 경찰 나부랭이와 친하지 않소." 맥머도는 경감으로부터 몸을 돌리며 말했다.

"안다고 꼭 친하다고는 할 수 없지." 경감은 미소를 지으며 말했다. "자네는 시카고의 존 맥머도가 틀림없어. 그렇지 않다고는 말 못하겠지?"

맥머도는 어깨를 으쓱했다.

"그렇지 않다고는 하지 않겠소. 내가 내 이름을 부끄러워할 것 같소?"

"아무튼 부끄러워할 이유는 충분히 있지 않나?"

"그게 대체 무슨 소리야?" 맥머도는 두 주먹을 불끈 쥐고 고함쳤다.

"아, 존! 내게 허세 부려 봐야 소용없어." 경감이 말했다. "나는 이 석탄지대로 오기 전에는 시카고의 경찰이었고, 시카고의 악당은 얼굴만 봐도 척 알 수 있지."

맥머도의 얼굴에 실망의 빛이 떠올랐다.

"설마 시카고 중앙 경찰서의 마빈은 아니겠지?" 맥머도가 외쳤다.

"틀림없는 그 테디 마빈이네. 그곳에서 조나스 핀토를 사살한 일은 잊지 않았겠지?"

"나는 그를 쏘지 않았어."

"자네 짓이 아니라고? 그건 정확한 증거를 갖고 하는 말이겠지? 그의 죽음은 자네에게는 다시없이 다행스러운 일이었어. 그가 죽지 않았으면 가짜 금화를 유통시킨 죄로 당장 잡혔을 테니까. 하지만 그런 지나간 이야기는 잊도록 하지. 왜냐하면 자네와 나 사이니까 하는 말인데, 그리고 이런 말을 하는 건 직무에 어긋날지도 모르지만, 암튼 자네에 대해서는 증거가 불충분하기 때문에 내일 당장 시카고로 돌아가도 아무런 일이 없을 걸세."

"여기도 충분히 좋아."

"조언을 해 줬는데도 고맙다고 인사는커녕 툴툴거리기만 하는군."

"좋은 뜻으로 받아들이고 고맙게 여기지." 맥머도는 그다지 고마울 게 없다는 투로 말했다.

"자네가 앞으로 떳떳하게 사는 한은 나도 그 일에 대해서는 입을 열지 않겠네." 경감이 말했다. "그러나 하느님께 맹세하지만, 앞으로 못된 짓을 하면 이야기가 달라져! 그럼, 잘 있게. 그리고 의원님도."

경감은 영웅을 한 사람 만들어 놓고 술집에서 나갔다. 맥머도가 먼 시카고에서 한 일을 두고 사람들은 전부터 수군거리고 있었다. 맥머도는 쓸데없이 남들 입방아에 오르는 것이 싫었는지 사람들이 아무리 캐물어도 대답하지 않았다. 그런데 지금 그 일이 공식적으로 확인된 것이다. 술집의 건달들이 맥머도 주위에 몰려들어 악수를 청했다. 원래 맥머도는 술을 많이 마셔도 취한 기가 얼굴에 나타나지 않는 사람인데, 그날 밤은 친구 스캔란이 부축해서 하숙 집으로 데려가지 않았다면 아마도 술집 카운터 밑에서 밤을 보냈을 것이다.

토요일 밤, 맥머도는 지부에 정식으로 소개되었다. 시카고에서 입단했기 때문에 특별히 의식 같은 것은 치르지 않아도 되리라고 생각했는데, 버미사에는 특별한 의식이 있었고 그들은 그 의식을 자랑으로 생각했기 때문에 입단 희망자는 모두 그 의식을 치러야만 했다.

모임은 그런 목적을 위해 조합 건물에 있는 큰 방에서 행해졌다. 그 의식을 위해 버미사에 있는 약 예순 명의 사람이 모였으나 그들이 이 조직의 힘을 대표하는 인원 전부는 아니었다. 이 계곡에는 두세 개의 다른 지부가 존재할 뿐만 아니라, 계곡 너머에도 지부가 있었는데 지부에 중대한 문제가 생기면 서로 단원을 바꿔서 일을 처리하도록 했다. 왜냐하면 해당 지역에서 얼굴이 알려져 있지 않은 자들이 일을 처리해야 수습하기가 쉬웠기 때문이다. 탄광촌에 흩어져 있는 단원들의 수를 모두 합하면 500명에 달했다.

단원들은 텅 빈 회의실의 긴 테이블을 둘러싸고 모였다. 테이블 옆에는 술병과 컵을 올려놓은 다른 테이블이 있었는데, 개중에는 벌써 그리로 눈을 돌리고 있는 사람도 있었다. 상석에 앉은 맥긴티는 헝클어진 검은 머리에 차양이 없는 납작한 검은 벨벳 모자를 쓰고, 화려한 자줏빛 법복을 걸치고 있어서 악마의 의식을 주재하는 사제처럼 보였다. 그의 양옆에는 지부의 고급 간부들이 쭉 앉아 있었는데, 그 가운데는 테드 볼드윈의 잔혹하지만 잘생긴 얼굴도 보였다. 그들은 각각 자신의 직책을 상징하는 목도리와 메달을 걸치고 있었다. 그들은 대부분 나이가 지긋한 남자들이었는데, 그 외의 사람들은 열여덟 살에서 스물다섯 살쯤의 젊은 사람들로, 연장자들의 명령을 기꺼이 실행에 옮기는 솜씨 있는 앞잡이들이었다. 나이가 지긋한 사람들 중에는 극악무도한 속마음이 얼굴에 드러나는 사람들도 있었으나, 일반 단원들은 소박하고 수수한 모습이어서 악한 일을 자행하는 칼잡이들이라고는 도저히 믿어지지 않았다. 그들은 자기에게 해를 끼친 적도 없고, 설사 얼굴도 모르는 사람이라 해도 앞장서서 해치우는 일이 용감하고 의협적인 것이라고 생각했다. 범행이 끝나면 그들은 누가 더 피해자에게 치명상을 가했느냐를 주제로 말다툼을 벌였고, 피살된 사람의 비명과 괴로워하던 모습을 묘사하며 즐거워했다.

처음에는 일을 처리하는 데 비밀을 지켰지만, 그들은 갈수록 공공연하게 떠들어 댔다. 경찰의 범인 검거가 거듭해서 실패한 이유도 있었지만, 아무도 증인으로 나서려고 하지 않았기 때문에 마음 놓고 활개를 치게 된 것이다. 또 그들은 알리바이를 입증하는 확실한 증인을 얼마든지 세울 수 있었고, 넉넉한 주머니 사정으로 최고의 변호사를 선임할 수 있었기 때문에 얼마든지 법망을 빠져나갈 수 있었다. 그렇기 때문에 10년이라는 긴 세월 동안 폭력을 일삼고 살인을 저질러 왔지만, 그들 중에는 단 한 사람도 유죄 판결을 받지 않았다. 스코러즈의 단 하나의 위험이라면 싸움이나 그 밖의 사건으로 인한 신체적 상해뿐이었다. 아무리 강하고 많은 수의 가해자가 불시에 습격한다고 하더라도 피해자의 공격을 완전히 피할 수는 없는 일이었고, 실제로 가끔 그런 일이 발생했다.

맥머도는 뭔가 시련이 찾아올 것이라는 말은 들었지만, 그것이 어떤 것인지에 대해서는 아무도 말해 주지 않았다. 그는 위엄 있는 얼굴을 한 두 명의 형제에게 이끌려 바깥방으로 들어갔다. 판자 칸막이를 통해 안쪽 회의실에서 여러 사람들의 두런거리는 소리가 들렸다. 한두 번 그의 이름이 나오는 것으로 보아 입단 자격을 놓고 의논하는 듯했다. 이윽고 파란색과 금빛 띠를 가슴에 두른 친위대원이 들어와 말했다.

"밧줄로 묶고, 눈을 가린 채 들어오라는 보디마스터의 명령이다."

세 사람이 달려들어 맥머도의 웃옷을 벗기고 오른팔 소매를 걷어 올린 다음 밧줄을 팔꿈치 위로 감아 돌려서 단단히 묶었다. 그런 다음 눈에는 아무것도 보이지 않도록 두껍고 검은 두건을 씌웠다. 그러고 나서 회의실로 데리고 들어갔다.

두건이 씌워져 있어서 캄캄하고 몹시 답답했다. 주위에 있는 사람들의 옷 스치는 소리와 낮게 중얼거리는 소리가 들렸고, 이윽고 맥긴티의 목소리가 귀까지 덮여 있는 두건을 통해 희미하게 들렸다.

"존 맥머도" 그 목소리가 말했다. "그대는 이미 프리맨에 가입해 있는가?"

그는 고개를 끄덕였다.

"지부는 시카고의 29지부인가?"

그는 다시 고개를 끄덕였다.

"어두운 밤은 불쾌하다." 목소리가 말했다.

"그렇다. 낯선 사람이 여행하기에는." 맥머도가 대답했다.

"구름이 잔뜩 덮여 있다."

"그렇다. 폭풍우가 다가오고 있다."

"형제들, 만족하는가?" 보디마스터가 물었다.

모두 찬성한다고 중얼거렸다.

"암호를 주고받은 것으로 그대가 우리의 형제라는 것을 알았다." 맥긴티가 말했다. "당신이 알아야 할 것은, 이곳과 이 근처의 몇몇 지부에서는 별도의 의식을 치르고, 훌륭한 단원에게는 특별한 의무가 주어진다는 사실이다. 지금부터 시험해도 좋겠는가?"

"좋습니다."

"용기는 있겠지?"

"있습니다."

"한 걸음 앞으로 나와 그것을 증명하라."

말이 떨어지자마자 단단하고 뾰족한 것이 그의 두 눈을 눌렀다. 앞으로 나갔다가는 눈을 다치기라도 할 것 같았다. 하지만 그는 용기를 내어 결연히 한 걸음 앞으로 나아갔고, 그러자 눈을 압박하던 뾰족한 물건은 사라졌다. 나지막한 소리와 함께 박수 소리가 들렸다.

"담력은 있군." 맥긴티가 말했다. "고통을 참을 수 있겠나?"

"남들만큼은 참습니다."

"시험하라!"

갑자기 팔뚝에 심한 고통이 느껴졌으나 그는 가까스로 비명을 참았다. 갑작스러운 심한 통증에 쇼크를 받아 정신을 잃을 것 같았지만, 맥머도는 이를 꽉 물고 두 주먹을 불끈 쥐어 고통을 참아 냈다.

"이보다 더한 고통도 참을 수 있습니다."

맥머도가 말하자 이번에는 더 큰 박수 소리가 들렸다. 이 지부에서는 입단의식을 치를 때 이보다 더 훌륭한 태도를 보인 사람은 없었다. 사람들은 그의 등을 두드렸고, 눈을 가린 두건이 벗겨졌다. 맥머도는 형제들의 축하를 받으며, 눈을 깜빡이며 웃고 서 있었다.

"맥머도 형제, 마지막으로 한 마디 일러둔다." 맥긴티가 말했다. "그대는 이미 비밀과 충성의 맹세를 했는데, 그것을 위반하는 일이 있으면 벌로서 당장 죽음을 면치 못한다는 것을 알고 있겠지?"

"네." 맥머도가 대답했다.

"그리고 당분간은 어떤 경우에나 보디마스터의 규율에 복종하겠지?"

"복종합니다."

"그럼, 버미사 341지부의 이름으로 그대의 입단을 환영하고, 특권과 발언권을 부여한다. 스캔란 형제, 테이블에 술을 준비해 주게. 그리고 훌륭한 형제를 위해 축배를 드세."

누가 그의 웃옷을 갖다 주었지만 맥머도는 옷을 입기 전에 아직

도 욱신거리는 고통이 느껴지는 오른팔을 살펴보았다. 팔뚝 위에는 동그라미 속에 삼각형 표시가 낙인처럼 깊고 빨갛게 선명히 찍혀 있었다. 가까이 있는 한두 명의 형제가 소매를 걷어 올려 자기의 팔에 찍혀 있는 동일한 표시를 보여 주었다.

"우리도 모두 있어." 한 남자가 말했다. "하지만 표시를 만들 때 자네처럼 담력이 있지는 못했어."

"저런! 이런 것쯤은 아무것도 아냐." 맥머도는 겉으로는 그렇게 말했지만 아직도 불로 지지는 듯이 아팠다.

입단을 축하하는 축배의 잔을 비우고 나자 곧 지부의 일이 진행되었다. 맥머도는 시카고에서의 단조로운 모임만 보아 왔기 때문에 열심히 귀를 기울였다. 안건은 깜짝 놀랄 만한 일이었으나 맥머도는 얼굴에 표정을 나타내지 않았다.

"첫째 협의사항은 머톤 군 249지부의 윈들 보디마스터에게서 온 편지에 관한 건입니다. 편지 내용은 다음과 같습니다." 맥긴티가 말했다.

그는 편지를 읽기 시작했다.

동지들 보시오.

이 근처에 있는 래 앤 스터매시 탄광의 주인 앤드류 래를 해치울 일이 생겼습니다. 기억하시리라 믿지만 지난해 가을, 당신들의 순찰 경찰 건 처리에 있어서 우리는 형제 두 명을 투입시켜 일을 마무리했습니다. 당신들은 우리에게 빚을 지고 있으니 솜씨 좋은 두 사람을 보내 주면 본 지부의 회계원 히긴스가 책임지겠습니다. 이곳 주소는 아실 겁니다. 히긴스가 그들이 행동할 때와 장소를 알려 줄 겁니다.

– 프리맨 보디마스터

J. W. 윈들

"윈들은 우리가 한두 사람을 부탁할 때마다 거절한 적이 없어. 따라서 우리도 거절할 수 없지."

맥긴티는 말을 끊고서 사악한 눈으로 방 안을 둘러보았다.

"이 일을 지원할 사람 있나?"

젊은이 몇 명이 손을 들었다. 보디마스터는 미소를 띤 흐뭇한 얼굴로 그들을 바라보았다.

"타이거 코맥인가? 자네면 되겠군. 지난번처럼 일을 잘 처리하면 실패는 없을 거야. 그리고 윌슨, 자네도 좋아."

"저는 권총이 없습니다."

지원자는 10대 소년이었다.

"이런 일은 처음이지? 너도 언젠가는 피를 봐야 해. 이것이 네게는 멋진 시작이 될 거야. 권총은 이미 준비되어 있을 거야. 월요일까지 저쪽에 도착하면 시간은 충분하겠군. 돌아오면 큰 환영이 있을 거다."

"이번에는 상금이 있습니까?" 코맥이 물었다.

그는 몸이 땅딸막하고 얼굴이 검으며 잔인해 보이는 젊은이로, 사나운 성질로 인해 '타이거'라는 별명을 얻었다.

"상금은 잊어버려. 명예로 생각하고 하는 일이야. 일을 끝내면 상자 속에 2~3달러는 들어 있을지도 몰라."

"그 사람은 무슨 짓을 했습니까?" 어린 윌슨이 물었다.

"무엇을 했든 너 같은 녀석이 물을 일은 아냐. 저쪽에서 그놈을 해치우기로 결정했으니까 우리가 상관할 일도 아니고. 저쪽에서 우리 일을 잠자코 처리해 주었듯이 우리도 그들을 위해 일을 처리하기만 하면 돼. 이야기가 났으니 말인데, 다음 주에 머톤 지부에서 형제 두 명이 와서 우리 일을 처리해 주기로 되어 있어."

"누가 옵니까?" 누군가 물었다.

"우리를 믿고 묻지 않는 게 좋아. 아무것도 모르면 아무것도 증언할 수 없고, 그러면 귀찮은 일도 생기지 않을 테니까. 일은 빈틈없이 깨끗이 해치우고 갈 사람이 올 거야."

"때를 맞춰 오는군!" 테드 볼드윈이 외쳤다. "이 근처 주민은 도무지 말을 듣지 않습니다. 지난주에도 우리 단원 세 명이 탄광의 블레이커 감독에게 해고당했습니다. 그 녀석은 오래전부터 우리를 귀찮게 했으니까 이번에 단단히 혼내 주어야 합니다."

"어떻게 혼내 주는데?" 맥머도는 옆에 있는 사람에게 물었다.

"사슴탄으로 한 방 쏘는 거지!" 옆 사람은 대답하고 큰 소리로 웃었다. "우리의 방식을 어떻게 생각하나?"

범죄자의 천성을 타고난 맥머도는 방금 전에 입단한 조직의 흉악무도한 정신을 이미 받아들이고 있었다.

"멋있는데." 맥머도가 말했다. "이곳은 활기 있는 젊은이에게 적합한 곳이군."

맥머도 근처에 있던 서너 명은 그 소리를 듣고 박수를 쳤다.

"무슨 일이지?" 테이블 끝에서 검은 머리의 보디마스터가 물었다.

"방금 입단한 형제는 우리 일이 마음에 든답니다."

맥머도는 즉시 일어섰다.

"보디마스터님, 만일 사람이 필요하다면 저를 선택해 주십시오. 지부를 위해 일하는 것을 명예롭게 생각하겠습니다."

말이 끝나자 큰 박수갈채가 이어졌다. 새로운 태양이 지평선에서 얼굴을 내밀기 시작한 것처럼 느껴졌다. 간부들 몇몇은 일이 너무 빠르게 진행되고 있다고 생각했다.

보디마스터 옆에 앉아 있던 매 같은 얼굴에 턱수염을 기른 해러웨이 노인이 말했다. 그는 보디마스터의 비서였다.

"내가 제의하겠는데, 맥머도 형제는 조직에서 필요로 할 때까지 기다리게 합시다."

"제 말이 그것입니다. 저는 여러분의 의사에 따르겠습니다." 맥머도가 말했다.

"자네에게도 기회가 주어질 거야, 맥머도 형제." 보디마스터가 말했다. "자진해서 일을 처리할 사람이라는 생각이 들고, 자네는 이 고장의 일을 아주 훌륭하게 처리할 것으로 보이네. 오늘 밤에 처리할 작은 일이 있는데 좋다면 자네도 참석하게."

"보람 있는 일이 있을 때까지 기다리겠습니다."

"그래도 오늘 밤에 오게. 그러면 이 지역에서 우리의 위치가 어느 정도인지 알게 될 테니까. 그 일은 나중에 발표하겠네. 그건 그렇고—"

맥긴티는 서류에 잠깐 눈을 돌렸다.

"회의를 시작하기 전에 한두 가지 상의하고 싶은 일이 있는데, 우선 회계담당자에게 우리의 은행 잔고가 얼마나 남아 있는지 묻고 싶네. 짐 캐너웨이 부인에게 생활비를 지급해야겠어. 짐이 지부 일을 하다가 죽었으니 우리는 부인이 생활에 곤란을 겪지 않도록 도와줘야 해."

"짐은 지난달에 말리 크리크의 체스터 윌콕스를 없애려다가 죽었어." 맥머도의 옆에 있던 사람이 알려 줬다.

"자금은 충분합니다." 회계담당자는 은행 통장을 앞에 놓고 말했다. "최근에는 회사들이 돈을 잘 내고 있습니다. 맥스 린더 회사는 건드리지 말아 달라고 500달러를 냈습니다. 워커 형제 회사는 100달러를 보내왔지만 되돌려 보내고 500달러를 내라고 했습니다. 수요일까지 답이 없으면 그들의 권선기 기어를 부숴 버릴 겁니다. 작년에도 파쇄기를 불태우고 난 다음에야 겨우 말을 들었습니다. 그리고 서부 지구 석탄회사는 해마다 충실히 기부금을 냈습니다. 따라서 우리에게 특별히 지불해야 할 돈은 없습니다."

"아치 스윈든은 어떻게 되었소?" 한 형제가 물었다.

"그는 사업체를 팔고 이곳을 떠났소. 그 영감은 공갈단에게 압력을 받으며 커다란 탄광의 주인 노릇을 하느니 뉴욕에 가서 길거리 청소부를 하더라도 자유롭게 사는 게 낫겠다는 편지를 남기고 떠났지. 그 편지가 우리 손에 닿기 전에 영감쟁이가 도망갔으니 망정이지! 어쨌든 이제는 두 번 다시 이 계곡에 얼굴을 내밀지 않을 거요."

보디마스터와 마주하고 있는 테이블 끝에서 중년 남자가 일어나서 말했다. 넓은 이마의 남자는 깔끔하고 아주 온화한 인상을 풍겼다.

"회계, 우리가 이 고장에서 쫓아낸 사람의 재산은 누가 사들였습니까?"

"모리스 형제, 그 회사는 스테이트 앤 머톤 철도 회사에서 샀소."

"그럼 작년에도 그런 식으로 나왔던 토드맨 광산과 리 광산은 누가 샀소?"

"같은 회사가 샀소, 모리스 형제."

"그리고 최근에 문을 닫은 맨슨, 슈만, 반 데어, 애트우드 등의 제철소는 누가 샀소?"

"웨스트 길머톤 광업 회사에서 전부 샀소."

"모리스 형제!" 보디마스터가 말했다. "이 고장에서 다른 곳으로 가지고 갈 수는 없을 테니까 누가 샀든 상관없지 않나?"

"보디마스터, 당신을 존경합니다만 그것은 우리에게 중대한 문제라고 생각합니다. 벌써 10년이라는 긴 세월 동안 이런 일이 행해지고 있습니다. 우리는 차츰 중소기업인들을 경영 불능으로 몰아넣고 있습니다. 그런데 그 결과는 어떻습니까? 중소기업 대신에 그 자리에는 철도회사나 제너럴 제철소 같은 큰 회사가 들어섰는데, 그들의 중역들은 뉴욕이나 필라델피아에 상주하면서 우리의 협박에는 눈 하나 깜짝하지 않고 있습니다. 우리는 이곳의 중소기업의 우두머리들을 처치하지만 곧 다른 사람이 옵니다. 결과적으로 우리는 스스로를 위태롭게 하고 있는 것입니다. 중소기업의 경영자라면 우리에게 해가 되지 않습니다. 돈도 없고, 힘도 없으니까요. 가혹하게 쥐어짜도 그들은 우리의 압력하에서 도망가지는 않습니다. 그러나 대기업은 다릅니다. 그들은 회사 이익에 우리가 방해물이 된다는 것을 알게 되면, 모든 수단과 방법을 동원해서라도 우리를 끝까지 추적해 재판으로 몰고 갈 겁니다.”

들떴던 방 안 분위기에 찬물을 끼얹은 이 말로 인해 사람들은 곧 우울한 표정이 되어 서로를 바라보았다. 이들은 지금껏 막강한 힘을 과시하며 보복당할 것이란 생각은 한 번도 해 본 적이 없는 사람들이었다. 그런데 모리스 단원이 던진 이 말은 가장 포악한 단원이라도 몸이 오싹해지도록 만들었다. 발언자는 계속했다.

“그래서 나는 중소기업을 살살 다루라고 건의하고 싶습니다. 그들을 전부 쫓아내면 이 결사의 세력도 약해집니다.”

반갑지 않은 진실은 환영받지 못하는 법이다. 발언자가 자리에 앉자 성난 소리가 여기저기서 터졌다. 맥긴티는 우울한 표정으로 일어섰다.

“모리스 형제, 당신은 항상 비관론자였어. 지부의 단원들이 모두 일치단결하면 미국 땅에서 우리에게 손댈 수 있는 놈은 없어. 그것은 법정에서 여러 번 증명된 일이 아닌가? 중소기업과 마찬가지로 대기업도 싸우기보다는 돈을 내는 게 이롭다고 생각할 거야. 그건 그렇고 형제 여러분!" 맥긴티는 말하면서 검은 벨벳 모자와 법복을 벗었다. "오늘 밤 일은 이것으로 끝났소. 작은 문제가 하나 남아 있지만 해산할 때 말하겠소. 지금부터는 우리의 친목을 도모하기 위한 시간을 갖도록 합시다."

인간성이란 참으로 묘한 것이다. 그곳에 있는 몇몇 사람은 살인을 밥 먹듯 해치우는 인물들이었다. 마땅한 이유나 원한도 없이 무조건 사람을 죽였으며, 죽은 자를 그리워하며 오열하는 아내나 아이들을 보아도 손톱만큼의 동정심도 보이지 않았다. 그런데 부드럽고 구슬픈 가락의 음악이 나오면 감동의 눈물을 흘렸다. 맥머도는 훌륭한 테너 목소리를 갖고 있어서 자주 노래를 불렀는데 '메리, 나는 계단에 앉아 있소'와 '앨런 강의 기슭에서'를 불러 좌중을 감격시키고 박수갈채를 한 몸에 받았다. 입단한 바로 그날 밤에 이 신입단원은 형제들 중에 가장 인기 있는 사람이 되었고, 승진은 이미 정해져 있어 곧 높은 직책에 오를 것이라는 추측이 나돌았다. 그러나 뛰어난 프리맨 단원이 되는 데는 다른 단원들과의 친목도 중요하지만 다른 자격도 갖추어야 하는데 그것이 무엇인지는 그날 밤이 지나기 전에 알게 되었다. 위스키 병이 몇 번이나 돌아 남자들의 얼굴이 붉게 물들고 무슨 못된 짓이라도 하고 싶어질 무렵이 되자 보디마스터가 다시 일어서서 그들에게 외쳤다.

"여러분, 이 시내에는 손볼 사람이 한 사람 있습니다. 그 자를 손보는 것은 여러분의 일입니다. 내가 말하는 사람은 〈헤럴드〉 신문사의 제임스 스탱거요. 이 친구가 다시 우리를 비방하기 시작했다는 것은 여러분도 잘 알고 있지 않소?"

여기저기서 '그렇소, 그렇소' 하는 소리가 들렸고, 많은 사람이 욕설을 내뱉었다. 맥긴티는 조끼 주머니에서 신문 조각을 꺼내 읽었다.

"그 친구는 '법과 질서'란 제목으로 기사를 썼는데 읽어 볼 테니 잘 들으시오."

그는 또박또박 기사를 읽었다.

석탄과 철광 지대를 지배하는 공포.

이 지방에 범죄 조직이 있다는 것을 증명하는 암살 사건이 일어난 지도 벌써 12년의 세월이 흘렀다. 그날부터 폭력 행위는 그친 적이 없었고, 오늘에 이르러서는 그것이 극에 달하여 문명사회가 치욕의 상태가 되었다. 이 위대한 국가가 유럽의 전제로부터 벗어나려는 유랑자들을 받아들인 것은 이러한 결과를 원해서가 아니었다. 이들은 삶의 터전을 마련해 준 은혜를 모르고 폭군이 되어 머리 꼭대기에서 군림하며 자유를 짓밟고 공포를 조장하고 있다. 이들의 행태를 보고만 있을 것인가? 자유의 상징인 성조기가 그런 억압의 땅에서 휘날린다는 생각만 해도 우리는 공포를 느낄 것이다. 우리는 그들이 누군지 알고 있다. 그 조직이 있다는 것은 명백하며 그 사실은 모든 사람들이 알고 있다. 우리는 언제까지 이것을 참을 것인가? 우리가 살아가는 한—

"이런 헛소리는 더 들을 것도 없어!" 보디마스터는 신문을 테이블에 팽개치며 소리쳤다. "그는 우리에 대해 이렇게 쓰고 있소. 여러분에게 묻고 싶은 것은, 이 자에게 뭐라고 하면 좋겠는가 하는 점이오."

"죽여 버립시다!" 열두어 명이 사납게 외쳤다.

"나는 반대합니다." 인상 좋게 생긴 모리스가 말했다. "형제 여러분, 우리 방법이 너무 가혹했습니다. 이렇게 되면 이 계곡에 사는 시민 모두가 자기 방어를 위해 일치단결하여 우리를 쳐부수려는 때가 올 것입니다. 제임스 스탱거는 노인입니다. 그는 이 도시와 인근지역에서 존경을 받고 있습니다. 그리고 그의 신문은 이 계곡의 여론을 대표하고 있습니다. 만일 그가 살해되면 주 전체에서 소동이 일어날 것이고 우리는 파멸될 겁니다."

"아니, 그들이 어떻게 우리를 파멸시킨단 말이야, 이 꽁무니만 빼는 놈아." 맥긴티가 소리쳤다. "경찰의 힘을 빌려서? 경찰의 반은 우리가 월급을 주고 있고, 반은 우리를 무서워하고 있어. 아니면 재판소나 재판관의 힘으로? 그런 것은 전에도 많이 상대했고, 그 결과는 어땠지?"

"린치 판사가 재판을 맡을지도 모릅니다." 모리스가 말했다.

그 말을 듣고 일제히 화가 나서 고함쳤다.

"내가 이 손가락만 까딱하면 200명쯤 동원해서 이 도시를 모조리 해치울 수도 있어." 맥긴티가 소리쳤다.

그러다가 그는 갑자기 목소리를 높이며 굵고 시꺼먼 눈썹을 무섭게 치켜 올렸다.

"이봐, 모리스 형제, 나는 전부터 오랫동안 당신을 눈여겨보고 있었어! 당신은 용기가 없을 뿐만 아니라 다른 사람들의 사기마저 꺾어놓고 있어. 모리스 형제, 당신 이름이 협의 사항에 오르면 재미없을 거야. 그런데 나는 지금 올려야 하지 않나 생각하고 있는 중이야."

모리스는 새파랗게 질려서는 맥이 탁 풀렸는지 쓰러질 듯이 의자에 주저앉았다. 그는 떨리는 손으로 잔을 들어 술을 한 모금 마신 다음에야 대답했다.

"보디마스터님, 내 말이 너무 지나쳤다면 보디마스터님과 형제 여러분에게 사과드립니다. 나는 충실한 단원입니다. 여러분은 모두 그것을 알고 계실 겁니다. 내 말이 귀에 거슬렸더라도 그것은 지부에 무슨 일이 생길까 걱정되어서 한 소리니 용서하시기 바랍니다. 그러나 보디마스터님, 나는 내 판단보다도 당신의 판단을 더 신뢰합니다. 앞으로는 귀에 거슬리는 말은 하지 않겠다고 약속 드리겠습니다."

모리스의 겸손한 반성의 말을 듣고 보디마스터의 찡그린 얼굴이 펴졌다.

"알겠소, 모리스 형제. 당신을 처벌해야 할 필요가 생긴다면 나로서도 애석한 일이야. 그러나 내가 이 의자에 앉아 있는 한 우리 지부는 말하는 것이나 행동하는 것이나 모든 면에서 일치단결하는 지부가 될 거요. 그런데 여러분!" 그는 여러 사람들을 둘러보며 계속해서 말했다. "나는 이것만은 말하겠소. 스탱거를 살해하면 우리는 곤란하게 될 거요. 신문 발행인들은 단결하고 있기 때문에 주(州)신문들은 전부 경찰과 군의 출동을 요구할 거요. 그러나 그에게 강력한 경고는 줄 수 있다고 생각합니다. 볼드윈 형제, 당신이 하겠소?"

"물론이지요!" 젊은 남자는 열성적으로 말했다.

"몇 사람을 데리고 가겠나?"

"여섯 명, 그리고 문 앞에서 망볼 사람 둘만 더 있으면 됩니다. 고우워, 만셀, 스캔란 그리고 윌라비 형제, 자네들이 와 주게."

"나는 맥머도 형제도 가 달라고 부탁했네." 보디마스터가 말했다.

맥머도를 보는 테드 볼드윈의 눈은 아직 그 일을 기억하고 있는 듯했다.

"오고 싶으면 함께 가도 좋아." 그는 무뚝뚝하게 말했다. "인원은 그만하면 충분합니다. 일은 빨리 착수할수록 좋습니다."

고함 소리가 여기저기서 터져 나왔고, 술에 취해 흥얼거리는 노랫소리도 들렸다. 술집은 아직 손님들이 들끓고 있었다. 대부분의 형제들은 그곳에 남았고, 일을 처리하기로 한 작은 무리는 큰길로 나와 사람들 눈에 띄지 않도록 패를 나누어 인도로 걸어갔다. 밖은 몹시 추웠는데, 별들이 반짝이는 싸늘한 밤하늘에는 반달이 밝게 빛나고 있었다. 그들은 걸음을 멈추고 높은 건물과 마주보고 있는 공터로 모였다. 불이 환하게 켜져 있는 창과 창 사이에는 '버미사 헤럴드'라는 금색 글씨가 붙어 있었다. 안에서는 인쇄기가 뿜어내는 굉음이 들렸다.

"이봐!" 볼드윈이 맥머도를 불렀다. "아무도 방해하지 못하게 아서 윌라비와 같이 입구를 지키고 있게. 다른 사람들은 날 따라오고. 우리의 알리바이를 증언해 줄 사람이 술집에 열 명이나 있으니 두려워할 건 없어."

자정이 가까운 시간이어서 거리에는 집으로 돌아가는 술 취한 한두 사람을 제외하고는 아무도 없었다. 그들은 길을 건너가서 신문사 문을 열어젖히고 안으로 뛰어 들어갔다. 맥머도와 다른 한 사람은 현관에 남았고, 나머지는 앞에 있는 계단을 이용해 위로 올라갔다. 얼마 후 위층 방에서 고함 소리와 도움을 청하는 절규가 쿵쾅거리는 소리와 뒤섞여 들렸다. 그리고 뒤이어 회색 머리의 남자가 계단 쪽으로 달려 나왔으나 그는 더 도망가지 못하고 붙잡혔다. 안경이 벗겨져 맥머도의 발 아래로 굴러떨어진 뒤 털썩하고 누가 쓰러지는 소리가 났고, 신음 소리가 뒤를 이었다. 남자가 바닥으로 엎어지자 몽둥이 대여섯 개가 철썩철썩 그의 몸을 내리쳤다. 그는 몸을 뒤틀었고, 기다란 사지를 벌벌 떨었다. 이윽고 몽둥이질이 멈췄으나 볼드윈만은 잔인한 얼굴에 악마 같은 미소를 띠고 남자의 머리를 계속해서 사정없이 내리쳤다. 남자는 두 손으로 머리를 감싸 쥐었지만 헛일이었다. 회색 머리털이 군데군데 피로 물들었다. 볼드윈은 상대를 내려다보며 조금이라도 빈틈이 보이면 여지없이 철썩철썩 내리쳤다. 맥머도는 계단을 뛰어 올라가서 볼드윈을 밀었다.

"몽둥이를 버려! 사람을 죽이겠어!"

볼드윈은 놀라서 그를 쳐다보았다.

"꺼져!" 그가 소리쳤다. "네가 뭔데 간섭이야. 풋내기인 주제에, 저리 꺼져!" 볼드윈은 몽둥이를 번쩍 들었지만 맥머도는 주머니에서 권총을 꺼냈다.

"너야말로 꺼져! 내 몸에 손 하나라도 까딱하면 얼굴을 날려 버릴 거야. 보디마스터가 이 자를 죽이라고는 하지 않았는데 너는 지금 죽이고 있어."

"맥머도 말이 맞아." 그들 중 한 사람이 말했다.

"큰일 났다, 서둘러야 해!" 밑에 있던 남자가 소리쳤다. "집집마다 창문에 불이 켜졌어. 사람들이 몰려오는 데 5분도 걸리지 않을 거야."

정말로 큰길에서는 사람들의 외침 소리가 들렸고, 아래층 홀에서는 식자공들과 인쇄공들이 대항할 태세를 보이며 용기를 북돋고 있었다. 축 늘어져 꼼짝도 못하는 발행인을 계단 위에 남겨 놓고 범인들은 부리나케 계단을 뛰어 내려가 큰길로 도망갔다. 패거리들 중 일부는 조합 건물의 맥긴티 술집으로 들어가 보디마스터에게 일을 잘 처리했다고 작은 소리로 속삭였으며, 맥머도를 포함한 몇 명은 샛길을 이용해 멀리 돌아서 각자의 집으로 돌아갔다.

4
공포의 계곡

　다음 날 아침에 눈을 뜨자마자 맥머도는 입단식 때 벌어진 일을
떠올렸다. 술 때문에 머리가 아프고, 낙인찍힌 팔이 욱신욱신 쑤시
며 부어올라 있었다. 맥머도는 특별한 수입이 있었기 때문에 근무
처에는 나가기도 하고 안 나가기도 했는데, 그날 아침에는 느지막
이 아침 식사를 한 뒤, 친구에게 긴 편지를 쓰며 집에서 시간을 보
냈다. 편지를 다 쓰고 나서 그는 〈데일리 헤럴드〉를 읽었다. 마감
직전에 실린 것으로 보이는 특보란에는 다음과 같은 기사가 실려
있었다.

　　　헤럴드 신문사, 괴한에게 피습—발행인 중상

기자보다도 맥머도가 더 잘 알고 있는 사건을 아주 간단하게 설명하고 있었다. 기사 끝에는 다음과 같은 설명이 덧붙여 있었다.

이 사건은 지금 경찰의 손으로 넘어갔지만 경찰이 노력한다고 해도 좋은 결과를 기대할 수는 없을 것으로 보인다. 범인 중 몇 명은 얼굴이 드러나 유죄판결을 얻어낼 가능성이 있기는 하다. 폭도들의 출처는 말할 것도 없이 오랫동안 이 지역을 속박하고 있는 악명 높은 결사로, 본지는 이 결사와 전혀 타협하지 않아 왔다. 스탱거 씨는 무참하게 구타당하여 머리에 중상을 입었으나, 다행히 생명에는 지장이 없다. 그를 아는 많은 사람이 이 소식을 알게 된다면 정말 기쁜 마음으로 안도의 한숨을 내쉴 것이다.

그 밑에는 윈체스터 총으로 무장한 광산 경찰대가 소집되어 〈헤럴드〉 신문사를 철저히 경비하고 있다는 기사도 실려 있었다. 맥머도가 신문을 내려놓고 간밤의 과음 때문에 떨리는 손으로 파이프에 불을 붙이려고 하는데, 노크 소리가 들렸다. 하숙집 안주인이 들어와서 방금 한 소년이 심부름으로 편지 한 통을 갖고 왔다면서 건네주었다. 편지에는 보낸 사람의 이름도 없이 다음과 같이 쓰여 있었다.

급한 용건이 있는데 당신 하숙집에서는 얘기하고 싶지 않소. 밀러 언덕의 깃대 옆에 있겠소. 지금 와 주면 당신과 나에게 중요한 일이 되는 사항을 말씀 드리겠소.

맥머도는 깜짝 놀라 편지를 두 번이나 읽었다. 무엇을 뜻하는 건지, 누가 보낸 건지 알 수 없었기 때문이다. 여자의 필적이라면 지금까지의 경험에 비추어 사랑의 신호라고 생각할 수도 있었지만, 편지는 남자, 그것도 상당히 높은 수준의 교육을 받은 사람이 보낸 듯싶었다. 약간의 망설임 끝에 결국 그는 직접 가서 확인하기로 마음먹었다.

시내 한복판에 있는 밀러 언덕은 손질이 잘 안된 공원이었다. 여름에는 사람들이 많이 찾았지만, 겨울에는 사람들이 찾지 않아 적막했다. 공원의 꼭대기에서 바라보면 우중충한 시내의 전경뿐만 아니라, 그 아래 구불구불한 계곡의 전경까지 보였다. 계곡을 둘러싸고 있는 숲은 큰 산맥을 이루고 있었으며, 계곡 옆의 광산과 공장은 주변에 쌓인 흰 눈을 시꺼멓게 물들이고 있었다. 맥머도는 상록수가 줄지어 늘어선 작은 길을 천천히 걸어서 한적한 음식점 근처로 갔다. 음식점 옆에는 깃대가 있었고, 그 아래에 모자를 푹 눌러 쓰고 외투 깃을 세운 남자가 서 있었다. 남자가 고개를 돌려서 얼굴을 알아볼 수 있었는데, 그는 다름 아닌 어젯밤에 보디마스터의 노여움을 샀던 모리스 형제였다. 두 사람은 만나서 지부의 신호를 교환했다.

"맥머도 씨, 당신과 이야기를 하고 싶었소." 나이든 모리스가 주저하면서 말을 꺼냈다.

주저하는 것으로 보아 그는 무척 망설이는 것 같았다.

"나와 줘서 고맙소."

"왜 편지에 이름을 쓰지 않았습니까?"

"경계해야 하기 때문일세. 요즈음은 어떤 일로 보복을 당할지 알 수 없거든. 누구를 믿어야 할지, 누구를 믿어서는 안 되는 것인 지 도무지 알 수가 없어."

"하지만 형제들은 믿을 수 있지 않습니까?"

"아냐, 항상 믿을 수는 없어." 모리스는 사납게 말했다. "우리가 나누는 이야기는 물론 마음속으로 생각하는 것까지 모조리 맥긴 티의 귀에 들어가는 것 같아."

"이보십시오!" 맥머도가 강경하게 말했다. "당신도 알다시피 내 가 보디마스터에게 충성을 맹세한 것은 바로 어젯밤의 일입니다. 그 맹세를 깨뜨리라는 말입니까?"

"자네가 그렇게 나온다면 여기까지 나오게 해서 미안하다고 말 하는 수밖에 없군." 모리스는 실망한 듯이 말했다. "자유로운 두 시민이 생각하는 것을 서로 말할 수 없다니 큰일이군."

상대를 유심히 바라보고 있던 맥머도는 태도를 약간 누그러뜨 렸다.

"내 생각만 하고 말한 것 같습니다. 당신도 아시겠지만 나는 신 참이라 아무것도 모릅니다. 그러므로 나는 아무 말도 하지 않는 것 이 좋겠지요, 모리스 씨. 내게 이야기할 것이 있다면 들어 봅시다."

"맥긴티 보디마스터에게 일러바치려고?" 모리스는 쓸쓸하게 말했다.

"저를 잘못 보셨습니다." 맥머도가 외쳤다. "나는 프리맨의 충실한 단원으로서 내 생각을 정직하게 말한 것뿐입니다. 그러나 당신이 비밀스럽게 한 말을 남에게 털어놓는 그런 비열한 인간은 아닙니다. 미리 경고하지만, 당신이 내게 말한다고 해서 당신을 돕거나 동정하지는 않겠습니다. 하지만 비밀을 지키겠다는 약속은 하겠습니다."

"도움을 청하거나 동정을 바라는 일은 오래전에 포기했네. 자네에게 이 이야기를 하면 내 목숨은 자네 손에 달린 거나 마찬가지지만, 비록 자네가 나쁜 사람일지라도—어젯밤에 본 바로는 머지않아 다시없는 악인이 되리라고 생각하지만—이제 갓 들어왔으니 아직까지는 그들처럼 무감각하지 않을 거라고 생각되네. 그래서 자네와 이야기해야겠다고 생각한 걸세."

"그럼, 이야기할 거라는 게 뭡니까?"

"나를 배신하면 자네는 천벌을 받을 거야!"

"말하지 않겠다고 했습니다."

"그럼 묻겠는데, 자네는 시카고의 프리맨에 들어가 충성을 맹세했을 때, 그것이 범죄의 길로 들어서는 것이라고 생각한 적이 있나?"

"내가 그곳에서 한 일을 범죄라고 본다면 그렇습니다."

"범죄로 본다면?"

모리스의 목소리는 격정으로 떨리고 있었다.

"죄가 아니라고 생각한다면, 그건 자네가 아무것도 모르고 있기 때문이야. 어젯밤 자네 아버지 연배의 노인을 흰머리가 피투성이가 될 만큼 구타했는데 그것이 죄가 아닌가? 죄가 아니라면 뭐란 말인가?"

"전쟁이라고 말하는 사람도 있지요." 맥머도가 말했다. "두 계급 간의 전쟁입니다. 그래서 서로가 온 힘을 다해 싸우는 거지요."

"그럼, 시카고에서 프리맨에 입단할 때 그런 일이 발생할 거라는 생각을 해 본 적이 있나?"

"아니오. 하지 않았습니다."

"내가 필라델피아에서 프리맨에 처음 들어갈 때도 그랬어. 단순한 조합이고 친구를 만나는 모임이라고만 생각했어. 그리고 나는 출세를 위해 이곳으로 왔어. 이곳 이름이 내 귀에 처음 들린 순간의 저주! 어쨌든 나는 출세하려고 이곳으로 왔어. 기가 차서! 출세를 위해 왔지! 아내와 세 아이를 데리고 와서 시장 광장에서 포목점을 시작했는데 처음엔 꽤 잘됐지. 그런데 내가 프리맨 단원이라는 소문이 퍼져서 어젯밤의 자네처럼 억지로 지부에 들어가게 됐지. 내 팔뚝에는 치욕의 표시가 찍혔고, 마음에는 그것보다 더 심한 낙인이 찍혔어. 정신을 차리고 보니 나는 이미 악인의 명령을 따르는 범죄의 그물에 걸려 있더군. 내가 할 수 있는 일은 아무것도 없었어. 일이 잘 풀리라는 뜻에서 무슨 말을 하면 어젯밤처럼 반역자로 취급하더군. 내 재산이라곤 상점밖에 없어서 도망갈 수도 없어. 지부에서 빠져나가면 내가 죽는다는 것을 잘 알고 있지. 또 내 아내와 아이들은 어떻게 되겠는가? 오, 끔찍해, 끔찍한 일이야!"

그는 얼굴을 두 손에 파묻고 몸을 떨며 흐느꼈다. 맥머도는 어깨를 으쓱했다.

"당신은 이런 일을 하기에는 마음이 너무 약합니다. 이런 일에는 맞지 않아요."

"나는 양심적인 신앙인이었는데, 그들은 나를 범죄조직의 일원으로 만들었어. 결국 나는 어떤 일에 가담하게 되었지. 그 일을 거절했다가는 어떤 결과를 불러올지 뻔했어. 내가 비겁한 사람인지도 모르지. 아내와 아이들 때문에 그들과 한패가 되었으니. 어쨌든 그들과 같이 갔고, 그 일은 영원히 나를 괴롭힐 거야. 여기서 20마일 떨어진 산 너머에 있는 외딴집이었는데, 어젯밤 자네와 마찬가지로 문에서 망을 보도록 명령받았네. 나를 믿지 못해서 중요한 일은 시키지 않았던 거야. 다른 자들은 안으로 들어갔는데, 나올 때는 손목까지 시뻘건 피로 물들어 있더군. 그런데 자리를 막 떠나려고 할 때 집 안에서 어린아이가 울부짖는 소리가 들렸어. 아버지가 살해당하는 것을 목격한 다섯 살 난 어린애의 비명이었어. 나는 너무 무서워서 정신이 아찔했지만 대담하게 웃는 얼굴을 보여야만 했지. 그러지 않으면 피 묻은 놈들의 손은 다음 순서로 우리 집을 노릴 게 뻔하고, 아버지의 죽음을 보고 울부짖는 아이는 바로 내 아들이 될 거라는 사실을 아주 잘 알고 있었기 때문이야. 그러나 나는 이미 범죄자―이 세상에서 영원히 구제될 수 없으며, 내세에서도 구제될 수 없는 살인의 공범자—가 되어 있었던 거라네. 나는 믿음이 깊은 가톨릭 신자였는데, 신부는 내가 스코러즈 단원이라는 말을 듣고 난 뒤에는 나와 말도 하지 않았고, 지금은 파문당한 상태야. 내 처지가 이 지경에 이르렀다네. 자네가 나와 같은 길을 걷고 있으니 묻는 말인데, 결과가 어떻게 될 거라고 생각하나? 자네는 냉혈한 살인 전문가가 될 생각인가? 아니면 우리가 힘을 합치면 그것을 막을 가능성이 있다고 생각하나?"

"당신은 어떻게 하실 겁니까?" 맥머도가 물었다. "나를 밀고하진 않겠죠?"

"당치도 않아!" 모리스가 외쳤다. "생각만 해도 목이 달아날 것 같소."

"좋습니다." 맥머도가 말했다. "나는 당신이 마음 약한 사람이라 별것도 아닌 일을 너무 과장한다고 생각합니다."

"과장이라고! 이곳에 좀 더 오래 살아 보면 알게 될 거야. 계곡을 내려다보게! 수백 개의 굴뚝에서 나오는 연기로 뒤덮여 있어! 그러나 사람들의 머리 위를 뒤덮고 있는 살인의 검은 구름은 저것보다 더 낮고 두꺼워. 저것은 공포의 계곡, 죽음의 계곡이야. 새벽부터 해 질 때까지 사람들의 마음에서 공포가 떠나질 않아. 두고 보게. 머지않아 알게 될 테니까."

"좀 더 보고 난 다음에 당신에게 알려 주겠소." 맥머도는 건성으로 말했다. "분명한 점은, 당신은 이 고장에 맞지 않아요. 1달러의 값어치가 있는 것을 10센트에 파는 한이 있더라도 가게를 빨리 정리하고 떠나는 것이 당신에게 이로울 겁니다. 당신이 내게 한 말은 안전하지만 만에 하나 당신이 첩보원이라면—"

"아냐, 아냐!" 모리스는 애처롭게 소리쳤다.

"그럼. 이야기는 그 정도로 합시다. 당신이 한 말은 기억해 두도록 하겠습니다. 그리고 나는 당신이 호의적인 의도에서 이런 말을 했다고 생각합니다. 그럼 나는 이만 집에 가 보겠습니다."

"가기 전에 한 마디 더 하겠소." 모리스가 말했다. "우리가 함께 있는 것을 누가 봤을지도 모르오. 그러면 그들은 우리가 무슨 이야기를 나누었는지 알고 싶어 할 것이오."

"아주 좋은 생각입니다."

"내가 당신에게 우리 가게 점원이 돼 달라고 제의한 걸로 하세."

"그리고 내가 거절한 걸로 하면 되겠군요. 그런 일은 우리 둘만의 일이니까. 그럼, 살펴 가세요. 모리스 형제, 당신 일이 앞으로는 잘 풀리기를 바랍니다."

그날 오후, 맥머도는 거실 난로 옆에서 담배를 피우며 생각에 잠겨 있었다. 그런데 갑자기 거실 문이 활짝 열리더니 맥긴티 보디마스터의 거대한 몸집이 문에 꽉 들어찼다. 그는 지부 사인을 보낸 다음 맥머도의 맞은편에 앉아 그를 잠시 동안 물끄러미 바라보았다. 맥머도도 흔들림이 없이 마주 보았다.

"나는 남을 방문하는 일이 별로 없네, 맥머도 형제." 이윽고 그가 말을 시작했다. "찾아오는 손님만 접대하기도 바쁘다네. 그런데 오늘은 특별히 자네를 찾아왔네."

"찾아 주셔서 영광입니다, 의원님."

맥머도는 찬장에서 위스키 병을 갖고 왔다.

"생각지도 못한 영광입니다."

"팔은 어떤가?" 보디마스터가 물었다.

맥머도는 얼굴을 찌푸리며 대답했다. "아직도 아픕니다. 그러나 보람은 있었습니다."

"그래, 보람은 있지. 프리맨에 충성하고, 끝까지 프리맨을 위해 일하는 사람한테는 말이야. 오전에 밀러 언덕에서 모리스 형제와 무슨 이야기를 했나?"

질문이 너무 갑작스러웠기 때문에 맥머도는 미리 대답을 준비해 두기를 잘했다고 생각했다. 그는 큰 소리로 웃었다.

"모리스는 내가 집에서도 돈을 벌 수 있다는 것을 몰랐던 모양입니다. 하지만 너무 양심적인 사람이라 앞으로도 내가 하는 일을 모르게 할 생각입니다. 정말 마음씨가 고운 노인이더군요. 내가 할 일 없이 노는 줄 알고 자기의 가게에서 일하는 게 어떻겠냐고 제의했습니다."

"아, 그랬나?"

"그렇습니다."

"자네는 거절했나?"

"물론이지요. 내 방에서 네 시간만 일하면 열 배나 더 벌 수 있지 않습니까?"

"그렇지. 하지만 나라면 모리스와 너무 가까이 지내지 않겠네."

"왜 그렇습니까?"

"내가 하지 말라고 하면 그뿐이야. 이곳에 있는 대부분의 사람은 그렇게 말하면 알아듣지."

"대부분의 사람은 알아듣겠지만 내게는 충분하지 못합니다, 의원님." 맥머도는 대담하게 말했다. "사람들을 잘 판단하는 분이라면 그 정도는 알고 계시리라 믿습니다."

검은 피부의 거한은 맥머도를 노려보며 술잔을 집어던질 것처럼 움켜쥐었으나, 갑자기 호탕한 그러나 위선적인 웃음을 터뜨렸다.

"자네는 정말 별난 놈이야. 모리스와 가까이 하지 말라는 이유를 대라면 가르쳐 주지. 모리스가 지부에 대해 험담을 하지 않던가?"

"안 했습니다."

"내 험담도?"

"네."

"그럼, 녀석은 자네를 믿지 않았던 거로군. 그는 충실한 형제가 아냐. 난 그걸 잘 알고 있기 때문에 그를 유심히 지켜보다 때가 되면 본때를 보여줄 생각인데 그때가 가까이 왔다는 생각이 드네. 비열한 겁쟁이를 프리맨에 둘 수 없지. 만일 자네가 그런 불성실한 사람과 접촉하면 자네도 불성실한 단원으로 찍힐 거야. 무슨 말인지 알겠나?"

"그 사람과 접촉하는 일은 없을 겁니다. 나는 그를 싫어하니까요." 맥머도가 대답했다. "당신은 내가 불성실하니 어쩌니 했는데,

당신이 아니었다면 두 번 다시 그따위 소리를 못하도록 했을 겁니다."

"아, 그걸로 됐네." 맥긴티는 술잔을 비우며 말했다. "늦기 전에 충고를 해 주려고 찾아왔네."

"알고 싶은 게 있습니다." 맥머도가 말했다. "내가 모리스와 이야기한 것을 어떻게 알았습니까?"

맥긴티는 웃음을 터뜨렸다.

"이곳에서 벌어지는 일은 무슨 일이든 내 손바닥 보듯 훤하지. 어떤 일이든 다 내 귀에 들어온다고 생각하면 맞을 거야. 시간이 어지간히 됐군. 내가 하고 싶은 말은—"

그러나 그의 말은 예상 밖의 일로 중단되었다. 갑자기 큰 소리를 내며 방문이 열리더니 뾰족한 경찰 모자를 쓴 세 사람이 그들을 노려보고 있었다. 맥머도는 벌떡 일어서며 권총을 반쯤 꺼내 들었으나 두 자루의 윈체스터 총이 머리를 겨누자 그만두었다. 경찰 제복을 입은 한 남자가 권총을 손에 들고 안으로 들어왔다. 전에는 시카고 경찰이었으나 지금은 광산 경찰대에 근무하는 마빈 경감이었다. 그는 맥머도를 보고 엷은 미소를 띤 얼굴로 고개를 저었다.

"문제를 일으키리라고 생각했어, 시카고의 악당 맥머도. 범죄에서 발을 뺄 수는 없었던 모양이지? 모자를 쓰고 우리와 같이 가세."

"이것에 대한 보복은 꼭 하겠소, 마빈 경감." 맥긴티가 말했다. "당신이 무슨 권한으로 남의 집에 침입해서 선량한 시민을 괴롭히

는 거요?"

"맥긴티 의원님, 당신과 관계없는 일입니다. 우리가 체포하려는 사람은 의원님이 아니라 이놈입니다. 당신은 우리의 직무를 돕지는 못할망정 방해해선 안 됩니다."

"이 사람은 내 친구고, 그의 행동은 내가 책임지겠소."

"맥긴티 씨, 머지않아 당신은 그 말에 책임을 지지 않으면 안 될 거요. 이 맥머도란 놈은 이곳에 오기 전부터 범죄자였고, 여기 와서도 마찬가지입니다. 경관, 내가 이놈의 무장을 푸는 동안 총을 겨누고 있게."

"여기 내 권총이 있소." 맥머도는 침착하게 말했다. "마빈 경감, 단둘이서 마주쳤다면 이렇게 쉽게 잡히지는 않았을 거요."

"체포 영장은 있소?" 맥긴티가 물었다. "당신 같은 사람이 경찰이니 차라리 러시아에 사는 편이 낫겠군. 이건 횡포야. 두고 보시오. 이대로 끝나지는 않을 테니!"

"의원님, 당신은 당신의 일이나 잘 하시오. 우리는 우리의 임무를 다할 테니까."

"내 죄명은 뭐요?" 맥머도가 물었다.

"헤럴드 신문사에서 발생한 스탱거 발행인 구타 사건에 관련된 혐의다. 살인죄가 아닌 게 다행인 줄 알아."

"아니, 그게 맥머도의 혐의라면―" 맥긴티는 웃으며 말했다. "당장 그만두는 게 수고를 더는 일이 될 거요. 이 사람은 내 술집에서 자정까지 포커를 했소. 열 명이 넘는 증인을 세울 수도 있소."

"그것은 당신 소관이니 내일 법정에서 해결하시오. 맥머도, 우선은 가자고. 개머리판으로 머리를 맞고 싶지 않으면 조용히 따라와. 옆으로 비켜요, 맥긴티 씨, 공무 방해는 용서 못합니다!"

경감의 태도가 너무나 단호했기 때문에 맥머도와 보디마스터는 상황에 응하는 수밖에 없었다. 맥긴티는 맥머도와 헤어지기 전에 겨우 한두 마디를 속삭일 수 있었다.

"그건 어떤가?"

그는 엄지손가락을 위로 세워 가짜 금화 제조기를 암시했다.

"걱정 없습니다." 마루 밑의 안전한 장소에 숨겨 둔 맥머도가 속삭였다.

"그럼, 몸조심하게." 맥긴티는 악수하며 말했다. "라일리 변호사를 만나 변호를 책임지도록 하겠네. 약속하는데 그들은 자네를 잡아 놓을 수 없어."

"나라면 그런 약속은 하지 않겠습니다." 마빈 경감이 말했다. "자네들 둘은 이 자를 감시하고 있어. 이상한 낌새가 보이면 쏴도 좋아. 난 집을 수색해야겠네."

마빈 경감은 가택 수색을 했지만 숨겨 놓은 가짜 금화 주조 설비는 찾지 못했다. 2층에서 내려온 그는 부하들과 함께 맥머도를 데리고 경찰 본부로 향했다. 주위는 완전히 어두웠고 심한 눈보라 때문에 거리에는 사람이 거의 없었다. 그러나 두어 명이 뒤따라와서는 체포된 남자에게 욕설을 퍼부었다.

"저주받을 스코러즈 단원을 처벌하라! 처벌하라!"

맥머도가 경찰서로 끌려 들어가는 것을 보고 그들은 큰 소리로 외쳤다. 맥머도는 담당경관의 간단한 질문을 받은 후에 유치장으로 들어갔다. 그곳에는 볼드윈을 비롯해 어젯밤에 범죄에 가담했던 단원 세 명이 체포되어 있었다. 그들은 이튿날 아침에 있을 재판을 기다렸다.

그러나 프리맨의 영향력은 법망의 요새 깊숙한 곳까지도 손을 뻗쳤다. 밤이 깊어지자 간수가 침대용 짚 다발을 갖고 왔고, 그 속에서 위스키 두 병과 술잔 몇 개 그리고 트럼프 한 벌을 꺼냈다. 덕분에 그들은 다음 날의 재판에 대한 걱정을 접고 즐기면서 하룻밤을 보냈다.

결과를 보면 알 수 있지만 그들은 걱정할 필요가 없었다. 치안판사는 재판을 상급 법원으로 송치할 만한 증거를 찾지 못했다. 강압에 못 이긴 식자공들과 인쇄공들은 사건 당시 등불이 어두웠고, 몹시 당황한 상황이었기 때문에 피고인 가운데 범인이 있다고는 짐작되지만 정확히 가려낼 수는 없다고 진술했다. 게다가 맥긴티가 내세운 솜씨 좋은 변호사가 반대 심문을 하자 그들의 증언은 한층 더 믿을 수 없는 것이 되었다. 그리고 이미 피해자는 습격이 너무 갑자기 일어난 바람에 처음에 자신을 가격한 사람이 콧수염을 기르고 있었다는 기억이 전부라고 진술한 뒤였다. 그러나 그는 자기를 습격한 사람들이 스코러즈 단원이 틀림없다고 말했다. 왜냐하면 이 고장에는 자신에게 원한을 품을 만한 사람은 아무도 없지만,

신문에 프리맨에 대한 노골적인 사설을 실었기 때문에 오랫동안 그들에게 협박을 당해 왔다고 말했다. 한편, 시의 고급 공무원 맥긴티를 포함한 여섯 명의 시민은 흔들림 없이 한결같은 목소리로 피고들은 범행 시간보다 훨씬 늦게까지 조합 건물에서 카드를 하고 있었다고 증언했다.

두말할 필요도 없이 그들은 석방되었고, 재판관으로부터는 폐를 끼쳐 미안하다는 사과의 말까지 들었다. 반면, 마빈 경감과 그의 부하들은 직무에 너무 열중한 나머지 실수를 했다는 비난을 받았다. 주변을 둘러본 맥머도는 낯익은 얼굴을 많이 볼 수 있었다. 그들은 재판 결과에 대해 요란할 정도로 손뼉을 치며 환호했다. 지부의 형제들은 싱글벙글하며 손을 흔들었다. 그러나 피고들이 피고석에서 한 줄로 서서 빠져나오자 입술을 꽉 깨물고 시무룩하니 앉아 있는 사람들도 있었다. 그중 한 사람은 키가 작고 검은 턱수염을 기른 의연한 태도의 남자였는데, 석방된 피고들이 앞을 지나가자 한마디 내뱉었다.

"이 살인자들! 두고 봐라, 혼을 내줄 테니까!"

5
최악의 시기

동료들 사이에서 존 맥머도의 인기를 한층 더 높이는 데 필요한 것이 있었다면 그것은 체포와 석방이었다. 입단한 바로 다음 날 치안판사 앞에 끌려가 재판을 받은 예는 지부 역사상 없던 일이었다. 그는 이미 유쾌하게 노는 친구며 명랑한 술꾼으로 알려져 있었고, 위대한 보디마스터한테도 당당히 맞서는 대담한 성질의 사람이라는 평판이 나 있었다. 뿐만 아니라 그는 잔학한 계획을 손쉽게 세우는 최고의 두뇌를 소유했고, 또 그것을 실천에 옮기는 데도 최고의 능력을 가졌다는 인상을 주었다.

"일을 아주 깨끗이 처리하는 능력이 있단 말이야."

간부들은 그에게 일을 시킬 기회가 오기만을 기다리고 있었다. 맥긴티는 이미 솜씨 좋은 부하들을 충분히 거느리고 있었지만, 맥머도처럼 확실한 솜씨를 지닌 녀석은 없다고 생각했다. 사나운 블러드하운드를 기르고 있는 것 같은 느낌이었다. 작은 일에 쓸 수 있는 개들은 얼마든지 있었지만 맥머도는 달랐다. 언젠가는 이 개를 풀어서 제대로 된 사냥감을 뒤쫓게 해야겠다고 생각했다. 지부 원들 중에 몇 명은—그중에 볼드윈도 있었지만—이 낯선 남자가 고속으로 승진하는 것이 달갑지 않았으나 맥머도가 워낙 싸움을 잘하는 바람에 그를 슬슬 피했다.

동료들의 인기는 얻었지만 다른 면에서는—그에게는 무엇보다도 중요한 것에서는—그렇지 못했다. 에티 샤프터의 아버지는 그를 상대하려고도, 그를 집에 들이려고도 하지 않았다. 그러나 에티는 그를 몹시 사랑하고 있었기 때문에 완전히 단념할 수는 없었지만, 범죄자로 불리는 남자와 결혼하면 앞날이 어떻게 될 것인지를 걱정하며 불안해하고 있었다. 꼬박 하룻밤을 지새운 다음 날 아침, 에티는—이것이 마지막이 되겠지만—맥머도를 만나서 그가 빠져들고 있는 악의 구렁텅이에서 그를 빼내겠다는 강한 결심을 하고 집을 나섰다. 에티는 그가 몇 번이나 놀러 오라고 말한 그의 하숙 집을 찾아가 그가 거실로 사용하고 있는 방으로 갔다. 맥머도는 등을 보이고 앉아 편지를 쓰고 있었기 때문에 에티가 들어온 것을 모르고 있었다. 갑자기 에티는 열아홉 살 난 아가씨다운 장난기가 발동했다. 에티는 발꿈치를 들고 살살 걸어가 맥머도의 어깨에 가만히 손을 얹었다. 그를 놀래 줄 생각이었다면 대성공이었다. 그러나 도리어 에티가 더 놀라고 말았다. 그는 호랑이처럼 빠르게 몸을 휙 돌리며 오른손으로 에티의 목을 움켜쥐려고 했다. 그와 동시에 왼손으로는 자기 앞에 있는 편지를 구겨 버렸다. 잠시 동안 그는 눈을 부라렸고, 에티는 지금까지 살아오면서 그런 사나운 표정은 본 적이 없으므로 너무 놀라 비명을 지르며 뒷걸음질 쳤다. 그러나 맥머도의 얼굴에 나타났던 사나운 표정은 순식간에 놀라움과 기쁨의 표정으로 바뀌었다.

"당신이었군!" 그는 이마의 땀을 닦으며 말했다. "사랑하는 당신이 왔는데 목을 조르려 했다니! 이리 와요, 에티! 보상하게 해 주시오."

그는 두 손을 내밀었다. 그러나 죄책감과 두려움 섞인 표정으로 긴장하고 있었던 남자의 표정이 에티의 마음에서 떠나지 않았다. 여자의 본능적인 직감으로 그것이 단순히 깜짝 놀라는 표정이 아니었다는 것을 알 수 있었다. 그것은 죄의식이었다. 죄의식과 공포!

"왜 그래요, 존?" 에티가 외쳤다. "왜 나를 그렇게 무서워하는 거지요? 존, 양심에 걸리는 것이 없다면 그런 얼굴로 나를 보지는 않았을 거예요!"

"그래, 나는 다른 일을 생각하고 있었어. 그런데 당신이 그 요정 같은 발로 다가왔기 때문에—"

"그렇지 않아요. 그것 말고 다른 이유가 있어요, 존."

갑자기 에티는 어떤 의혹에 사로잡혔다.

"쓰고 있던 편지를 보여 줘요."

"에티, 그럴 수는 없소."

에티의 의혹은 확신으로 바뀌었다.

"다른 여자에게 쓴 편지였군요!" 에티가 소리쳤다. "다 알고 있어요! 그렇지 않으면 왜 내게 숨기는 거지요? 부인에게 편지를 쓰고 있었나요? 당신이 결혼하지 않았다는 걸 내가 어떻게 믿지요? 당신은 타지에서 온 사람이니까, 아무도 몰라요."

"난 결혼하지 않았소, 에티. 이것 봐, 맹세할게! 이 세상에 내 여자는 당신밖에 없어. 예수의 십자가를 걸고 맹세하겠소!"

그가 창백해진 얼굴로 진지하게 말했기 때문에 에티는 믿지 않을 수 없었다.

"그럼, 왜 그 편지를 보여 주지 않지요?"

"실은 말이야 아무에게도 보여 주지 않겠다고 맹세했거든. 당신과의 약속을 소중히 지키고 있는 것처럼 다른 사람과의 약속도 지키고 싶은 거요. 이것은 지부와 관계된 일이고 당신에게도 비밀이야. 어깨에 손이 닿자 깜짝 놀란 것도 형사에게 들킨 거라고 착각했기 때문이지. 이해하지 못하겠소?"

에티는 그가 진실을 말하고 있다고 생각했다. 그는 에티를 끌어안고 진심어린 키스로 그녀의 공포와 의혹을 씻어 주었다.

"자, 이리 앉아요. 당신 같은 여왕님이 앉을 만한 의자는 아니지만 이것이 당신의 가난한 애인이 제공할 수 있는 최고의 의자요. 머지않아 훨씬 좋은 곳에 앉도록 해 주지. 자, 이제 마음이 가라앉았소?"

"존, 어떻게 내 마음이 가라앉을 수 있겠어요. 당신이 악당 중에서도 최고의 악당이라는 것을 알고 있고, 언제 당신이 살인범으로 몰려 재판을 받게 될지 모르는데. 어제 우리 집에서 하숙하는 사람 중 하나가 당신을 '스코러즈의 맥머도'라고 말했어요. 그리고 그 말은 비수가 되어 내 가슴을 뚫고 지나갔어요."

"아무리 심한 말이라도 몸을 뚫지는 못해."

"하지만 그 말은 엄연한 사실이잖아요."

"에티, 사태가 당신이 생각하는 것만큼 나쁘지는 않아. 우리는 우리 나름대로의 방식으로 권리를 수호하려는 가난한 사람들일 뿐이오."

에티는 애인의 목에 매달렸다.

"존, 그런 짓은 그만둬요! 나를 위해서 제발 그만둬요! 이 말을 하려고 오늘 이곳에 왔어요. 존, 나 좀 봐요. 이렇게 무릎 꿇고 빌겠어요. 이렇게 당신 앞에 고개를 숙이고 애원하겠어요."

그는 에티를 일으켜 세우고 머리를 자기 가슴에 끌어안고 어루만졌다.

"사랑하는 에티, 그건 무리한 부탁이야. 그런 일을 하면 맹세를 깨뜨리고 형제들을 버리게 되는데 어떻게 그만둘 수 있겠어? 내 입장을 알면 그런 말을 하지 않을 거야. 또 그러고 싶다고 해도 어떻게 손을 떼지? 방법이 없소. 지부가 자기들의 비밀을 훤히 알고 있는 사람을 자유롭게 놔줄 거라고 생각하지는 않겠지?"

"그 점도 생각해 봤어요, 존. 나는 모든 계획을 세웠어요. 아버지는 모아 둔 돈이 좀 있어요. 아버지도 그놈들이 겁나서 더 이상

이 암울한 땅에서는 살고 싶지 않다고 하셨어요. 이곳을 떠나고 싶어 하세요. 필라델피아나 뉴욕으로 함께 달아나면 그들로부터 안전하지 않겠어요?"

맥머도는 웃음을 터뜨렸다.

"지부의 손길이 미치지 않는 곳은 없소, 에티. 뉴욕이나 필라델피아라고 해서 그들이 추적하지 못할 거라고 생각하오?"

"그럼, 서부나 영국으로, 아니면 아버지의 고향 독일로 가요. 이 공포의 계곡에서 벗어날 수 있다면 아무 곳이나 좋아요."

맥머도는 늙은 모리스 형제를 생각했다.

"이 계곡을 그렇게 부르는 건 당신이 두 번째로군. 정말이지 어떤 사람들은 시꺼먼 구름에 덮여 살고 있는 것 같아."

"점점 더 캄캄해지고 있어요. 테드 볼드윈이 우리를 용서했다고 생각하세요? 그가 당신을 두려워하지 않았다면 우리가 어떻게 되었을 거라고 생각해요? 그가 나를 바라보는 어둡고 탐욕스러운 눈초리를 당신이 봤어야 해요!"

"빌어먹을! 그런 게 내 눈에 띄면 가만두지 않겠어! 하지만 에티, 나는 여기를 떠날 수 없소. 할 수 없어. 그 이야기는 나중으로 미루도록 하지. 그러나 내 생각대로 하게 해 주면 명예롭게 떠날 수 있는 방법을 준비하겠어."

"그런 일에 명예라는 것은 없어요."

"글쎄, 그건 당신 생각일 뿐이오. 하지만 6개월만 여유를 준다면 다른 사람을 만나더라도 부끄러운 얼굴을 하지 않고 여기를 떠날 수 있게 하겠소."

에티는 기쁨의 웃음을 터뜨렸다.

"6개월! 약속했어요?"

"글쎄……, 7개월이나 8개월이 될지도 몰라. 그러나 늦어도 1년 안에는 이 계곡을 떠나도록 하겠소."

에티도 그 이상은 어떻게 해 볼 도리가 없었다. 하지만 그것만으로도 큰 수확이었다. 눈앞의 어둠이 멀리서 비치는 밝은 빛으로 사라진 듯한 느낌이었다. 에티는 가벼운 마음으로 발걸음을 옮겼는데, 존 맥머도를 알게 된 이후 처음으로 맛보는 편안함이었다.

단원이 되면 지부의 모든 활동을 알 수 있다고 생각하기 쉽지만 실제로는 그렇지 않았다. 얼마 지나지 않아 맥머도는 조직이 하나의 지부로는 너무 크고 굉장히 복잡한 구조를 갖고 있다는 사실을 알게 되었다. 맥긴티 보디마스터조차도 알지 못하는 일이 많이 있었다. 기차로 조금 떨어진 곳에 있는 홉슨 패치에는 '군(郡) 대표'라는 간부가 있는데, 그는 지부 몇 개를 지배하면서 멋대로 권력을 휘둘렀다. 맥머도도 꼭 한 번 그 남자를 본 적이 있었다. 작은 체구에 교활한 얼굴을 한 그는 회색 머리였는데 그 모습이 마치 쥐를 연상시켰다. 그리고 사악해 보이는 눈으로 연신 곁눈질을 하는 버릇을 갖고 있었다. 에번스 포트라는 이름의 이 남자 앞에서는 버미사의 위풍당당한 보디마스터마저 쩔쩔맸는데, 마치 거대한 당통 (1759~1794년. 프랑스의 법률가이며 혁명가. 1772년 프랑스 혁명에서 위세를 떨침)이 작은 몸집의 로베스피에르(1758~1794년. 프랑스 혁명의 지도자)에게서 혐오와 공포를 느끼고 벌벌 떠는 모습과 똑같았다.

어느 날, 맥머도와 함께 하숙하는 스캔란이 맥긴티의 편지를 받았다. 거기에는 에번스 포트의 편지도 동봉되어 있었다. 에번스의 편지에는 '롤러와 앤드루스를 버미사 근처에 파견할 것이다. 그러나 조직의 목적을 위해 더 이상 묻지 않는 것이 좋다'고 쓰여 있었다. 그리고 그들이 행동을 개시하기 전까지 숙소를 제공하고 편안하게 지낼 수 있도록 보디마스터가 협조해 달라고 쓰여 있었다. 반면 맥긴티가 직접 쓴 편지에는 '그들을 조합 건물에 있게 했다가는 비밀이 모두 들통 날 것이니 맥머도와 스캔란이 머물고 있는 하숙집에 며칠만 머물게 해 달라'고 쓰여 있었다.

그날 밤 두 남자는 각자의 손가방을 들고 하숙집으로 왔다. 롤러는 말수가 적은 중년 남자로 영리해 보였는데, 중절모에 낡고 검은 프록코트, 더부룩한 반백의 턱수염이 어딘지 순회 목사 같은 인상을 주었다. 같이 온 앤드루스는 소년티를 겨우 벗은 청년으로 솔직하고 명랑한 성격이 꼭 휴가를 즐기러 온 사람 같았다. 두 사람은 모두 술을 한 방울도 하지 않고 사회에서 모범적인 사람들처럼 행동했다. 그러나 두 사람은 이 살인 집단의 가장 유능한 앞잡이들로서 롤러는 열네 번, 앤드루스는 세 번이나 지금과 같은 임무를 수행한 바가 있었다.

그들은 지난날에 자신들이 한 행위를 맥머도에게 기꺼이 이야기했다. 마치 사회정의를 구현하기 위해 자기 몸을 돌보지 않고 희생한 것처럼 자랑스럽게 말했다. 그러나 이번에 받은 명령에 대해서는 입을 다물고 아무 말도 하지 않았다.

"우리가 이 일에 선택된 것은 우리 둘 다 술을 하지 않기 때문이야." 롤러가 설명했다. "쓸데없이 떠벌리고 다니지 않을 테니, 기분 나쁘게 생각하지 말게. 우리는 군 대표의 명령에 따르고 있을 뿐이니까."

"알았습니다. 우리는 모두 형제니까요." 네 사람이 저녁 식탁에 앉으며 맥머도의 동료 스캔란이 말했다.

"정말이오. 찰리 윌리엄스나 사이먼 버드나 그 밖에 옛날에 죽인 사람들 이야기라면 끝없이 할 수 있지만, 이번 일은 끝날 때까지 아무에게도 말할 수 없소."

"이곳에는 내가 한 마디 해 주고 싶은 놈들이 대여섯 명이 있소." 맥머도는 저주 섞인 목소리로 말했다. "혹시 당신들이 노리는 놈이 아이언 힐의 잭 녹스요? 그놈이라면 나라도 당장에—"

"아니, 아직은 그놈 차례가 아니야."

"그럼, 허만 스트라우스?"

"그놈도 아니야."

"가르쳐 주지 않으니 억지로 들을 수는 없는 노릇이고……, 알면 좋을 텐데."

롤러는 미소를 지으며 고개를 흔들었다. 그는 말하지 않았다. 손님들은 입을 다물고 말하지 않았지만, 맥머도와 스캔란은 그들의 '재미있는 일'을 구경하기로 마음먹었다. 그리고 며칠 후, 아침 일찍 손님들이 계단을 내려가는 소리를 듣고 맥머도는 스캔란을 깨우고 급히 옷을 입었다. 방에서 나와 보니 남자들은 이미 문을 열어 놓고 집에서 빠져나간 뒤였다. 바깥은 아직 어두웠지만 가로등이 켜져 있어서 길 앞쪽에 걸어가는 두 사람을 볼 수 있었다. 깊게 쌓인 눈을 소리 나지 않게 밟으면서 조심해서 그들을 쫓았다.

하숙은 시내 변두리에 있어서 두 사람은 금방 시내 외곽의 사거리에 도착했다. 그곳에는 남자 세 명이 기다리고 있었는데, 롤러와 앤드루스는 그 남자들과 잠시 동안 무슨 말을 주고받았다. 그런 다음 다섯 사람은 함께 움직였다. 여러 사람의 손이 필요한 일임에 틀림없었다. 이 사거리에서는 여러 탄광으로 통하는 좁은 길들이 몇 개 연결되어 있었다. 남자들은 크로우 힐 광산으로 통하는 길로 들어섰다. 이 탄광은 조시아 H. 던이라는 뉴잉글랜드 태생의 소장이 운영하는 곳인데, 겁 없는 강경한 성격으로 아주 정력적으로 탄광을 운영하고 있어 공포의 땅에서도 질서와 규율을 정확히 지키며 운영되는 대규모의 회사였다.

날이 밝기 시작하자 어두운 길을 노동자들이 한 사람씩 또는 삼삼오오 짝을 이뤄 걸어왔다. 맥머도와 스캔란은 앞서 가는 사람들을 놓치지 않으며 노동자들과 함께 걸었다. 짙은 안개 속에서 갑자기 기적 소리가 울려 퍼졌다. 하루 일을 시작하기 위해 갱 속으로 광부들을 실어 내리는 승강기가 운행되기 10분 전이라는 신호였다.

갱 입구에 있는 광장에 도착하자, 약 100여 명쯤 되는 광부들이 추위를 견디기 위해 발을 동동 구르고 손에 입김을 불어넣으며 기다리고 있었다. 다섯 명의 남자들은 기관실 그늘에 무리 지어 있었다. 스캔란과 맥머도는 주위가 훤히 보이는 광석 찌꺼기 더미 위로 올라갔다. 턱수염을 기른 덩치 큰 스코틀랜드 태생의 기사 멘지스가 기관실에서 나와 승강기를 내리라는 호루라기를 불었다. 그와 동시에 성실한 인상의 키 큰 젊은이가 탄광 입구 쪽으로 걸어갔다. 걸어가던 그는 기관실 그늘에 꼼짝도 하지 않고 서 있는 무리를 발견했다. 그들은 얼굴을 감추려고 모자를 깊숙이 눌러쓰고 옷깃을 세우고 있었다. 순간적으로 죽음을 예감한 소장은 심장이 얼어붙는 것만 같았다. 그러나 그는 불길한 느낌을 뿌리치고 낯선 침입자들에게 물었다.

"당신들은 누구요?" 그는 다가가면서 물었다. "왜 여기서 서성거리고 있는 거요?"

아무 대답도 없었다. 그러나 젊은 앤드루스가 앞으로 나서서 그의 복부에 총을 겨누고 방아쇠를 당겼다. 광장에서 기다리고 있던 100여 명의 광부들은 온몸이 얼어붙어 꼼짝도 못했다. 그저 멍청히 보고 서 있을 뿐이었다. 소장은 복부를 움켜쥐고는 비틀거리며 달아나려고 했다. 그러나 이내 다른 암살자가 쏜 총을 맞고는 옆으로 쓰러져 잿더미 사이에서 발버둥을 치며 손으로 땅을 긁어 댔다. 스코틀랜드 태생의 멘지스는 이 광경을 지켜보고는 무섭게 소리를 지르면서 스패너를 들고 살인자들에게 돌진했다. 그러나 그도 얼굴에 두 방의 총탄을 맞고 살인자들 발치에 쓰러졌다. 광부 몇 명이 분노와 동정이 섞인 고함을 지르며 그들에게 몰려들었으나 머리 위로 6연발 권총이 난사되자 겁을 집어먹고 모두 흩어져 도망가기 시작했다. 그러나 용기 있는 몇 사람이 이들을 다시 모아서 광산으로 돌아왔으나 암살자 무리는 이미 아침 안개 속으로 사라진 뒤였다. 100여 명의 사람들이 지켜보는 가운데 두 사람을 죽인 살인자들의 인상을 확실하게 증언할 사람은 하나도 없었다.

스캔란과 맥머도는 집으로 발걸음을 옮기기 시작했다. 스캔란은 어딘지 모르게 침울해 있었다. 직접 살인 현장을 목격한 것은 이번이 처음이었는데, 생각만큼 재미있는 일은 아니었다. 살해당한 소장 부인의 무서운 비명이 시내로 발길을 재촉하는 두 사람의 귀에서 떠나지 않았다. 맥머도는 깊은 생각에 잠겨 말을 하지는 않았으나 마음이 약해진 스캔란에게 동정을 보이지 않았다.

"전쟁이나 마찬가지군." 그는 되풀이해서 말했다. "전쟁에서 우리는 최선을 다해 반격해야 하오."

그날 밤 조합 건물의 사무실에서는 성공을 기념하는 성대한 파티가 열렸다. 그들은 크로우 힐 탄광의 소장과 기사를 해치웠으니 이 회사가 다른 회사들처럼 고분고분 말을 들을 것이라며 기뻐했다. 또 그들의 지부가 먼 곳에서 획득한 승리에 대해서도 축배를 들었다.

군 대표가 다섯 명의 대원들을 파견해 버미사에 일격을 가하라고 했을 때, 군 대표는 버미사 지부도 그 답례로 세 명을 은밀히 선정해서 길머톤 지구에 있는 스테익 로열의 윌리엄 헤일즈 광산주를 죽이라고 요구했던 것이다. 헤일즈는 모든 점에서 모범적인 고용주로, 적이라고는 한 사람도 없을 정도로 선한 사람이었다. 그러나 그는 주정뱅이와 게으름뱅이인 프리맨 단원들을 탄광에서 해고시킨 일이 있었다. 공장 현관에 죽이겠다는 위협적인 푯말을 붙여 놔도 그의 굳은 결의는 꺾이지 않았는데, 결국은 그로 인해서 자유로운 문명국에서 살해당하게 된 것이다.

살인은 아주 순조롭게 실행되었다. 보디마스터 옆의 명예로운 자리에 버티고 앉아 있는 테드 볼드윈이 암살단의 우두머리였다. 과음으로 붉게 달아오른 얼굴과 잠을 못 자 충혈된 흐리멍덩한 눈이 간밤의 일을 짐작하게 해 주었다. 그와 두 명의 패거리는 지난밤을 산속에서 보냈다. 얼굴은 굉장히 지저분했고, 입고 있는 옷은 비바람에 더러워져 있었다. 그러나 힘든 일을 마치고 돌아온 이 영웅들은 동료들로부터 전례 없는 큰 환영을 받았다. 그들은 환호성과 웃음 속에서 이야기를 되풀이하고 다시 되풀이했다. 그들은 어두워질 무렵에 말이 속력을 늦출 수밖에 없는 가파른 언덕 위에서 상대의 마차를 기다리고 있었다. 상대는 추위 때문에 두꺼운 옷을 입고 있었기 때문에 빠르게 권총을 꺼낼 수 없었다. 그들은 남자를 마차에서 끌어내리고 몇 번이나 쏘았다고 떠들었다. 그는 살려 달라며 비명을 질렀다. 지부 사무실은 온통 비명을 흉내 내는 소리로 시끌시끌했다.

"놈이 어떻게 살려 달라고 애원 했나 다시 말해 봐."

그들은 계속해서 떠들었다. 그들 중에 피해자를 알고 있었던 사람은 아무도 없었다. 단지 그들은 살인이라는 데 묘한 매력을 느끼고 즐기고 있었다. 또 길머톤 스코러즈가 의지해도 좋을 만큼 버미사 지부가 능력이 있다는 것을 보여 줬다는 사실을 기뻐했다.

그런데 한 가지 뜻하지 않은 일이 일어났다. 그들이 죽은 피해자의 몸에 계속해서 총을 쏘고 있는데 마차를 탄 한 부부가 다가왔다. 그들도 쏘아 죽이자고 말한 사람도 있었지만, 그들은 광산과는 아무 관계도 없고 해롭지 않은 사람들이었다. 때문에 그들에게 이 일을 발설하면 호된 꼴을 당할 것이라고 단단히 이른 뒤에 그대로 보내 주었다. 그들은 그렇게 해서 피투성이가 된 시체를 남겨 두고 급히 산속으로 달아났다. 시체는 고분고분 말을 듣지 않는 다른 고용주들에게 본보기로 보이기 위해 일부러 그대로 두고 달아났다. 그리고 그들은 사람들의 발길이 뜸한 산속에서 잠시 피신해 있었는데, 훌륭한 임무 수행을 축하하는 형제들의 박수 소리를 상상하며 안전하게 밤을 지새운 뒤 돌아왔다.

그날은 스코러즈에게 기념할 만한 날이었다. 계곡을 덮고 있는 검은 그림자는 더욱 짙어졌다. 맥긴티는 참패한 적에게 재정비할 틈을 주지 않고 공격의 고삐를 늦추지 않는 현명한 장군처럼 이내 새로운 작전을 세워 반항하는 무리에게 일격을 가하기로 했다. 그날 밤 취해서 흥청대는 자들이 모두 돌아가자 그는 맥머도의 팔을 당겨 두 사람이 처음 만난 날 이야기를 나눴던 구석방으로 데리고 갔다.

"이봐, 맥머도, 마침내 자네에게 알맞은 일이 생겼네. 자네 손으로 직접 하는 거야."

"그렇게 말씀해 주시니 정말 영광입니다."

"맨더스와 라일리 두 사람을 데리고 가게. 그들에게는 이미 말해 두었어. 체스터 윌콕스를 해치우지 않는 한 이 고장을 제대로 통제할 수 없어. 그놈을 쓰러뜨리면 탄광 지대의 모든 지부에서 고맙게 생각할 거야."

"할 수 있는 데까지 해 보겠습니다. 그는 누구고 어디로 가면 찾을 수 있습니까?"

맥긴티는 반쯤 씹고, 반쯤 태운 채로 항상 입에 물고 있는 시가를 내려놓고는 종이에 간단한 약도를 그렸다.

"놈은 아이언 다이크 회사의 수석 현장 주임이야. 노력형이라고 할 수 있지. 군기 호위 상사 출신으로 온몸이 상처투성이고, 머리털은 회색이야. 지금까지 두어 번 노려 봤는데 잘되지 않았어. 그 일로 짐 캐너웨이도 목숨을 잃었지. 그러니 이제 자네가 맡아 주게. 지도를 보면 알 수 있지만 아이언 다이크 사거리에 있는 외딴집이 놈의 집이야. 소리가 들릴 만한 곳에는 다른 집이 없어. 낮에는 가 봐야 헛일이지. 놈은 무장을 하고 있는데 묻지도 않고 덮어놓고 먼저 쏴 버린다네. 그런데 그게 정말 빠르고 아주 정확하지. 밤에는 그놈의 여편네와 아이들 셋, 그리고 하녀 한 사람이 있어. 그놈만 죽일 수는 없으니 모두 죽여야 해. 현관에 폭약을 장치해 놓고 도화선에 불을 붙이면—"

"그자가 무슨 짓을 했습니까?"

"짐 캐너웨이를 죽였다고 하지 않았나?"

"왜 죽였지요?"

"그게 자네와 무슨 상관이야? 캐너웨이가 그놈의 집 근처를 서성이자 그냥 쐈어. 이 정도 설명이면 충분하다고 생각하네. 알아서 잘 처리하게."

"여자 둘에 아이들이 셋 있다고 했지요? 그들도 없애는 겁니까?"

"하는 수 없지. 그렇지 않으면 놈을 어떻게 해치우겠나?"

"아무 짓도 하지 않은 사람들이라 가엾다는 생각이 듭니다."

"무슨 바보 같은 소리를 하는 건가? 꽁무니를 빼는 건가?"

"진정하십시오, 의원님, 진정하세요! 제가 보디마스터님의 명령에 꽁무니를 뺄 만한 말이나 일을 했습니까? 옳고 그르든 결정은 당신이 합니다."

"그럼, 시키는 대로 하는 거지?"

"물론입니다."

"언제 하겠나?"

"글쎄, 하루나 이틀쯤 여유를 주세요. 그 집을 살펴보고 와서 계획을 세워야 하니까요. 그런 다음에—"

"좋아." 맥긴티는 악수를 하면서 말했다. "모든 걸 자네에게 맡기겠네. 좋은 소식을 갖고 오면 우리한테는 최고의 날이 될 걸세. 이것은 놈들이 우리 앞에 무릎을 꿇는 최후의 일격이 될 거야."

맥머도는 갑자기 떨어진 임무에 대해 오랫동안 깊이 생각했다. 체스터 윌콕스가 살고 있는 외딴집은 그곳에서 5마일쯤 떨어진 근처 계곡에 있었다. 그날 밤 그는 계획을 세우기 위한 준비를 하기 위해 혼자서 길을 떠났다. 정찰에서 돌아온 것은 다음 날, 날이 밝은 뒤였다. 그리고 그다음 날 그는 두 명의 행동대원 맨더스와 라일리를 만났다. 두 사람은 모두 무모하기 짝이 없는 젊은이로 마치 사슴 사냥이라도 하는 것처럼 들떠 있었다. 이틀 뒤 깊은 밤에 그들은 시내 변두리에서 만났다. 세 사람은 모두 무기를 지니고 있었고, 한 사람은 채석장에서 쓰는 폭약이 든 자루를 들고 있었다. 외딴집에 도착한 것은 새벽 2시 무렵이었다. 바람이 심하게 부는 밤이었는데, 이지러진 달의 표면을 토막구름들이 빠르게 지나가고 있었다. 사나운 개 블러드하운드를 조심하라는 주의를 받았기 때문에 그들은 권총의 공이치기를 세우고 조심해서 앞으로 나아갔다. 그러나 사나운 바람 소리와 머리 위에서 흔들리는 나뭇가지 소리 외에는 아무것도 들리지 않았다.

맥머도는 외딴집 문 앞에서 귀를 기울여 인기척이 있는지 살폈으나 집 안은 쥐 죽은 듯 조용했다. 그는 폭약 자루를 문에 기대 세우고, 칼로 자루에 구멍을 뚫은 뒤 도화선을 꽂았다. 도화선에 불이 붙자 맥머도와 두 대원은 부리나케 도망쳐 나와 조금 떨어진 곳에 있는 안전한 도랑으로 기어들었다. 그리고 얼마 후 폭음과 함께 집이 와르르 무너지는 소리가 들렸다. 일은 성공적으로 끝났다. 지부의 피비린내 나는 기록에 이처럼 깨끗한 일처리는 없었다. 그러나 치밀한 계획과 용감한 결행이 가져온 소득은 아무것도 없었다. 여기저기서 많은 희생자가 발생하는 것을 보고 위협을 느낀 체스터 윌콕스는 그 전날에 이미 가족들과 함께 경찰의 보호를 받아 보다 안전하고 은밀한 곳으로 거처를 옮겼다. 그러니까 폭약으로 파괴된 집은 빈집이었던 것이다. 그리고 무사히 살아남은 늙은 군기호위 상사는 계속해서 아이언 다이크의 광부들에게 엄격한 대장노릇을 할 수 있었다.

"내게 맡겨 주십시오." 맥머도가 말했다. "그놈은 내 것입니다. 1년을 기다려서라도 꼭 해치우겠습니다."

지부 전원이 맥머도에게 감사와 신뢰의 뜻을 나타냈고, 당분간 그 문제는 더 이상 거론하지 않기로 했다. 그러나 2~3주 후, 윌콕스가 잠복자의 총격을 받았다는 기사가 신문에 보도되었고, 맥머도가 미완성의 일을 멋지게 처리했다는 것은 공공연한 비밀이 되었다.

프리맨은 이와 같은 방법으로 이 풍요로운 지방에 공포의 칼날을 휘둘렀고, 오랜 세월에 걸쳐 사람들은 그 가공할 존재의 위협에 시달려 왔던 것이다. 이 이상 그들의 죄상을 늘어놓아 이 책의 페이지를 더럽힐 필요가 있을까? 그들의 됨됨이와 일처리 방식을 설명하는 데는 지금까지의 것으로도 충분하지 않을까? 이들의 행위는 역사에 기록되어 있고, 아직도 전해지므로 상세하게 읽을 수 있다. 그 기록을 읽으면 두 명의 단원을 체포하겠다고 나선 헌트와 에번즈라는 두 경관이 사살된 사건—버미사 지부에서 계획한 일로 무기도 갖지 않은 무력한 두 사람을 잔혹하게 살해한 사건—도 알게 될 것이다. 또 라비 부인이 맥긴티 보디마스터의 명령으로 구타를 당해 죽어 가는 남편을 간호하다가 사살된 사건도 알게 될 것이다. 동생이 피살된 후에 형 젠킨스가 피살된 사건, 제임스 머독이 토막 나 죽은 사건, 스텝하우스 집안의 폭파 사건, 스텐달 가족 살인 사건 등은 모두 같은 해 겨울에 잇달아 일어난 사건들이다.

공포의 계곡은 어둠의 그늘이 덮고 있었다. 어느덧 봄이 되어 꽁꽁 얼었던 시냇물이 흐르고 나무에는 꽃이 피어 오랫동안 눈 속에 갇혀 있던 자연에는 희망의 빛이 찾아왔다. 하지만 공포의 멍에를 지고 살아가는 그들에게는 아무런 희망도 없었다. 1875년의 여름처럼 그들의 머리 위에 아무 희망도 없는 어두운 구름이 짙게 드리워 있었던 적은 없었다.

6
위기

공포의 지배는 절정에 이르렀다. 맥머도는 보디마스터의 보좌관으로 임명되었고, 맥긴티의 뒤를 이어 보디마스터가 될 인물이라는 예상이 지배적이었다. 또 동료들이 일을 상의하는 데 없어서는 안 될 존재가 되어 그의 협조와 조언이 없이는 아무 일도 할 수 없게 되었다. 그러나 단원들 사이의 인기가 오르면 오를수록 버미사 거리의 따가운 눈총은 더욱 늘어갔다. 시민은 공포에 떨면서도 압제자들에게 항거하려고 힘을 모으고 있었다. 헤럴드 신문사에서 비밀회의가 열리고 법을 준수하는 시민들에게 무기가 배포되었다는 소문이 지부에도 들어왔다. 그러나 맥긴티와 그의 부하들은 그런 소문에 전혀 흔들리지 않았다. 이쪽은 수적으로 우세하고, 의지도 굳세며, 무기도 충분했다. 그러나 적은 서로 흩어져 있고 힘도 약했다. 그러니 결국에는 과거와 마찬가지로 그들의 계획은 실속 없이 끝나고, 고작해야 누가 체포되는 정도로 끝날 것이라고 생각했다. 맥긴티는 물론 맥머도와 다른 용기 있는 사람들도 모두 그렇게 말했다.

5월의 어느 토요일 저녁이었다. 토요일 저녁에는 단원들이 모두 모이기로 되어 있었다. 맥머도도 모임에 참석하려고 집을 나서는데 지부의 온건파인 모리스가 그를 만나러 왔다. 걱정과 불안으로 인해 그의 이마는 깊은 주름이 잡혀 있었고, 온화하던 얼굴은 일그러지고 수척해져 있었다.

"자네와 터놓고 이야기해도 괜찮겠나, 맥머도?"

"좋습니다."

"전에 자네에게 내 속마음을 털어놓은 적이 있는데, 보디마스터가 찾아와서 그 일에 대해서 물었는데도 자네가 침묵을 지켰다는 사실을 나는 아직도 잊지 않고 있네."

"당신이 믿고 이야기했는데 하는 수 없었지요. 그렇다고 당신 말에 내가 찬성했다는 뜻은 아닙니다."

"그건 잘 알고 있네. 그러나 이야기를 해도 안전한 것은 자네뿐이야. 나는 여기에 비밀이 있네."

그는 가슴에 손을 댔다.

"그리고 그 때문에 나는 몸이 타들어가는 것 같아. 내게 이런 일이 생기지 않고 자네들 누구에게 생겼더라면 좋았을 텐데. 내가 이야기하면 틀림없이 살인이 일어날 것이고, 이야기하지 않으면 우리 모두가 파멸될 거야. 나는 어찌할 바를 모르겠어!"

맥머도는 유심히 상대를 바라보았다. 그는 온몸을 떨고 있었다. 맥머도는 유리잔에 위스키를 따라 건네주었다.

"당신 같은 사람에겐 이게 약입니다. 자, 그 이야기를 해 봐요."

모리스가 위스키를 마시자 창백한 얼굴에 핏기가 돌았다.

"한마디로 말하면 탐정이 우리를 뒤쫓고 있네."

맥머도는 놀라서 그를 멍하니 바라보았다.

"뭐요? 당신 드디어 미쳤군요. 이곳에는 예전부터 경관과 탐정들이 우글거리고 있소. 그러나 지금까지 그들이 우리에게 무슨 짓도 하지 못했소."

"아냐, 그게 아닐세. 이곳 사람이 아니야. 자네 말대로 이곳 사람들은 우리가 모두 알고 있고, 그들은 아무 짓도 하지 못해. 그런데 핀커튼 탐정사라고 들어 봤나?"

"그런 이름을 가진 사람들에 대해 읽은 적이 있습니다."

"내 말 잘 듣게. 그들이 뒤쫓기 시작하면 벗어날 길이 없어. 정부에서 고용한 자들과는 달라. 그들은 일이 잘되든 잘못되든 상관없지만 이자들한테는 완전히 직업적인 일로, 무엇이든 끝까지 물고 늘어져서 결과를 얻으려고 하지. 만일 핀커튼 사람들이 깊게 관여하고 있다면 우리는 전멸이야."

"그놈을 죽여야겠군!"

"자네도 제일 처음 그 생각을 했군! 지부도 그렇게 생각하겠지. 내가 살인이 일어날 거라고 말하지 않았던가?"

"사람을 죽이는 게 뭐가 어때서. 이곳에서는 별일도 아니잖소?"

"그렇긴 해. 그러나 나는 살해될 사람을 내 손으로 지목하고 싶지는 않아. 그랬다간 두 번 다시 편한 마음으로 살 수 없을 거야. 하지만 그냥 놔두면 우리 목이 날아가겠지? 아, 어쩌면 좋단 말인가!"

그는 이럴 수도 없고 저럴 수도 없는 갈등으로 인해 고통의 몸부림을 쳤다. 그의 말은 맥머도의 마음 깊은 곳을 움직였다. 닥쳐오는 위험에 맞서야 한다는 생각에서는 두 사람이 뜻을 같이하고 있었다. 그는 모리스의 어깨를 꽉 잡고 흔들었다.

"이봐요, 모리스 씨!" 흥분한 나머지 맥머도는 쉿소리에 가까운 목소리로 외쳤다. "남편 무덤 앞에 있는 여자도 아

닌데 울어 봐야 소용없습니다. 사실을 말해 봐요. 그자는 누구요? 지금 어디 있소? 그자에 대한 소식은 어떻게 들었소? 왜 내게 알리러 왔소?"

"내게 조언해 줄 수 있는 사람은 당신밖에 없어서 이리로 왔어. 전에도 말했지만, 나는 이리로 오기 전에 동부에 상점을 갖고 있었어. 그래서 거기에는 좋은 친구들이 많이 남아 있다네. 그중 한 사람은 전신국에 근무하는데, 어제 그 사람으로부터 이런 편지를 받았다네. 편지 맨 윗부분을 읽어 보게."

맥머도가 읽은 것은 다음과 같았다.

그곳 스코러즈의 형편은 어떻습니까? 신문에서 그들의 기사를 줄곧 읽고 있습니다. 이것은 우리 둘만의 비밀이지만, 머지않아 당신으로부터 어떤 소식을 들을 것으로 생각합니다. 다섯 개의 큰 회사와 두 철도 회사가 스코러즈를 매우 진지하게 다루고 있습니다. 그들은 문제에 대해 본격적으로 맞설 생각이고, 그것은 틀림없이 성공할 것으로 보입니다. 그들은 아주 깊게 관여하고 있습니다. 핀커튼 탐정사무소가 사건 의뢰를 받았고, 최고의 실력자로 평가받는 버디 에드워즈 탐정이 조사에 착수했습니다. 옳지 못한 일은 당장 멈추어야 합니다.

"다음에는 추신을 읽어 보게."

물론 알려 드린 것은 업무 중에 알게 된 일이니 남에게는 말하지 마십시오. 전보를 많이 취급하고는 있지만 이상한 암호가 적인 전보라서 정확한 뜻은 잘 모르겠습니다.

맥머도는 맥이 풀린 손으로 편지를 쥔 채 잠시 동안 말없이 앉아 있었다. 한순간 눈앞의 안개가 걷히는가 싶더니 곧 심연이 보였다.

"이 사실을 다른 사람도 알고 있습니까?" 맥머도가 물었다.

"아무에게도 말하지 않았네."

"하지만 이 친구가—당신 친구라는 사람이—당신 말고 다른 사람에게 편지를 보냈을 가능성이 있습니까?"

"글쎄, 한두 사람은 있을 거야."

"이 지부에도 있단 말입니까?"

"그럴 가능성은 있어."

"혹시 당신 친구가 버디 에드워즈라는 자의 인상을 다른 사람에게 알려 줬나 해서 묻는 겁니다. 인상착의를 알면 놈을 잡을 수 있으니까요."

"하긴 그렇군. 하지만 내 친구는 에드워즈에 대해서는 모를 거야. 업무 중에 알게 된 소식을 내게 전했을 뿐이니까. 핀커튼 탐정사무소의 사람을 그가 어떻게 알겠나?"

맥머도는 갑자기 몸을 움찔했다.

"그렇지!" 그가 외쳤다. "놈은 내 손안에 있어! 그걸 모르고 있었다니! 우리는 운이 아주 좋아! 놈이 우리에게 피해를 주기 전에 잡아야지. 이봐요, 모리스 씨, 이걸 전부 내게 맡기겠소?"

"내 어깨의 무거운 짐만 떠맡아 준다면야 좋다마다."

"그렇게 하지요. 당신은 한발 물러나서 내게 맡겨요. 당신의 이름을 들먹일 필요조차 없을 겁니다. 이 편지가 내게 온 것처럼 내가 전부 맡겠습니다. 그러면 됐습니까?"

"바라던 바일세."

"그럼 그렇게 하기로 하고 당신은 이 일을 잊어요. 나는 이제부터 지부로 가서 핀커튼 놈들이 후회하도록 만들어 주지."

"이 사람을 죽이지는 않겠지?"

"모리스 씨, 그런 건 모를수록 양심이 편하고 잠도 잘 올 겁니다. 이제 아무것도 묻지 말고 내게 맡겨 놔요. 이제부터는 내가 떠맡을 테니."

모리스는 머리를 흔들며 슬픔에 찬 신음 소리를 냈다.

"내 손이 그의 피로 물드는 느낌이군."

"자기 방어는 살인이 아닙니다." 맥머도는 의미심장한 미소를 지으며 말했다. "놈을 해치우느냐 우리가 당하느냐 하는 판국입니다. 놈을 이 계곡에 오랫동안 머물게 하면 우리는 전멸할 겁니다. 모리스 씨, 지부를 구했으니 당신을 보디마스터로 선출해야겠습니다."

말로는 태연한 척했지만, 맥머도가 이 새로운 적의 침입을 아주 심각하게 생각하고 있다는 것은 그의 행동으로 충분히 알 수 있었다. 양심의 가책 때문인지, 핀커튼 탐정사무소의 명성이 주는 두려움 때문인지, 아니면 재력 있는 대기업이 스코러즈 소탕에 착수했다는 소식 때문인지는 알 수 없으나 아무튼 그의 행동은 최악의 사태에 대비하는 사람의 행동이었다. 그는 집을 나서기 전에 그의 유죄를 증명할 만한 서류들을 전부 불태웠다. 그런 다음에야 안도의 긴 한숨을 내쉴 수 있었다. 그래도 아직 마음에 걸리는 것이 남아 있는지 그는 지부로 가는 도중에 샤프터 노인 집에 들렀다. 그 집은 출입이 금지되어 들어갈 수 없었지만 에티를 만날 수는 있었다. 창문을 두드리자 에티가 나왔다. 에티는 연인의 눈에서 아일랜드인의 춤추는 듯한 장난기가 없어진 것을 보고 위험이 닥쳤음을 직감했다.

"무슨 일이 생겼군요!" 에티가 외쳤다. "오, 존, 위험이 닥쳐왔군요!"

"그래. 하지만 별것 아냐. 그러나 일이 더 나빠지기 전에 이곳을 떠나는 게 좋겠어."

"이곳을 떠나요?"

"언젠가는 이곳을 떠난다고 약속했지? 그때가 다가오는 것 같소. 오늘 밤에 좋지 않은 소식을 하나 들었는데 말썽이 날 것 같소."

"경찰 문젠가요?"

"아니, 핑커튼 문제요. 하지만 그것이 무엇을 뜻하는지, 나 같은 사람에게 어떤 결과를 갖고 올지 당신은 모를 거야. 나는 이 일에 너무 깊이 관련되어 있어서 하루라도 빨리 도망쳐야 할지도 몰라. 내가 떠나면 당신도 같이 간다고 했지?"

"존, 당신을 구할 수 있는 일이라면 뭐든 하겠어요."

"에티, 나도 어떤 면에서는 정직한 사람이라오. 어떤 일이 있어도 나는 당신의 머리카락 하나 다치게 하지 않겠소. 또 항상 내가 지켜보고 있는 구름 위의 황금 왕좌에서 당신을 끌어내리는 일은 없을 거요. 나를 믿어 주겠소?"

에티는 말없이 그의 손을 잡았다.

"그럼, 내가 하는 말을 듣고 시키는 대로 해요. 우리에게는 그 길밖에 없으니까. 이 계곡에는 앞으로 많은 일들이 일어날 거야. 나는 피부로 느낄 수 있어. 우리 가운데는 자신을 돌봐야 할 사람이 많이 있소. 나도 그중 한 사람이오. 내가 낮이든 밤이든 달아나야 할 상황이라면 당신도 함께 가는 거야!"

"존, 나는 뒤따라가겠어요."

"안 돼. 나와 함께 가야 해. 내가 이 계곡에 다시 돌아올 수 없을지도 모르는데 어떻게 당신을 남겨 두고 가겠어? 그리고 어쩌면 나는 경찰의 눈을 피하느라 당신에게 편지 한 통도 보낼 수 없을 거야. 나와 함께 가야 해. 전에 살던 곳에 마음씨 좋은 부인이 있으니까 당신은 결혼할 때까지 거기에 있으면 돼. 함께 가겠지?"

"좋아요, 존. 함께 가겠어요."

"나를 믿어 주니 정말 고맙소! 만일 당신의 믿음을 저버리는 일이 있다면 나는 천벌을 받을 거요. 자, 에티! 당신에게는 한마디만 전달될 거야. 그 말을 듣거든 모든 일을 다 내던지고 곧 역 대합실로 가서 내가 갈 때까지 기다려요."

"낮이든 밤이든 소식만 주면 당장 가겠어요, 존."

달아날 준비를 시작한 맥머도는 어느 정도 안심이 되었다. 지부에 도착하자 벌써 모두들 모여 있었다. 복잡한 암호 문답을 주고받은 다음 엄중한 감시를 통과해 회의실로 들어가자 그를 환영하는 환호성이 울려 퍼졌다. 기다란 방 안은 사람들로 복잡했고, 자욱한 담배 연기 속에 보디마스터의 더부룩한 검은 머리털과 볼드윈의 잔인하고 적의에 찬 얼굴, 비서 해러웨이의 매 같은 얼굴, 그리고 열 명이 넘는 지부 지도자의 얼굴들이 보였다. 맥머도는 입수한 정보에 대해 상의하려고 했는데 다들 한자리에 모여 있어서 무척 기뻐했다.

"당신을 보니 정말 반갑군, 형제!" 보디마스터가 외쳤다. "지혜 있는 사람의 판단이 필요한 일이 있네."

"랜더와 이건의 일이야." 맥머도가 자리에 앉자 옆의 남자가 설명했다. "스타일스 타운의 크랩 노인을 사살한 사람에게 지부에서 내린 상금으로 둘이 다투고 있는데, 어느 쪽이 총을 쐈는지 아무도 몰라."

맥머도는 자리에서 일어나서 손을 들었다. 그의 얼굴 표정이 사람들의 주의를 끌었고, 무슨 일인지 궁금해진 사람들은 모두 그에게 집중했다.

"보디마스터, 긴급동의가 있습니다." 맥머도가 엄숙한 목소리로 말했다.

"맥머도 형제가 긴급동의가 있다고 말했네." 맥긴티가 말했다.

"지부의 규정에 따라 우선권을 주도록 하지. 형제, 말해 보게."

맥머도는 주머니에서 편지를 꺼냈다.

"보디마스터님 그리고 형제 여러분, 오늘은 좋지 않은 소식을 갖고 왔습니다. 우리가 경고도 받지 않고 일격을 당해 전멸하는 것보다는 사태를 알고 의논하는 편이 좋다고 생각합니다. 내가 입수한 정보에 의하면, 이 지역에서 가장 강력하고 가장 돈이 많은 기업체들이 단합하여 우리를 없애려는 계획을 실행에 옮기고 있다고 합니다. 벌써 핀커튼 탐정사무소의 버디 에드워즈라는 탐정이 이 계곡에서 행동을 시작했다는 소식을 입수했습니다. 그는 우리의 목에 밧줄을 매어 조이고, 중범으로 몰아 감방에 처넣을 증거를 수집하고 있습니다. 상황이 이러하니 이에 대해 토의할 것을 긴급 동의하게 된 것입니다."

회의실 안은 쥐 죽은 듯이 조용했다. 마침내 보디마스터가 그 침묵을 깨뜨렸다.

"증거가 있나, 맥머도 형제?"

"내가 입수한 이 편지에 있습니다."

맥머도는 편지의 아까 그 대목을 큰 소리로 읽었다.

"이 편지에 대해 더 자세하게 설명할 수 없고, 또 이 편지를 여러분에게 드릴 수도 없습니다. 그것은 내 명예에 관련된 문제입니다. 그리고 이 편지에 지부의 이권과 관련된 사항은 이것 외에 아무것도 없다는 것을 내가 보증하겠습니다. 나는 지금 전달받은 정보를 있는 그대로 여러분에게 알려 드리고 있습니다."

"보디마스터, 할 말이 있습니다." 나이가 지긋한 사람이 말했다. "나는 이 버디 에드워즈에 대해 소문을 들은 적이 있는데, 그는 핀커튼 탐정사무소에서도 가장 유능한 사람이랍니다."

"그를 보면 알 만한 사람 있나?" 맥긴티가 물었다.

"제가 알 수 있습니다." 맥머도가 대답했다.

회의실 여기저기에서 놀라서 수군거리는 소리가 들렸다.

"그놈은 우리 손안에 있는 거나 마찬가지입니다." 맥머도는 의기양양한 미소를 띤 채 말을 계속했다. "우리가 재빠르고 현명하게 행동하면 이 문제를 빨리 해결할 수 있습니다. 여러분의 신뢰와 도움만 있으면 두려워할 것은 아무것도 없습니다."

"우리가 왜 그놈을 두려워해야 하지? 놈이 우리 일에 대해서 무엇을 알 수 있지?"

"모두가 당신처럼 충실하다면 그렇게 말할 수 있겠지요, 의원님. 그러나 이자는 자본가들의 막대한 자금을 배경으로 하고 있습니다. 지부 안에 돈에 매수될 수 있는 약한 형제가 한 사람도 없다고 생각하십니까? 놈은 우리의 비밀을 알게 될 것입니다. 벌써 알고 있을지도 모릅니다. 분명히 말하지만 대책은 한 가지밖에 없습니다."

"이 계곡에서 살아서 돌아가지 못하게 하는 일이지." 볼드윈이 말했다.

맥머도는 고개를 끄덕였다.

"훌륭하오, 볼드윈 형제. 지금까지는 당신과 의견이 대부분 달랐는데, 오늘 밤은 옳은 말을 하는군."

"놈은 어디 있지? 어떻게 하면 알아볼 수 있지?"

"보디마스터님" 맥머도는 진지하게 말했다. "이 문제는 너무나 중요하기 때문에 공개적으로 의논할 수 없다는 말씀을 드리고 싶습니다. 여기 있는 여러분을 의심하는 것은 아니지만, 조그마한 소문이라도 버디 에드워즈의 귀에 들어가면 놈을 해치울 가능성은 희박해집니다. 보디마스터님, 나는 지부 안에 특별위원회를 만들 것을 건의합니다. 주제넘은 것 같지만, 보디마스터님 당신과 볼드윈 형제, 그리고 다섯 사람을 더 선정해서 위원회를 만듭시다. 그러면 내가 알고 있는 모든 일과 앞으로의 대책에 대해서 의견을 말씀 드리겠습니다."

이 제안은 즉시 받아들여졌고, 긴급히 위원회가 결성되었다. 보디마스터와 볼드윈 외에 매 같은 얼굴의 비서 해러웨이, 잔혹한 젊은 암살자 타이거 코맥, 회계담당 카터 그리고 윌라비 형제였다. 모두들 무슨 일이든 물불을 가리지 않고 달려드는, 무서움을 모르는 인물들이었다.

늘 있는 술자리였지만 그날만은 마시고 노래하며 떠들어 대는 흥청거림 없이 모두들 일찍 자리를 떠났다. 단원들 마음에는 어두운 구름이 덮여 있었는데, 오랫동안 살아온 계곡의 하늘에 정당한 법의 이름을 한 복수의 먹구름이 드리워진 것을 비로소 보게 된 사람이 많았기 때문이다. 지금까지 그들은 다른 사람들에게 공포의 대상이었고, 그것은 그들의 일상이었기에 복수를 당할 것이란 생각은 꿈에도 해 본 적이 없었다. 그런데 생각지도 못한 일이 지금 눈앞에 닥쳐오니 놀라움이 한층 더할 수밖에 없었다. 그들은 일찍 흩어졌고, 토의 사항은 지도자에게 맡겨졌다.

특별위원회의 위원들만 남자 맥긴티가 말했다. "맥머도, 시작하세."

일곱 사람은 자리에 얼어붙은 듯이 앉아 있었다.

"아까도 말했지만 나는 버디 에드워즈를 알고 있었습니다." 맥머도는 설명을 시작했다. "말할 필요도 없지만 그는 여기서 그 이름을 사용하지 않고 있습니다. 그는 용감하지만 미치광이는 아닙니다. 지금은 스티브 윌슨이란 이름으로 홉슨 패치에 묵고 있습니다."

"그것을 어떻게 알았나?"

"우연히 그와 이야기를 한 적이 있는데 그때는 전혀 눈치채지 못했습니다. 이 편지가 아니었다면 그런 생각은 하지도 못했을 겁니다. 하지만 지금 생각해 보니 그 남자가 틀림없습니다. 수요일에 기차에서 그자를 만났습니다. 정말 큰일 날 뻔했지요. 신문기자라고 말하더군요. 그때는 그 말을 믿었습니다. 뉴욕의 한 신문사에서 일한다면서 스코러즈의 일이며, 그가 말하는 '잔혹 행위'에 대해 전부 알고 싶다고 하더군요. 뭔가를 캐내려고 많은 질문을 했지만 나는 아무 말도 하지 않았습니다. '편집장이 좋아할 이야기를 해준다면 많은 돈을 주겠소'라고 말하기에 그 녀석이 반가워할 만한 이야기를 들려주었더니 20달러를 주더군요. 그러면서 그는 자기가 알고 싶어 하는 것을 전부 말하면 이 돈의 열 배를 사례하겠다고 하더군요."

"그래, 뭐라고 말했지?"

"되는대로 지껄였지요."

"그가 신문기자가 아니라는 것을 어떻게 알았나?"

"말씀 드리지요. 놈은 홉슨 패치에서 내렸는데 나도 그곳에서 내렸습니다. 난 볼일이 있어 전신국으로 들어갔는데 그가 막 나오고 있었습니다. 그런데 전신국 직원이 전보용지를 보이면서 내게 말했습니다. '이런 전문은 두 배를 받아야 할 것 같군요'라고요. 그래서 나도 그래야 할 것 같다고 말했습니다. 전보용지에는 아무리 봐도 중국말로밖에 보이지 않는 이상한 글이 쓰여 있었습니다. 그런데 더 이상한 건 전신국 직원의 말이 그 사람이 매일 이런 전보를 친다는 겁니다. 신문의 특종감인데 다른 신문사에서 가로챌까 봐 겁이 나서 이런 방법을 쓴다는군요. 직원 생각은 그랬고 나도 그렇게 생각했는데 지금에 와서 보니 그게 아닙니다."

"옳아! 자네 말이 맞아." 맥긴티가 말했다. "그런데 이 문제를 어떻게 하는 게 좋다고 생각하나?"

"왜 당장 가서 그놈을 해치우지 않는 겁니까?" 누군가 말했다.

"맞았어. 빨리 해치울수록 좋아."

"놈이 어디 있는지 알기만 하면 당장 달려가겠습니다." 맥머도가 말했다. "홉슨 패치에 있는 건 확실한데 어느 집에 머물고 있는지는 모릅니다. 그러나 내 의견을 들어주신다면 계획이 있습니다."

"어떤 계획인데?"

"내일 아침 내가 홉슨 패치로 가서 전신국 직원을 통해 놈을 찾겠습니다. 그 직원은 찾을 수 있을 겁니다. 그를 찾으면 내가 프리맨 단원인데, 돈을 주면 지부의 모든 비밀을 폭로하겠다고 말해서 놈에게 접근하겠습니다. 틀림없이 걸려들 겁니다. 서류는 집에 있는데 사람들이 돌아다니는 때 방문하면 내 목숨이 위태로우니 밤 10시쯤 집으로 오면 모든 서류를 보여 주겠다고 하겠습니다. 그러면 그자는 틀림없이 믿고 올 겁니다."

"그런 다음에는 어떻게 하지?"

"그다음은 당신이 직접 계획하세요. 맥나마라 부인의 집은 외따로 떨어져 있고, 부인은 단단하기가 무쇠같지만 귀가 심하게 멀었습니다. 집에는 스캔란과 나밖에 없습니다. 놈과 약속을 하고 나면 즉시 알려 드리겠습니다. 그러면 일곱 분 모두 우리 집으로 오십시오. 우리는 놈을 집 안으로 끌어들이는 겁니다. 만일 놈이 살아서 우리 집을 나가게 된다면, 그렇게 된다면 놈은 버디 에드워즈의 행운을 죽을 때까지 떠들고 다녀도 좋을 겁니다!"

"핀커튼 탐정사무소에 곧 빈자리가 생기겠군." 맥긴티가 말했다. "그럼, 그렇게 일을 처리하도록 하지, 맥머도. 내일 밤 9시에 자네 집으로 가겠네. 놈을 집 안으로만 끌어들인다면 다음은 우리가 맡겠어."

7
버디 에드워즈 함정에 빠드리기

맥머도가 말한 대로, 그가 살고 있는 집은 외따로 떨어져 있어서 그들이 계획한 범죄에는 안성맞춤의 장소였다. 집은 시내에서 훨씬 벗어난 변두리에 있었고, 길에서도 상당히 들어가 있었다. 다른 경우였다면 그들이 전에도 몇 번이나 한 것처럼 상대를 간단히 불러내어 마구 총을 쏘아 댔겠지만, 이번 경우는 달랐다. 죽이기 전에 상대가 얼마나 알고 있는지, 또 어떻게 알았는지, 고용주에게는 무엇을 보고 했는지 등을 알아볼 필요가 있었다. 그들이 한발 늦어 상대가 이미 조치를 취했을 가능성도 있었다. 만일 그렇더라도 적어도 그런 짓을 한 자에게 복수는 할 수 있는 일이었다. 그러나 그들은 기밀사항에 대해서는 아직 탐정이 알아채지 못했을 거라는 희망을 안고 있었다. 왜냐하면 맥머도가 가르쳐 준 그런 시시한 정보 따위를 기록하거나 보고하지는 않았을 테니까. 그러나 모든 사항은 본인의 입을 통해서만 확인이 가능한 일이었다. 일단 붙잡기만 하면 자백시키는 방법은 얼마든지 있었다. 입을 다문 증인을 다루는 일은 이번이 처음은 아니었다.

맥머도는 약속한 대로 흡슨 패치로 떠났다. 그날 아침, 경찰은 특별히 그에게 관심을 가지고 있는 듯했고, 역에서 기차를 기다리고 있는 맥머도에게 마빈 경감이 웬일인지 말을 걸어왔다. 맥머도는 얼굴을 돌리고 상대하지 않았다. 오후에 일을 마치고 돌아온 그는 조합 건물에서 맥긴티를 만났다.

"놈이 온다고 했습니다."

"좋아!" 맥긴티가 말했다.

거구인 맥긴티는 셔츠 소매를 걷어 올리고 인장이 달린 금줄을 넓은 조끼 가슴에 비스듬히 드리우고 있었는데, 턱수염 아랫부분에 있는 조끼의 술장식 주변에는 다이아몬드가 번쩍번쩍 빛나고 있었다. 술과 정치적 책략들은 보디마스터에게 돈은 물론 막강한 권력까지 선물했다. 때문에 그는 어젯밤에 눈앞에 떠오른 감옥과 교수대가 더욱 무서운 공포가 되었다.

"많이 알고 있는 것 같던가?" 그는 걱정스러운 듯이 물었다.

맥머도는 침울한 표정으로 고개를 저었다.

"그는 이곳에 제법 있었답니다. 적어도 6주는 됐답니다. 유망한 광구를 찾아 이리로 온 것은 아니라고 생각합니다. 그동안 철도회사의 돈으로 이 고장에서 일했다면, 상당한 성과를 올렸을 것이라고 생각합니다."

"지부에는 나약한 자가 한 명도 없어!" 맥긴티가 외쳤다. "모두 강철같은 남자들이지. 아 참, 모리스가 있군. 그 녀석은 어떨까? 우리를 배신한 놈이 있다면 그 놈이 분명해. 날이 저물기 전에 두세 명을 보내서 매운 맛을 보여 주고 자백받도록 해야겠어."

"그래도 좋겠지요." 맥머도가 대답했다. "나는 모리스를 좋아하고, 그가 호된 꼴을 당하는 게 마음에 내키지는 않습니다. 그것을 부정하지는 않겠습니다. 지부와 관련한 문제로 그가 두어 번 말을 걸어온 적이 있습니다. 당신이나 나의 생각과는 다르지만, 배신할 사람으로는 보이지 않았습니다. 하지만 그렇다고 해서 그를 비호할 생각은 추호도 없습니다."

"놈을 혼내야겠어!" 맥긴티가 큰 소리로 외쳤다. "1년 전부터 놈에게 눈독을 들이고 있었어."

"그런 문제야 당신이 가장 잘 알고 계시겠지요." 맥머도가 대답했다. "하지만 무슨 일을 하든 내일 하셔야 합니다. 핀커튼 문제가 해결될 때까지 우리는 가만히 있어야 하니까요. 특히 오늘은 경찰을 자극하지 말아야 합니다."

"자네 말이 맞아. 버디 에드워즈의 심장을 도려내는 한이 있더라도 놈이 어디서 정보를 얻었는지 알아야겠어. 놈이 함정을 눈치챈 것 같던가?"

맥머도는 웃음을 터뜨렸다.

"내가 놈의 약점을 잘 파고든 것 같습니다. 놈은 스코러즈의 흔적을 찾아서라면 지옥에라도 쫓아갈 놈입니다."

맥머도는 돈다발을 꺼내면서 싱긋 웃었다.

"제 서류를 보고 난 다음에는 이만큼 더 준다고 했습니다."

"무슨 서류?"

"서류 같은 것은 없습니다. 하지만 조직 구성도와 명단, 규정집 같은 것이 있다고 했습니다. 놈은 떠나기 전에 모든 것을 알아낼 생각입니다."

"자네를 믿고 있군." 맥긴티는 심각하게 말했다. "왜 자기에게 서류를 갖고 오지 않느냐고 묻지 않던가?"

"의심을 받고 있는 내가 그런 것을 몸에 지니고 다닐 거라고 생각하겠습니까? 게다가 마빈 경감도 오늘 내게 말을 걸어온 판에!"

"나도 들어서 알고 있네." 맥긴티가 말했다. "일이 아주 중대한 국면에 치닫고 있는 것 같군. 이 탐정 놈을 해치운 다음에는 마빈 경감을 오래 된 갱 속에 처넣어야겠어. 어쨌든 오늘 홉슨 패치에서 자네가 만나고 온 이 탐정 놈을 먼저 해치워야 해."

맥머도는 어깨를 으쓱했다.

"잘만 처리하면 우리가 탐정을 죽였다는 것을 아무도 증명하지 못할 겁니다. 어두워진 다음에 하숙집으로 오게 되어 있으니 누구의 눈에도 띄지 않을 것이고, 놈이 떠나는 것은 아무도 보지 못할 겁니다. 의원님, 계획을 말씀 드릴 테니 다른 사람들을 계획에 맞게 배치해 주십시오. 당신들은 충분한 여유를 두고 일찍 오시겠지요? 좋습니다. 놈은 10시에 옵니다. 놈이 문을 세 번 두드리면 내가 문을 열겠다는 약속이 되어 있습니다. 그러고 나서 놈을 안으로 들인 다음 문을 닫습니다. 그러면 놈은 우리 것이 됩니다."

"그건 아주 간단하군."

"그렇습니다. 그러나 그다음은 생각해 볼 문제입니다. 놈은 만만치 않은 데다 중무장까지 하고 있습니다. 내가 잘 속이기는 했지만, 놈은 경계를 단단히 할 겁니다. 나 혼자만 있을 것으로 생각했는데, 방에 일곱 명이나 있으면 그 즉시 총싸움이 일어날 겁니다. 그러면 누군가 다치게 됩니다."

"그렇겠지."

"그리고 총소리를 듣고 시내의 경찰들이 달려오겠지요."

"자네 말이 맞다고 생각하네."

"그래서 말인데 이렇게 하면 어떻겠습니까? 당신들은 모두 큰 방, 언젠가 보디마스터님과 내가 이야기했던 그 방에 있는 겁니다. 내가 놈을 현관 옆의 객실로 안내하고는, 서류를 갖고 오겠다며 놈을 남겨 둔 채 방을 나옵니다. 그러면 상황이 어떻다는 것을 당신에게 알릴 수 있을 겁니다. 그런 다음 나는 가짜 서류를 들고 놈에게 돌아갑니다. 놈이 그것을 읽을 때 덮쳐서 권총 든 손을 잡은 뒤 소리를 쳐서 당신들을 부르겠습니다. 그럼, 그때 모두들 달려오는 겁니다. 빠를수록 좋습니다. 놈은 나 못지않게 억세어서 내가 힘에 겨울지도 모르니까요. 하지만 여럿이 올 때까지 붙잡고 있을 수는 있을 겁니다."

"좋은 생각이야." 맥긴티가 말했다. "이번 일로 지부는 자네에게 빛을 지게 되는군. 내가 보디마스터를 그만둘 때는 자네를 후계자로 떳떳이 추천할 수 있겠네.”

“원, 의원님도, 나 같은 건 아직 풋내기입니다.” 맥머도가 말했다.

그러나 그의 얼굴에는 이 거물의 칭찬을 어떻게 생각하고 있는지 잘 나타나 있었다.

하숙에 돌아온 맥머도는 그날 밤 닥쳐올 일에 대해 철저히 준비를 하기 시작했다. 먼저 권총을 청소한 뒤 기름을 치고 실탄을 장전했다. 그런 다음 탐정을 함정에 빠뜨릴 방을 조사했다. 방은 컸고, 방 한가운데에 긴 소나무 테이블이 있었고, 한쪽에는 큰 난로가 있었다. 테이블 주위의 벽에는 창문들이 있었다. 창문에는 덧문이 없고, 옆으로 밀어젖힐 수 있는 엷은 커튼만 있었다. 맥머도는 그것들을 일일이 정성 들여 조사했다. 오늘 밤 벌어질 비밀스러운 일을 하기에는 방이 너무 노출되어 있었지만, 큰길에서 한참 떨어져 있어서 그리 큰 문제가 되지는 않았다. 마지막으로 그는 같이 하숙하는 단원에게 그날 밤 일어날 일에 대해 말해 주었다. 스캔란은 행동대원이기는 했지만 그리 큰 비중을 차지하는 인물은 아니었다. 마음이 약해서 동료들의 의견에 반대하고 나서지는 못했지만, 이따금씩 피비린내 나는 일에 가담해야 할 때면 속으로 깊은 혐오감을 느끼고 있었다. 맥머도는 벌어질 일에 대해서 간단히 이야기해 주었다.

“마이크 스캔란, 나 같으면 어디든 이 일을 피해서 나가 있겠네. 날이 밝기 전에 이 집에는 피비린내가 진동할 거야.”

"그래, 맥머도." 스캔란이 대답했다. "나도 동참하고 싶지만 도저히 용기가 나지 않아. 탄광에서 던이 당하는 것을 봤을 때도 도저히 견딜 수 없었어. 나는 자네나 맥긴티와 달라서 그런 일에는 맞지 않아. 만일 지부에서 나쁘게 생각하지 않는다면 자네 충고대로 어디든 나가 있겠어."

미리 약속한 대로 그들은 충분한 여유를 두고 찾아왔다. 옷차림이 단정하고 깨끗해서 겉으로 보기에는 선량한 시민의 모습이었지만 그들의 다부진 입매와 잔인한 눈초리는 버디 에드워즈가 살아남지 못하리라는 것을 말해 주고 있었다. 그들은 모두 열댓 번 이상씩 손에 피를 묻힌 경험이 있었는데, 잔혹하기 그지없는 그들에게는 사람을 죽이는 일이 마치 양을 죽이는 일처럼 아무렇지도 않았다.

외모로 보나 실제 죗값으로 보나 가장 무서운 사람은 보디마스터였다. 비쩍 마른 비서 해러웨이는 강한 증오심을 갖고 있었다. 앙상하고 목이 긴 남자는 손발을 신경질적으로 움직였다. 그는 지부의 재정에 관한 한 충실했지만 정의감이나 정직함이라곤 전혀 없는 남자였다. 회계 담당 카터는 굉장히 무뚝뚝하고 냉정했는데, 누런 양피지 같은 피부의 중년 남자였다. 그는 계획을 세우는 데 특별한 재능이 있었다. 지금까지 조직에서 실행된 모든 악행은 거의 그의 조직적인 머리에서 나온 것이었다. 윌라비 형제는 행동대원들로서 날카로운 얼굴에 키가 크고 유연한 몸을 갖고 있었다. 그들의 동료 타이거 코맥은 뚱뚱한 몸집에 피부가 거무스름한 젊은

이로 동료들조차 그의 잔인함을 두려워했다. 그날 밤 핀커튼 탐정 사무소의 탐정을 죽이기 위해 맥머도의 하숙집에 모인 인물들의 면모는 이러했다.

맥머도가 위스키를 테이블에 내놓자, 그들은 일을 시작하기 전에 서둘러 술을 마셔 댔다. 볼드윈과 코맥은 벌써 반쯤 취했고, 술로 인해 그들의 잔학성이 겉으로 드러나기 시작했다. 코맥은 난로에—밤에는 아직 추웠기 때문에 불이 지펴져 있는 난로—두 손을 갖다 댔다.

"이만하면 됐군." 그는 욕설을 퍼부으며 말했다.

"그래." 볼드윈이 그 의미를 알아차리고 말했다. "놈을 거기에 묶으면 전부 불 거야."

"놈은 자백하고 말 테니 걱정 마." 맥머도가 말했다.

맥머도는 강철같은 신경의 소유자였다. 혼자 중대한 일의 책임을 지고 있으면서도 여전히 냉정하고 태연했다. 다른 사람들도 그것을 알아차리고 그를 치켜세웠다.

"자네 같으면 그놈을 충분히 다룰 수 있어." 보디마스터는 만족스럽다는 듯이 말했다. "자네 손이 놈의 목을 조를 때까지 놈은 아무것도 눈치채지 못할 거야. 그런데 창문에 덧문이 없어서 찜찜하군."

맥머도는 창문마다 돌아다니며 커튼을 더 단단히 닫았다.

"이렇게 하면 아무도 우리를 볼 수 없습니다. 이제 올 시간이 됐군."

"어쩌면 위험한 냄새를 맡고 안 올지도 몰라." 비서가 말했다.

"올 테니 걱정 마십시오." 맥머도가 대답했다. "우리가 만나고 싶어 하는 만큼 그자도 오고 싶어 합니다. 아, 저 소리를 들어 봐요!"

모두들 밀랍인형처럼 조용히 앉아 있었다. 어떤 사람은 입으로 가져가던 술잔을 도중에 멈춘 채로 있었다. 현관에서 세 번 노크하는 소리가 크게 들렸다.

"쉿!"

맥머도는 손가락을 입에 갖다 대며 주의를 줬다. 사람들은 미칠 듯이 기뻐하는 눈길을 서로 교환한 다음 자신들의 무기를 두 손으로 움켜잡았다.

"무슨 일이 있어도 소리 내지 마십시오!"

맥머도는 조심스럽게 속삭이고 방을 나가서 조용히 문을 닫았다.

살인자들은 귀를 세우고 기다렸다. 그들은 복도를 걸어가는 맥머도의 발소리를 하나하나 세었다. 그가 현관문을 여는 소리가 들렸다. 인사말이 몇 마디 오고가는 소리가 들렸다. 그러자 집 안으로 들어오는 남자의 발소리와 귀에 선 목소리가 들렸다. 잠시 후에 문을 쾅 닫는 소리와 자물쇠를 잠그는 소리가 들렸다. 사냥감이 덫에 걸린 것이다. 타이거 코맥이 소름 끼치는 웃음소리를 냈고, 맥긴티 보디마스터가 큰 손으로 그의 입을 막고 속삭였다.

"조용히 해, 이 얼빠진 녀석아! 네놈 때문에 허탕 치겠다."

옆방에서 소곤소곤 이야기하는 소리가 들렸다. 이야기는 언제 끝날지 모를 것 같이 오래 계속되었다. 이윽고 문이 열리더니 맥머도가 입에 손가락을 댄 채 나타났다. 그는 테이블 끝으로 가서 모두를 둘러봤다. 그의 태도에는 미묘한 변화가 있었다. 그의 태도는 큰일을 하려는 사람 같았다. 얼굴은 바윗돌처럼 굳어 있었고, 안경 너머의 두 눈은 흥분으로 불타고 있었다. 그는 많은 사람의 우두머리처럼 보였다. 모두 큰 관심을 갖고 그를 바라보았으나 그는 아무 말도 하지 않았다. 그는 이상한 눈초리로 사람들을 하나씩 쳐다보았다.

"어떻게 됐나?" 마침내 맥긴티가 입을 열었다. "그는 왔나? 버디 에드워즈가 왔나?"

"네." 맥머도가 천천히 말했다. "버디 에드워즈는 여기 있습니다. 내가 버디 에드워즈입니다."

그로부터 10초쯤 방에는 아무도 없는 듯한 착각을 불러일으킬 정도의 깊은 침묵이 흘렀다. 난로 위에 있는 주전자의 물 끓는 소리만 귀를 거슬리게 했다. 자신들을 압도하고 있는 남자를 바라보는 일곱 개의 창백한 얼굴들은 무서움으로 그 자리에 얼어붙은 듯했다. 그런데 갑자기 유리 깨지는 소리와 함께 커튼이 땅바닥에 떨어지며 창마다 번쩍번쩍 빛을 내는 총신이 나타났다. 상황을 파악한 맥긴티는 상처 입은 곰처럼 울부짖으며 반쯤 열린 방문을 향해 돌진했다. 그러나 거기에도 목표물을 겨누고 있는 권총이 기다리고 있었다. 광산 경찰대의 마빈 경감의 매서운 푸른 눈이 가늠쇠 뒤에서 빛나고 있었다. 맥긴티는 뒷걸음질 치며 쓰러질 듯이 의자에 주저앉았다.

"의원님, 그 자리에 있는 게 안전할 겁니다." 그들이 맥머도라고 알고 있던 남자가 말했다. "그리고 볼드윈, 네놈도 권총에서 손을 떼지 않으면 목숨이 없어질 거야. 권총을 어서 내놔. 그렇지 않으면, 그렇지, 그렇게 하면 됐어. 이 집은 무장 경찰관 마흔 명이 포위하고 있어. 덤벼봐야 소용없다는 건 알 거야. 마빈 경감, 놈들의 권총을 뺏어요!"

라이플총으로 위협하고 있으니 저항할 도리가 없었다. 무기는 몰수되었다. 그들은 화가 치밀었지만 너무 놀란 나머지 얌전히 테이블 주위에 앉아 있었다.

"헤어지기 전에 한마디 하고 싶다." 그들을 함정에 빠뜨린 남자가 말했다. "내가 법정 증인석에 설 때까지는 만나지 못하겠지. 그때까지 네놈들이 생각해 볼 이야기를 들려주겠다. 이제는 내 정체를 알았겠지. 드디어 내 정체를 밝힐 때가 됐다. 나는 핀커튼 탐정 사무소의 버디 에드워즈다. 나는 너희들 일당을 무너뜨릴 사람으로 선택되었다. 그 일은 힘들고 위험한 일이었다. 내가 이 일을 한다는 사실은 단 한 사람도, 가장 가깝고 친한 사람조차 몰랐다. 다만 여기 있는 마빈 경감과 내 고용주만 알고 있었지. 그러나 고맙게도 오늘 밤 무사히 일이 끝났고, 내가 이긴 것이다!"

일곱 개의 창백하게 굳은 얼굴이 그를 쳐다보았다. 그들의 눈에는 억누를 수 없는 증오가 담겨 있었다. 맥머도는 그들의 눈에서 냉혹한 협박을 읽을 수 있었다.

"너희들은 승부가 아직 끝나지 않았다고 생각할지도 모르지. 좋아, 그런 위험은 나도 각오하고 있다. 어쨌든 너희들 몇 놈은 앞으로 더는 활동하지 못할 거야. 너희 말고도 오늘 밤에 유치장에 들어가는 놈들은 예순 명쯤 된다. 이것만은 말해 두겠는데, 내가 이 일에 가담하기 전까지는 너희 놈들 같은 조직이 존재한다고는 생각하지 않았어. 괜히 신문에서 떠들어 대는 헛소문이라고 생각하고, 내가 그것을 직접 증명해 보이겠다고 마음먹었지. 그래서 나는 프리맨과 관계가 있다는 정보를 입수하고는 시카고로 가서 단원이 되었지. 그런데 거기에 입단하고서 내 생각이 더욱 확실하다는 믿음을 갖게 되었지. 시카고의 프리맨은 네놈들처럼 나쁜 일은 하지 않고 오히려 좋은 일만 했으니 말이다. 그래도 나는 내가 하려고 마음먹었던 일을 해야 했기 때문에 이 계곡으로 왔다. 이곳에 와서야 내 생각이 잘못됐다는 것을 알게 됐지. 여기는 삼류 소설 같은 허황한 이야기가 실제 존재하고 있었다. 그래서 여기 남아서 알아보기로 했지. 나는 시카고에서 사람을 죽인 일도 없고, 가짜 금화를 만든 일도 없어. 너희에게 준 돈은 진짜 돈이었지. 내 생애 돈을 그렇게 가치 있게 쓴 적은 없을 거야. 나는 너희의 마음에 들 수 있는 방법을 알고 있었기 때문에 도망자 흉내를 냈던 거야. 일은 내가 생각했던 대로 됐지.

그렇게 해서 나는 너희의 저주받은 지부에 들어가서 회의 때마다 얼굴을 내밀었다. 나도 너희만큼 나쁜 인간이라고 말할 사람이 있을지도 모르지. 그러나 너희만 잡으면 무슨 소리를 들어도 좋다고 생각했다. 내가 지부에 들어온 날 너희는 스탱거 노인을 구타했어. 나는 충분한 시간이 없었기 때문에 그에게 경고할 수가 없었지. 그러나 볼드윈, 네가 노인을 죽이려는 것을 내가 막았어. 내가 의심을 사지 않고 너희 조직에 머물기 위해 나는 여러 가지를 제안했지만, 그 일들은 내가 충분히 막을 수 있는 것들이었지. 던과 멘지스 일은 사전 정보가 없었기 때문에 막지 못했지만, 그들을 살해한 범인들은 반드시 교수대로 보낼 거야. 체스터 윌콕스에게는 미리 경고해서 가족들과 안전한 곳에 숨게 한 뒤에 그의 집을 폭파시켰다. 내가 막지 못한 범죄도 많이 있었지만, 가만히 생각해 보면 알 수 있을 거다. 네놈들이 누구를 해치려 할 때 그가 다른 길로 돌아서 갔다든가, 네놈들이 누구의 집으로 쳐들어갔을 때 그가 집에 없었다든가, 집 밖으로 나올 줄 알았는데 집에서 나오지 않았다든가 했던 일들 말이다. 그것은 전부 내가 한 일이지.”

“이 배신자!” 맥긴티는 이를 갈며 말했다.

“잭 맥긴티, 그것으로 화가 풀린다면 그렇게 불러도 좋다. 나와 너희 일당은 하느님의 원수이며 또 이 지방 사람들의 원수였다. 너에게 시달리고 있는 사람들을 구해 내는 일은 진정한 남자가 할 일이었다. 거기에는 오직 한 가지 방법밖에 없었고, 내가 그 일을 해냈다. 너는 나를 배신자라고 했지만 사람들을 구하기 위해 지옥까지 뛰어든 나를 구세주라고 부르는 사람이 수천 명이나 될 거다. 나는 지옥에 석 달 동안이나 머물렀다. 워싱턴의 재무부에 있는 돈을 다 준다고 해도 그런 일은 다시는 하지 않을 것이다. 나는 네놈들과 관련된 모든 정보들이 내 손에 들어오기 전까지 여기를 떠날 수 없었다. 내 비밀이 새어 나갔다는 사실을 몰랐다면 나는 좀 더 오래 이 상태로 있었을 거야. 그런데 네놈들이 내 정체를 알아차릴 수 있는 편지가 이곳으로 날아들었지. 그래서 나는 신속하게 행동할 수밖에 없었다. 네놈들에게 더 이상 할 말은 없다. 다만 내가 죽을 때가 다가오면 이 계곡에서 내가 한 일을 생각하며 좀 더 편안한 마음으로 저세상으로 떠날 수 있을 것이다. 자, 마빈 경감! 더 이상 당신을 붙잡아 두지 않겠습니다. 부하들을 불러 이 자들을 데리고 가십시오.”

그 뒷이야기는 다음과 같다. 스캔란은 맥머도의 부탁으로 에티 샤프터의 집에 편지 한 통을 전달했다. 그리고 이튿날 아침 일찍, 한 아름다운 아가씨와 얼굴을 완전히 가린 건장한 남자가 철도회사에서 특별히 마련한 열차를 타고 위험한 땅을 급히 떠나갔다. 그것은 에티와 그녀의 연인이 공포의 계곡을 벗어나는 마지막 순간이었다. 열흘 뒤 그들은 시카고에서 결혼식을 올렸는데, 제이콥 샤프터 노인이 결혼식의 증인으로 참석했다.

스코러즈의 재판은 그들의 잔당이 법관들을 위협할 수 없도록 공포의 계곡에서 멀리 떨어진 곳에서 행해졌다. 그들은 최후의 발악을 했으나 모두 헛일이었다. 지부의 자금 — 지방에서 협박으로 빼앗은 돈 — 을 물 쓰듯 쏟아부으며 그들을 구하려고 했으나 아무 소용이 없었다. 그들 조직의 실태는 물론 조직이 저지른 범죄를 속속들이 알고 있는 증인의 명백한 진술, 더구나 위협 앞에서 전혀 굴하지 않고 냉정하고 정확하게 진술하는 증인 앞에서는 그들의 변호사도 어쩔 도리가 없었다. 오랜 시간이 흐른 뒤, 마침내 그들은 일망타진되었다. 계곡을 뒤덮고 있던 어두운 구름이 사라졌다.

맥긴티는 교수대에서 최후의 운명을 맞았고, 마지막 순간에 그는 소리 내어 울었다. 여덟 명의 충직한 부하들도 그와 운명을 같이했다. 쉰 명이 넘는 사람들이 각자의 죗값에 해당하는 징역을 선고받았다. 이렇게 해서 버디 에드워즈의 임무는 끝났다.

그러나 그가 예상했던 것처럼 승부는 완전히 끝난 것이 아니었다. 승부는 계속되었다. 예를 들어, 테드 볼드윈은 교수형을 면했다. 윌라비 형제도 마찬가지였고, 그 밖에도 흉악한 프리맨 단원 몇 명이 교수형을 면했다. 10년 동안 그들은 세상과 격리되어 있었지만, 이윽고 자유의 몸이 되었다. 상대를 훤히 파악하고 있는 에드워즈가 자신의 평화로운 생활도 이것으로 끝이라고 생각한 날이 온 것이다. 그 악당들은 에드워즈를 죽여 형제들의 복수를 하겠다고 굳게 맹세했다. 그리고 그 맹세를 지키기 위해 노력을 아끼지 않았다!

그는 두 번이나 습격을 받았지만 다행히 아슬아슬하게 피할 수 있었다. 그러나 세 번째는 무사히 넘기지 못할 것 같다는 예감에 결국 시카고에서 도망쳤다. 시카고에서 이름을 바꾼 후 그는 캘리포니아로 갔다. 거기서 에티와 사별했을 때는 삶의 빛을 잃고 잠시 방황했다. 다시 한 번 놈들의 습격을 받아 죽을 고비를 넘긴 그는 이름을 더글러스로 바꾸고 외딴 협곡에서 일하다 바커라는 영국인 동업자를 만났다. 거기서 그는 큰돈을 벌었다. 그러나 뒤를 쫓는 개들이 냄새를 맡았다는 경고를 받고 그는 놈들보다 한발 앞서 영국으로 도망쳤다. 그리고 거기서 훌륭한 아내를 얻어 재혼하고, 서식스의 시골 신사로서 평화로운—마지막에는 우리가 이미 알고 있는 기괴한 사건이 일어났지만—5년의 세월을 보낸 존 더글러스 가 된 것이다.

에필로그

경찰의 심리가 끝나고 존 더글러스 사건은 상급 재판소로 회부되었다. 그는 순회 재판을 받았는데, 정당방위를 인정받아 석방되었다.

"무슨 일이 있어도 남편을 영국에 머물게 해서는 안 됩니다." 홈즈는 더글러스 부인에게 편지를 썼다. "지금까지 피해 온 것보다 더 큰 위험이 닥쳐오고 있습니다. 영국은 당신의 남편에게 안전한 땅이 되지 못합니다."

그로부터 2개월 뒤, 우리는 그 사건을 어느 정도 잊고 있었다. 그러던 어느 날 아침, 우편함에 수수께끼 같은 편지가 들어 있었다.

이런, 이런. 홈즈!

편지에는 그 말뿐이었다. 받는 사람의 이름은 물론 보낸 사람의 이름도 없었다. 나는 그 이상한 편지를 일소에 부쳤으나 홈즈는 전에 없이 진지한 표정이 되었다.

"악마의 짓이야, 왓슨!"

그는 오랫동안 눈썹을 찌푸리고 앉아 있었다.

그날 밤 늦게 하숙집 주인 허드슨 부인이 들어와서 한 신사가 대단히 중대한 용건으로 홈즈 씨를 만나고 싶어 한다고 알렸다. 그리고 부인의 바로 뒤에 들어온 사람은 벌스톤 저택 주인의 친구 세실 바커였다. 그의 얼굴은 긴장되고 초췌했다.

"나쁜 소식이 있습니다. 무서운 소식입니다, 홈즈 씨." 그가 말했다.

"나도 걱정하고 있었습니다." 홈즈가 말했다.

"당신도 전보를 받았습니까?"

"전보를 받은 누군가가 제게 편지를 썼습니다."

"더글러스가 죽었습니다. 사람들은 그를 에드워즈라고 부르지만 내게는 언제나 베니토 캐넌의 존 더글러스입니다. 전에도 말씀드렸지만 그들 부부는 3주 전에 팔마이라 호를 타고 남아프리카로 떠났습니다."

"그랬지요."

"배는 어젯밤 케이프타운에 닿았습니다. 그런데 오늘 아침 더글러스 부인이 보낸 전보를 받았습니다."

그는 전보의 내용을 읽어 내려갔다.

세인트헬레나에서 폭풍을 만난 존은 갑판 너머로 떨어져 실종되었음. 사고를 목격한 사람은 아무도 없음.

　　　　　　　　　　　　　　　　　　　　　　　- 아이비 더글러스

"아! 그런 전보가 왔습니까?" 홈즈는 골똘히 생각하며 말했다. "음, 확실히 연출을 잘했어."

"단순한 사고가 아니란 말입니까?"

"절대로 사고가 아닙니다."

"그럼 살해된 겁니까?"

"틀림없습니다!"

"나도 그렇게 생각합니다. 저 악마와 같은 스코러즈가, 복수심에 불타는 악당들이—"

"아닙니다, 그렇지 않습니다." 홈즈가 말했다. "이 일에는 그 방면의 대가가 손대고 있습니다. 총신을 자른 엽총이나 서투른 6연발총 따위를 상대하는 것이 아닙니다. 붓 터치를 보면 대가의 작품임을 알 수 있듯이, 하는 행동을 보면 모리아티의 짓이라는 걸 알 수 있습니다. 이 범죄는 런던에 있는 사람의 소행이 분명합니다. 미국에서 온 사람의 짓이 아닙니다."

"하지만 어떤 증거로 그렇게 말씀하시지요?"

"왜냐하면 이 일은 실패하면 안 되는 사람, 하는 모든 일을 반드시 성공해야 하는 미묘한 입장에 있는 사람이 저질렀기 때문입니다. 한 위대한 두뇌와 거대한 조직이 한 사람을 없애려고 힘을 모은 것입니다. 커다란 망치로 호두를 깨는 것과 같은 거지요. 터무니없는 정력의 낭비지만 호두는 보기 좋게 깨졌습니다."

"그자가 이 문제와 어떤 연관이 있습니까?"

"이 문제에 대해 내가 처음 알 게 된 것은 그의 부하가 내게 보낸 편지를 받아 본 후였습니다. 스코러즈 단원들은 많은 정보를 갖고 있었습니다. 영국에서 처리해야 할 일이 생기자 그들은 다른 모든 범죄자들이 그랬듯이 이 위대한 범죄 상담가와 상의했던 겁니다. 그리고 그 순간부터 그 남자의 운은 종말을 고하기 시작했습니다. 우선 이 범죄 전문가는 희생자의 행방을 찾기 위해 그의 조직을 사용했습니다. 그런 다음에는 문제를 어떻게 처리할지 계획하고 지시했습니다. 하지만 신문 기사를 통해 암살이 실패한 것을 알고는 자신이 직접 솜씨를 발휘하고 나서게 된 것입니다. 내가 벌스톤 저택에서 더글러스 부부에게 지금보다 더한 위험이 닥쳐오고 있으니 조심하라고 경고했던 것을 기억하지요? 내 말대로 되지 않았습니까?"

바커는 무능하게 당하고 말았다는 분노로 몸을 떨며 자신의 머리를 주먹으로 쳤다.

"이런 일을 당하고도 가만히 있어야 한다는 말입니까? 이 악의 지배자에게 보복할 사람은 아무도 없다는 말입니까?"

"아니, 그렇다고는 말하지 않겠습니다."

홈즈의 눈은 먼 앞날을 내다보는 듯했다.

"아무도 그를 이길 수 없다고는 말하지 않았습니다. 하지만 내게는 시간이 필요합니다. 시간이 필요해요!"

　우리는 말없이 앉아 있었지만, 운명에 맞서는 홈즈의 두 눈은 암흑의 장막을 꿰뚫으려는 듯 앞을 계속해서 응시하고 있었다.

추리 문학의 기념비적인 작품의 발간을 축하하며

추리 소설에 관심이 없는 사람이라고 해도 셜록 홈즈를 모르는 사람은 없습니다.

사슴 사냥 모자와 담배 파이프를 문 그의 모습은 곧 탐정의 전형적인 모습으로 새겨져 있습니다. 그의 명쾌한 추리와 기발한 이야기 전개는 여전히 수많은 팬을 확보하고 있으며, 그의 집이 있는 베이커 가의 주소로 아직도 사건을 의뢰하는 수많은 편지가 배달된다고 합니다.

전 세계적으로 셜록 홈즈 마니아들이 있으며, 그들은 각국에 셜록 홈즈 클럽을 결성하여 활동하고 있습니다. 세계문학사상 가장 유명한 캐릭터인 셜록 홈즈는 이제 영문학의 고전의 반열에 오른 작품이 되어 문학 전공자들이 연구하는 대상이 되었지만, 국내에서는 제대로 된 완역판 없이 아동물 정도로만 인식되어 아쉬움이 있었습니다.

셜록 홈즈 이야기는 코난 도일이 4권의 장편과 56편의 단편으로써 내려간 방대한 저작입니다. 이제 추리 문학인이며 뛰어난 번역자인 정태원 씨가 이를 완역하여 전집이 출판된다고 하니 추리 문학가의 한 사람으로서 경사스러운 일이라 아니할 수 없습니다. 오래전부터 완역을 추진하여 온 것을 아는 사람으로서 그의 노고에 박수를 보냅니다. 아울러 이 전집의 출간을 계기로 독자들이 추리 문학에 관심을 가지는 계기가 되기를 바랍니다.

이상우

(한국 추리작가협회 회장)

셜록 홈즈 사건 발생 연표

및

《공포의 계곡》 해설편

《주홍색 연구》와《공포의 계곡》

홈즈 스토리에도 결점이 있다. 트릭이 적고, 플롯이 단순하고, 독자에 대해 페어플레이가 아니라는 점 등이다. 특히 〈블루 카번 클〉과 〈여섯 개의 나폴레옹〉, 〈붉은 머리 연맹〉과 〈세 명의 가리데 브〉, 〈제2의 얼룩〉과 〈해군 조약〉 등이 비슷한 플롯으로 구성되어 있다. 하지만 가장 비슷한 것은 첫 장편 《주홍색 연구》와 마지막 장편 《공포의 계곡》이다. 두 작품은 27년 간격으로 발표되었지만 비슷한 점이 많다. 그것은 다음과 같다.

1. 2부 형식으로 구성되었다. 《배스커빌 가의 개》에서 에밀 가보 리오 이후의 2부 형식이라는 질곡을 버렸는데, 《공포의 계곡》 에서 다시 원형으로 돌아온 것이다.
2. 사건 발생 시기는 1880년대로 설정되었다.

3. 첫 부분에 중요 인물이 소개된다. 《주홍색 연구》에서는 왓슨과 홈즈였고, 《공포의 계곡》에서는 모리아티다.

4. 사건은 스코틀랜드 야드의 경감이 갖고 온다.

5. 사건 직후 홈즈는 《주홍색 연구》에서는 음악에, 《공포의 계곡》에서는 미술에 정통한 것처럼 보인다.

6. 살인은 외딴곳에서 발생한다.(빈집과 해자로 둘러싸인 저택.)

7. 피해자는 미국인이다.

8. 범인은 범행 뒤에 서명을 남기고 있다.(피로 쓴 글과 글이 쓰여 있는 종이.)

9. 결혼반지가 중요한 단서가 된다.

10. 찰스 1세가 화제가 된다.

11. 홈즈는 함정을 만들어 범인이나 공모자를 체포한다.

12. 제2부는 그 자체가 하나의 이야기다.

13. 제2부의 무대는 황량한 미국이다.

14. 제2부의 이야기는 시간적으로는 한참 거슬러 올라간다.

15. 제2부 이야기의 주인공은 불굴의 젊은이로 여자와 사랑에 빠진다. 여자에게는 늙은 아버지가 있지만 어머니는 없다.

16. 주인공에게는 흉악한 연적이 있다.

17. 비밀 결사가 등장한다. 그 수령은 절대적 독재자로 태연히 살인을 한다.

18. 여자는 비밀 결사의 사람과 결혼, 약혼하게 된다.

19. 주인공은 비밀 결사에 도전해서 여자와 도망가지만, 여자는

젊은 나이로 죽는다.

20. 비밀 결사는 분열되고 붕괴한다.

21. 주인공은 광산으로 돈을 번다.

22. 복수를 위해 집요하게 추적을 하고 결과적으로 복수에 성공한다.

23. 주인공은 마지막에 죽는다.

24. 제2부는 역사적 사실을 배경으로 하고 있다. 모르몬교도의 유타 이주와 악명 높은 몰리 맥과이어다.